贾平凹文选

长篇小说卷

极 花

13

贾平凹 / 著　作家出版社

目　录

一

夜　空

那个傍晚，在窑壁上刻下一百七十八条道儿，乌鸦叽里咔嚓往下拉屎，顺子爹死了，我就认识了老老爷。

　　那个傍晚，在窑壁上刻下一百七十八条道儿，乌鸦叽里哐嚓往下拉屎，顺子爹死了，我就认识了老老爷。

　　顺子家的事我已经知道，窑外的硷畔上，总有来人在议论么，说顺子不孝顺，以前还和大家一起去挖极花，虽然极花越来越少快绝迹了，十天半月也挖不到五棵六棵，可毕竟和家里人团圆着，当金锁的媳妇被葫芦豹蜂蜇死后，他便执意去城市打工。这一走就走了四年，没有音讯，而家里的媳妇竟生了个孩子。村里人便指戳起他爹：咪是有了孙子呢还是又有了个儿子？！顺子爹是七十三岁的人了，不可能再有那事吧，有人就说前年不是东沟暖泉的张老撑八十了还把女的肚子搞大了吗？又有人说，张老撑是张老撑，顺子爹是顺子爹，张老撑吃血葱哩，顺子爹脑梗过一次，眼斜嘴歪的，他即便心还花着，儿媳妇肯愿意吗？如果不是顺子爹的事，那就是村里的谁。村里的男人多，又有十几个光棍，于是你怀疑了我，我又怀疑了他，见面都问：是不是你狗日的？！直到前三天，顺子媳妇和那个来收购极花的男人抱着孩子私奔了，大家才相信了顺子爹的清白，也不再为谁得手了而相互猜忌，破口大骂村里的姑娘不肯内嫁，连做了媳妇的也往外跑：顺子媳妇你靠不住顺子了，村里还有这么多男人，你跟外人私奔，这不是羞辱我们吗？！

从此，每天刚一露明，就能听见两处哭声：一处是东边的坡梁上，金锁坐在他媳妇的坟头上哭，他疯了四年，老说他媳妇还活着。一处是顺子爹在硷畔下的他家自己打自己脸，耳光呱呱的，哭自己没给儿子守护住媳妇。

哭就哭吧，谁也没多理会，可那个傍晚顺子爹就喝下一瓶农药，七窍流着血死了。

顺子爹自杀的消息一传来，黑亮在硷畔上正吆喝三朵、腊八、常水一伙人往手扶拖拉机上装血葱，说好了连夜去镇上送货呀，当下就停止了，可怜起顺子爹，顺子不在，总得替顺子尽个孝吧，便去帮着料理后事。

黑亮他们先去收拾尸体，摆设灵堂，后来就每家每户，或男或女地有一人，都拿了一把子香烛，胳膊下夹一卷麻纸去吊唁。黑亮爹和黑亮叔也去了，但狗还在窑的外面卧着，老老爷没有去。

老老爷就坐在磨盘子上，磨盘子正对着硷畔沿，四棵白皮松上又站满了乌鸦，叽里哐嚓往下拉屎。乌鸦天天这时辰在那里拉屎，那个傍晚拉的屎特别多，响声也特别大，臭气就热烘烘地扑到我的窑里来。

★   ★

窑里的老鼠还一直咬箱子。箱子里并没有粮食，只是乱七八糟的一堆破棉烂絮，老鼠偏要再咬。老鼠是把骨头全长在牙上了，咬箱子是磨牙，不磨牙那牙就长得太长了吃不成食。我不会起来撵它的，也不会敲打炕沿板去吓唬，咬吧，咬吧，让老鼠仇恨去，把箱子往破里咬了，也帮我把这黑夜咬破！

差不多六个月前的晚上，我用指甲在窑壁上刻下第一条道儿，自后就一天一条道儿地刻下来。就在这个土窑里，黑亮的娘，生命变成了一张硬纸挂在了墙上，而我半年来的青春韶华就是这些刻道儿？屈辱、愤怒、痛苦、无奈使我在刻下第一百七十八条道儿时，因为用力太狠，右手食指的指甲裂了，流出一点血来，我把血抹在了美女图上。

刻道儿旁边的美女图是用糨糊贴上去的，明显能看出那是一页挂历画，年月日被裁去了，只剩下一个美女像。美女从脖子到脚却好像被刀砍过，刀刀深刻，以至于把墙土都砍了出来。我问黑亮：你贴的？他说：我想要她。我说：你想要她你砍她？他说：我恨那女人不是我的。我唾了他一口，啊呸，不是你的就那么恨吗，这世上不是你的东西多了！

从门缝里钻进来一只蚊子，细声细气地从我耳边飞过，落在了美女的脸上，开始叮我抹上去的血。我看着美女，美女也看着我。我一下子又歇斯底里了，嗷嗷地叫，去揭美女图，但它已经揭不下来，就双手去抠，指头像铁耙子一样抠，美女图连着墙皮成了碎屑往下掉，然后便趴在窗台上喘息。

老老爷竟然还是坐在磨盘子上。

★　　　　　★

我说你，喂，说你哩！你不去吊唁，他们让你在监视我吗？

不，我在看星。看见那道光亮吗，顺子他爹一死，一颗星就落了。

落呀，落呀，天上星全落了才好！

打嘴！星全落了那还是天吗？东井十二度至鬼五度，鹑首之次，于辰至未……

自问？把我关闭在这里，自问的应该是你们！

是至未不是自问，我是在说星野哩。

什么是星野月野的？

天上的星空划分为分星，地下的区域划分为分野，天上地下对应着，合称星野这你不知道？

我只知道我要回去！

黑亮说你还读过中学呀，你竟然不知道？

考试又不考这些。

噢，噢，难怪……

我要回去！放开我，我要回城市去！

★   ★

六个月来，我被关闭在窑里，就如同有了腥气，村里人凡来找黑亮爹做石活——黑亮爹是石匠，能凿门槛挡、碌子，能刻猪槽、臼窝——都要苍蝇一样趴在窑门缝往里窥探，嚷嚷着黑亮有了个年轻漂亮的媳妇，而且读过中学有文化，还是来自城市的。我就站在窗格里露着个脸让他们看，再转过身把后脑勺和脊背还让他们看，我说：看够了吧？他们说：真是个人样子！我就大吼一声：滚！但老老爷就住在离我不远的窑里，是黑家的邻居，同一个硷畔，他始终没有来看过我，甚至经过我窑门口了头也不朝这边扭一下。

这是一个枯瘦如柴的老头，动作迟缓，面无表情，其实他就是有表情也看不出来，半个脸全被一窝白胡子掩了，我甚至怀疑过他长没长嘴。他要么就待在他的窑里整晌不出来，要么出来了就坐在窑前的葫芦架下，或是用毛笔在纸上写字，纸是裁成小块的红纸，字老是只写一个字，写好了，一张一张收起来，或是用五种颜色的线编细绳儿，编得全神贯注，编成的细绳儿已经绕成一个球团了，他还是今日编了明日还编。但黑亮叫他老老爷，来的人也叫他老老爷。我问黑亮：是你家的老老爷？黑亮说：是全村的老老爷。我问他是族长或者村长？黑亮说都不是，他是村里班辈最高的人，年轻时曾是民办教师，转不了正，就回村务农了，他肚里的知识多，脾性也好，以前每年立春日都是他开第一犁，村里耍狮子，都是他彩笔点睛，极花也是他首先发现和起的名，现在年纪大了，村里人就叫他是老老爷。黑亮的话我并不以为然，我知道，凡是在村里班辈高的人不是曾经家贫结婚晚，传宗接代比别人家慢了几步，就是门里人丁不旺，被称作老老爷了也不见得是光彩的事，这老头即便以前多英武过，可现在老成这样了，不也是糊糊涂涂一天挨一天等着死吗？我被关闭在窑里他不做理会，那我看见他了也全当他是一块儿石头或木头。

可那个夜里，黑亮和他爹他叔都去了顺子家吊唁，我本来也想着法儿怎样弄开窑门口的狗要再次逃跑的，老老爷却一直坐在磨盘上来监视我，这让我对他极度反感。他说他在看星，我弄不懂什么东井呀星野呀的，而他一连串地噢噢着，声音就像走扇子门在响，这是在嘲弄我呀！黑家父子把我关闭在土窑里是关闭着我的身，他的嘲笑却刀子一样在伤我的心。我可以是被拐卖来的，也可以是还坐着车亲自到的村口，但我不愿意让人说我是读过中学有文化！

我抓起抠下来的墙皮碎屑，从窗格里掷他，只掷过了一块儿就打中了他的肩。而他一直没有回过头来，擦着了一根火柴，火苗一跳，照着了放在他腿上的那张纸，也照着了他的脸。多么丑的半个脸，像埋在一堆胡子里的瘪茄子。火苗灭了，夜的黑更黑，满空的繁星里，月亮早掉了一半只剩下一半。

他说：你去睡吧。

★　　　　★

我无法去睡。

油灯光越来越黏稠，照在窑壁上，如同甩上去的一摊鼻涕。窑门外的狗似乎有了梦呓，那么吠了一下，再就无声无息。乌鸦仍在不断地拉屎，但已经看不见乌鸦了，它们的颜色和夜搅在一起，白皮松的阴影浓重地罩住了硷畔沿。

当我被拉扯着进村，挣扎中，我就看到过这四棵白皮松，高高地站在坡崖下。我惊恐这是到了什么地方，村子竟然就是一面坡，又全然被掏空了，高低错落的都是些窑洞，我感觉我成了一只受伤的还蠕动的虫子，被一群蚂蚁架起来往土穴里去。我大声呼叫着王总，王总是一直带领我的，但王总却没见了踪影，而有人在说：蒙上眼，别让她记住来路！那一瞬间我记起娘说过的话，娘说人上世来，阴间的小鬼们都会强迫着让喝迷魂汤，喝上迷魂汤就忘了你是从哪儿来的。我的小西服被扒下来包住了我的头，我把小西服又拽下来，还在喊：王总，王总——！他们哈哈大笑：王总发财了，正数钞票哩！一拳就打在我的下巴上，我昏倒在地上，后来便关闭在这土窑里。

我从来没有住过甚至也没有见过窑洞可以是房子，它没有一根木头作梁作栋，虽有前窗，太阳照进来就簸箕大一片光，也少了后门，空气不流通，窄狭，阴暗，潮闷，永远散发着一种汗臭和霉腐的混合味。黑亮夸耀着他们世世代代就住窑洞，节省木料和砖瓦，而且坚固耐用。得了吧，啥才住洞窑土穴，是蛇蝎，是土鳖，是妖魔鬼怪，你们如果不是蛇蝎土鳖和妖魔鬼怪变的，那也是一簇埋了还没死的人。

而我却也成了埋了没死的人。

已经有很多年了，社会上总有着拐卖妇女儿童的传闻，但我怎么能想到这样的事情就摊在了我身上？更不敢想的是，像我这么一个大人，还有文化，竟然也就被拐卖了？！

关闭在窑里，我和外面的世界就隔着这面窗子，窗子有四十八个方格，四十八个方格便成了我分散开的眼。从硷畔上能看见一股一股炊烟，也能听到鸡鸣狗咬，人声吵骂，但看不到那些人家的窑洞。远处的黄土塬起起伏伏，一直铺展到天边，像一片巨大无比的树叶在腐烂了，仅剩下筋筋络络，这就是那些沟，那些岔，那些峁台和壑梁。那里每天都起云，云下的峁台上就有人套着毛驴犁地，从峁台的四周往中间犁，犁沟呈深褐色，如用绳索在盘圈儿，圈儿越来越小，越来越小，人和毛驴就缠在了中间。当那云突然飘动的时候，太阳红着却刮了风，就有幕布一样的阴影从远方极速地铺过来，硷畔上黑了，白皮松黑了，黑亮爹更黑得眉目不清。

黑亮爹不是在硷畔沿上凿那些石头，就是在左侧他住的窑门口做针线。最硬的活计和最软的活计，他干起来都是那么一丝不苟，可稍有风吹草动，就激灵一下扭过头来，朝我的窑窗看一眼。他的窑再过去还有什么，斜出去土崖拐角挡住了我的视线，黑亮每天提了我窑里的一桶屎尿去那里了，又提了空桶放回来，那里可能就是厕所，还有猪圈鸡棚。在我窑的右侧还有两孔窑，靠近这边的住着一头毛驴，毛驴不像狗老卧在我的窑门外，但狗一听我摇门窗就吠，狗一吠毛驴也长声叫唤。靠外的一孔窑里住着黑亮叔，白天晚上的他总闲不下，一会儿给毛驴窑里垫土沤草，一会儿从什么地方抱了柴火回来。我先在夜里以为见了鬼，后来才知道他是瞎子，瞎子分不出什么是白天黑夜的。从瞎子的窑再过去，便又是斜出来的土崖另一个拐角，那里有一蓬葫芦架，葫芦吊了六七个，但都用圆的方的木盒子包着，看不见窑门窑窗，而似乎是窑门旁春节贴的对联已经破了一角，在风里一起一落，像一只鸟，永远在那里扇翅膀。那就是老老爷家。老老爷姓什么，我判断他姓白，黑狗姓黑因为它是黑狗，而老老爷窑前葫芦架上开的是白花，老老爷就应该姓白。至于白皮松上一到傍晚就落着乌鸦，是姓黑还是姓白，我无法结论。听他们议论，上百年了这四棵白皮松一直长着，又只栖乌鸦，白皮松就是村子的风水树，乌鸦也就是吉祥鸟。这些乌鸦黑得如烧出来的瓷壶，拉下的稀屎却是白的，每天傍晚后就往下拉，把硷畔沿拉得白花花的，如同涂了一层又一层的石灰浆。

硷畔上能看到的还有石磨和水井，石磨在右边，水井在左边。他们说这是白虎青龙。石磨很大，两扇子石头合着，就是个嘴咬噬粮食，可能是年代太久了，推动石磨只推动的是石磨的上扇，上扇被磨薄了仅是下扇的一半厚，再磨粮食就得在上扇上压一块儿石头增加重量。水井的石井圈也已经很老，四周都是井绳勒出的沟渠儿，绞动时辘轳上那么一大捆绳放下去，放半小时，然后又是近一个小时往上摇，连声咯吱，像是把鬼卡着脖子往上拉，拉出半桶带泥的水。入夏以来黑亮爹几次在嘟囔八个月不下一场雨了，水位一天比一天下降：哦天还让人活不活，吃食不宽裕，凉水也喝不够啊？！

我琢磨过那些窑洞的门窗。如果人的脑袋上没有耳朵眼睛嘴了那是个肉疙瘩，这窑洞没有门和窗，也就是个土窟窿。除了距门三尺有一面大窗，门的上方也还有窗子，是半圆形，和下边竖着的门组合起来，我总觉得像一个蘑菇。黑亮说：像石祖。我问什么是石祖，他就说是男人生殖器，象征着生命和力量。我呸地一口唾在他脸上：家家窑口立那个东西，活该你们这里光棍多！黑亮却咬着牙说：啊，我日他娘！

我说：你骂我？！他说：我骂城市哩！我说：城市挨得上你骂？他说：现在国家发展城市哩，城市就成了个血盆大口，吸农村的钱，吸农村的物，把农村的姑娘全吸走了！

黑亮这样骂着，我就不知道该怎么再说话，我也是被城市吸了去的，可农村里没有了姑娘，农村的小伙子就不会去城市里有个作为了而吸引女性，却要土匪强盗一样地拐卖吗？黑亮见我脸色不好，避开了话题，从箱子里取了一沓剪纸，说：门窗是有些硬，我给你贴上纸花花就显得柔和了。他把那些剪纸贴在大窗格里，又在门上的半圆窗上也贴了。

这些剪纸是麻子婶拿来的，她小小的个子，脚底下挽乱得生快，常常就出现在硷畔上，你不知她是什么时候来的，也不知什么时候就又走了。她来了，把一沓剪纸给黑亮，要黑亮在家里贴，黑亮不贴，说你上次给我的手扶拖拉机贴了，半路上还不是翻了？她说：要不贴，你连命都丢了。黑亮多好像更不待见她，遇着在火盆上熬罐罐茶，也不说让她喝的话。但麻子婶不在乎这些，她问黑亮的杂货店里还有没有彩色的纸，就又诉苦她男人打她了，咒她男人几时得个黄疸渴症绞肠痧死了便不祸害她了。咒过了好像什么事都没有，趴到我的窑窗上往里看，黑亮多赶紧拉开她。她说：人还乖着吧？黑亮多把她推到硷畔口，已经走下漫道了还在说：怀上了没？

这里少见到花，硷畔沿上也就是那架葫芦藤蔓，开一种小白花，却又瘦得可怜兮兮，但麻子婶剪出的花却是啥形态的都有。月亮好的夜里，窗格上的各类花影就投在炕上，像是种在炕上的。但黑亮说：你是炕上最美的花！我一下子扑起来，把所有窗格上的剪纸全撕掉了。

窗子上再没有重新糊上纸，平日里，我趴在窗台往外看，看得无聊就敲打窗子，可一敲打，窗子和门一起响铃铛。那曾是挂在毛驴脖子上的铃铛，被黑亮解下来用绳子拴了，一头系在窗上，一头系在门上，只要铃铛一响，就鸡鸣狗咬，毛驴叫唤，黑亮爹便从他的窑里跑出来。

铃铛响着而黑亮爹不出来鸡狗毛驴都安宁，那就是黑亮从杂货店回来了开的窑门。窑门的钥匙是挂在黑亮的裤带上，他说他开锁时听到铃铛响就感觉很幸福，我坐在土炕上不理他，掏枕头里的棉花，把棉絮扔得满炕都是。黑亮不生气，他回窑来第一件事是把尿桶提出去在厕所里倒了，然后去厨房帮他爹做饭，或者他爹已经把饭做好了，他就端来给我。我吃或不吃，他最后都是笑笑的，说：那你在，我去店里呀。

我说：你觉得这样有意思吗？

他说：我毕竟是有媳妇了。

他又笑一下，嘴角显出一个小酒窝，但我偏要认为小酒窝并不可爱：谁是你媳妇？谁是你媳妇？！

他重新锁上了窑门，窑就成了《西游记》里的牛魔王，关闭起来的我便是牛魔王肚子里的孙悟空。我开始在窑里狂躁，咆哮，捣乱，肆意破坏，把被褥扔到地上，嗅到黑亮在炕脚地上的那双鞋臭，提了砸向窑后角，那里一个瓦罐被砸破了，里边的豆子流出来。用脚狠踢凳子，踢疼了我的脚，索性抓了凳子往炕沿板上砸，凳子的四条腿断了三条。灰暗里，窑墙上的两个镜框都泛着光，一个镜框里是装着压扁风干的极花，一个镜框里是黑亮的娘，我不知道镜框里装着风干的极花是啥意思，我却开始骂他娘：是你生了个强盗来害我！骂累了趴在炕上哭鼻子流眼泪，感觉这土窑已经不是牛魔王了，是一只蚌，吞进了我这粒沙子，沙子在磨砺着蚌肉，蚌肉又把沙子磨成了珍珠，挂在黑亮的脖项上给他着得意和体面。

★　　　　　★

老老爷！

我讨厌起了这老头，他的嘲弄让我的脸和耳发烧了好一阵儿，恨不得把所有抠下来的墙皮碎屑都掷过去砸他，但我突然有了一个想法，为这想法的聪明而搓了个响指，便极力调整情绪，柔柔地叫了他一声。

你叫我老老爷了？

老老爷！

你是该叫我老老爷了！我还不知道你的名字……

我叫胡蝶。

啊胡蝶，胡蝶可是前世的花变的。

老老爷，你说天上地下是对应的？

你不觉得天上的云和地下的水纹路一样吗？

难道鸟在天上是穿了羽毛的鱼，鱼在水里是脱了羽毛的鸟？

咯，咯。

他是在笑还是在咳嗽我无法分辨，应该是在夸奖我吧，可鸟和鱼都是自由的，我却关闭在土窑里，我有些想哭了，我强忍了没哭。

也对应人吗？

地下一个人，天上一颗星。

那我是哪颗星？

从窗口斜着往空中看，那里倒扣的一个锅，锅里有着无数钉，银光闪动，我数了一遍，又数了一遍，数目都不相同。

你肯定不是那闪动的星，我也不是，村里所有人都不是，我们的星只有在死后滑脱时才能看到。

我偏要看哩！

咯，咯。

我偏要看！

那你就在没有明星的夜空处看，盯住一处看，如果看到了就是你的星。

白皮松上空是黑的，我开始在那里看，默默叫道：我会是一颗什么星呀，为什么就这样悲惨？我的眼睛已经疼起来，脖子里的骨节在嘎巴巴地响，那一处仍是黑漆漆的，没有星。

是不是我的星在城市里才能看到？

在哪儿还不都在星下啊，胡蝶。

那，那咱这儿分星是东井，分野又是哪儿呢，村子叫什么名，是哪个镇哪个县哪个省呢？

噢，噢。

他又噢噢了，我顿时紧张了，知道他看穿了我的心思，就像一台电视机，打不开频道时电视是黑的，一打开了里面什么都看得清楚。汗忽地出了一层，身子也不自觉地往窗后闪了闪，忙叫着他老老爷，老老爷。

啊欠！

猛地一声啊欠，像是爆破了一枚雷管，惊天动地，但这啊欠并不是老老爷发出的，碥畔的入口，黑亮爹站在那里了。

黑亮爹是从顺子家刚回来，他已经听到了我和老老爷的对话，他以夸张的喷嚏在打断着。我再没有说话，老老爷也没有说话，夜一下子死了，而黑亮爹再是一连串地擤着鼻子，他是故意地不让老老爷难堪，说：看星呀，还是没雨吗？老老爷说：东井没有水汽么。黑亮爹说：再不下雨人就热死了，以前还有个庙能祈雨……老老爷却从磨盘子上下来，有些立身不稳，弯了腰揉膝盖，说睡吧睡吧，就要回他窑里去。

我愤怒地拍打了一下窗子，狗立即嗷地跳起来咬，黑亮爹朝我的窗子看了一下，踢着狗说胡咬啥哩，却叫住了老老爷。

他在说：我问你个事哩。顺子他爹停在灵床上了，我给他嘴里放铜板，这是给他去阴间的买路钱，他却吓我，竟然就坐起来，我以为返阳了，再看时又倒下去，浑身死得硬硬的。这是啥怪事？他横死的有冤气，现在没庙了，也没和尚来超度……老老爷说：诈尸么，是猫到灵床上去了？他说：没有进去猫呀。老老爷说：灵床边站没站属虎的人？他说：天哪，那我就属虎！

他啪啪地打自己脑门，而老老爷却极快地把手里的纸揉了一团扔了过来，纸团准确地穿过窗格，落在我的窑里，没有丁点儿声音。

黑亮爹还要问老老爷：那我就不能再去顺子家了？回转身来，老老爷已经消失了。

硷畔下这时有了一片红光，那是在给顺子爹焚烧阴纸吧，红光很大，黑亮爹朝红光张望，嘴里叽叽咕咕地念叨着什么，又呸呸地唾了几口唾沫，回到他的窑里去。

★　　　　★

油灯的芯儿吧吧地响，还溅了一下火花。

这村子至今仍没有电灯。听到过村长在硷畔上乱骂，骂过了村巷里的路烂成泥坑，要修呀就是凑不齐劳力，然后又骂立春、腊八和栓子不肯交纳电线杆的集资款，影响得一村人都成二瓮了。二瓮是黑亮叔的名，黑亮不愿意村长拿他叔做例子：我叔是瞎子，瞎子又咋啦，他吃饭吃到鼻子了，走错门上到谁家炕上了？村长就和黑亮吵了一架。事后，我才知道，村长之所以躁了，是黑亮揭了村长的短，村长在村里长期霸占着几个寡妇，而且栓子不在家时，也常去栓子家寻栓子媳妇，两人结过仇，电线杆集资，又正是立春和腊八才开始经营血葱，手头紧张，他们三人不交集资款，别人家也看样不交，拉电的事就搁下来，这就仍旧还在点煤油灯。

油价又涨后，黑家都是吃晚饭时点一会儿灯，吃完饭洗了锅就把灯吹了说话，话说够了睡觉。我不行，我一定要白日黑夜都点灯。一百七十八天我一直在这窑里，除了哭、骂、破坏东西、谋划着怎么能逃出去，我能做的就是把灯点着吹灭，吹灭了又点着。黑亮回来后给灯添煤油，疑惑着怎么油又干了，说白天里你也点灯？窑里黑我不点？我瞪着他，他嘴唇像瓦片子一样上下动着说不出话，递过手巾，让我擦擦鼻孔。我的鼻孔里肯定全是灯熏的黑灰，我偏不擦，又去点灯，还拨大灯芯：就要浪费你家的油！

但是，每当灯一点着，灯就暴露了我的恐惧和胆怯，豆大的一粒焰，发出的是红的光，白的光，其实是黄光，瑟瑟索索，战栗不已。

我在灯下展开了纸团。

老老爷能把纸团扔给我，而且是背着黑亮爹偷偷扔给我的，我以为老老爷是在同情我了，在纸上给我写了这里是什么村什么镇什么县什么省，他要我知道这一切了，可以寻找机会把我被拐卖的信息传递出去让娘来救，或者，在纸上给我列出一条逃跑的路线。但是，纸上画着的竟是一幅别样的图：

纸上的星图，我无法看懂。这或许是老老爷拿着这张图在对看着天上的星吧。我隔着窗格再往夜空去看，繁星点点，我不能把图纸上的星和那些星对上位。失望，怨恨，使我对着黑亮爹的窑门唾了一口。

没想黑亮爹就在这时又开了窑门出来，走向井台，手里提着那双高跟鞋。

二
村　子

　　那是我的高跟鞋呀。

　　我在城里就买了这一双高跟鞋，真皮的，五百元，把娘收捡来的两架子车废品卖掉了买的。为此，娘跟我怄气，说高跟鞋是城市人才穿的，你乱花的什么钱？！

那是我的高跟鞋呀。

我在城里就买了这一双高跟鞋，真皮的，五百元，把娘收捡来的两架子车废品卖掉了买的。为此，娘跟我怄气，说高跟鞋是城市人才穿的，你乱花的什么钱？！这话我不爱听，我告诉娘：我现在就是城市人！这钱算我借的，会还你的，五百元还五倍，两千五百元！

我穿上了高跟鞋，个头一下增高了许多，屁股也翘起来，就在屋里坐不住，噔噔噔地到街道去，噔噔噔地又从街道返回出租屋大院。房东老伯说我是飞着走哩：呀呀，谁会觉得胡蝶是从乡下来的？娘说：乡下人就是乡下人，乌鸡是乌在骨头上的。老伯说：胡蝶天生该城市人么，现在城市姑娘都学外国人，不惜动手术要把墙面脸削成个墙棱角脸，她本身就长了个墙棱角脸啊！我的脸是小，一巴掌就罩住了，以前我还自卑我的脸不富态，原来我这是城市里最时兴的脸！我就买菜买米时又偷偷私扣下了钱买个穿衣镜，每日一有空就在镜前照，照我的脸，照我的高跟鞋，给镜说：城市人！城市人！娘骂：让镜吃了你！

高跟鞋现在却提在黑亮爹手里。

从进了这个窑那天起，黑亮就脱去高跟鞋，给我换上了一双布鞋，说是

19

他娘还活着的时候就给未来的儿媳妇做了鞋，一针一线在灯下做的。我不穿，失去了高跟鞋就失去了身份。我把布鞋踢飞了，宁愿打赤脚。

你穿上。黑亮把布鞋拾起来还要我穿：你穿上了，我娘在九泉下会笑的。

我说：你娘会笑哩，我娘正哭哩！

我和黑亮在窑里抢夺着高跟鞋。但我如何双目怒睁，咬牙切齿，破口喷骂，号啕大哭，还是抢夺不过黑亮。

黑亮说：我可是掏了三万五千元呀，五千元还是我多给的。

我说：是不是看我是城市人又年轻漂亮就多给了五千元？你就是掏十万一百万，你觉得一头毛驴能配上马鞍吗，花是在牛粪上插的吗？

我看见黑亮是蔫了下来，浑身上下腾起来的红光渐渐退了，又黑又瘦地站在那里。但是，他还是把高跟鞋抱在怀里不肯给我，再后来就放在了他爹的窑里去。黑亮爹从此每天晚上用绳子把高跟鞋拴吊在水井里，第二天早上再把高跟鞋从水井里提出来，一日一日，不厌其烦。

这是村里的一种讲究：凡是谁家有人丢失，或是外出了久久不归，家里人就把这些人穿过的鞋吊在井里，盼着能寻到和早日回来。我差不多已经知道了这个村子里许许多多的讲究，比如手的中指不能指天，指天要死娘舅。在大路上不能尿尿，尿尿会生下的孩子没屁眼儿。夜里出门要不停唾唾沫，鬼什么都不怕，就怕人唾沫。稀稠的饭吃过了都要舔碗，能吃的东西没吃进肚里都是浪费。去拜寿就拿粮食，这叫补粮，吃的粮多就是寿长，拿一斗也可拿一升也可，但要说给你补一石呀给咱活万年。牙坏了或剃了头，掉下的牙和剃下的头发一定要扔到高处去。生病了熬药去借药罐，被借的人家要把药罐放在窑前路口，借的人家用完了要还回去，药罐也只能放到被借的人家窑前路口。养着的猪长着长着如果发现尾巴稍稍扁平了，就要用刀剁掉尾巴稍，扁平尾巴会招狼的。窑前的院子或硷畔上千万不能栽木桩，有木桩就预示了这户人家将不会再有女人。

是如此多的讲究，才维持了一村人生活在这里吗，可现在，是什么年代了，他们还都这样，我只觉得荒唐和可笑。我是被拐卖来的，这本身就是违法犯罪，黑亮爹还把我的高跟鞋吊在井里，我就能不再反抗、逃跑，安安然然地给黑亮当媳妇，老死在这一个只有破破烂烂的土窑洞和一些只长着消化器官和性器官的光棍们的村里？

黑亮是第一回扇了我耳光，警告着我别污蔑他们。这个耳光非常响亮，我的嘴角出了血，同时肚子就刀绞一般地疼，在炕上打滚，两天不吃不喝。黑亮就害怕了，又手足无措，给我赔话。其实，我肚子疼是我的例假来了，我每次来例假前都是肚子疼，疼得黑天昏地，但我并不把这些告诉他。他见我两天不吃不喝以为我吃不下他们的荞面和土豆，就去了镇上给我买了麦面蒸的白馍，而从此后，每隔六七天就买一次，一次一包，保障着我一天能吃到两个。白蒸馍是放在一个柳条编织的小园笼里，用绳子挂在窑里，为了防止老鼠，还在绳子中间系一个木盘，即便老鼠能爬到木盘上却无法翻过木盘到笼里去。他每次买来了白蒸馍，就给我说他家的事，说村里的事：你在这里住久了，就看我顺眼了，也会舍不得这里哩。

★　　　　★

黑亮说，他是八年前就没有了娘的，他的娘活着的时候是村里最漂亮的女人，而且性情温顺。他三岁那年，娘带着去东沟岔暖泉洗澡，碰上了从县上旅游局去考察暖泉的一个人，见到他娘了，说了一句话：好女人一是长得干净，二是性情安静。他娘的好名声就自此传开，成了方圆十几里内的人样子。他娘之所以漂亮，是他娘每天在"天地君亲师"的牌位前点香，供上土豆，还把挖来的一棵完整的极花也放上。他娘敬了极花，他娘漂亮，他娘说：我将来的儿媳妇也要漂亮！他娘这话是说准了，自从我来了黑家，村里好多人家都开始在镜框里装了极花供在中堂。但他们只供极花，而不知道他娘对未来的儿媳妇是用了多大的心思，她做了布鞋，又攒了十斤棉花，打成

21

了包就一直架在窑门脑上。现在炕上的新被褥里边就是那十斤棉花。

别人以为他娘漂亮了在家里什么活都不干，不是的，他娘的茶饭好，针线好，地里活也好，而且神奇的是她挖极花，她挖极花从没空手过，似乎她到了崖头壑畔，极花也就在崖头壑畔等着。

有一天吃饭，家里人都坐了桌，他爹说：黑亮，你将来找媳妇，就找你娘这样的。他说：那恐怕难了！

但这话说过三个月，他娘就殁了。他娘去挖极花，在南梢子梁上挖到了一棵极花，天空上正飞过一架飞机，回去的立春带着才弄来的媳妇訾米，訾米说：飞机！飞机！我以前就坐过飞机！他娘也往天上看，脚下一滑滚了梁，迷昏了三天死了。

他娘一死，家里没了女人，这个家才败下来。

★　　　　★

黑亮说，看到那个镜框吗，镜框里的那棵干花就是极花。类似于青海的冬虫夏草，也就是一种虫子，长得和青虫一个模样，但颜色褐色，有十六只毛毛腿，他们叫毛拉。毛拉一到冬天就钻进土里休眠了，开春后，别的休眠的虫子脱皮为蛹，破蛹成蛾，毛拉却身上长了草，草抽出茎四五指高，秀一个蕾苞，形状像小儿的拳头，先是紫颜色，开放后成了蓝色，他们叫拳芽花。当青海那边的冬虫夏草突然成了最高档的滋补珍品，价格飞涨，这里的人说：咱这儿不是也有这种虫草吗？就有外地人来让这里人挖拳芽花下的虫子，而把毛拉的十六只毛毛腿取掉，冒充着青海的冬虫夏草卖。但外地人太奸，青海那边产的一棵是十二元，只给他们这里产的每棵三元。他们就不干了，自己挖了重起个名自己去卖，这新名就是老老爷起的。老老爷说：青海的冬天是虫夏天长草，咱这儿的冬天是虫夏天开花，青海人说他们那儿是极草，咱这儿就是极花。于是县上就有人大力宣传推广极花比极草更珍稀，药用价值更高，广告牌在县上、镇上竖得到处都是，尤其镇上筥篮大的字写着：极花之都。极花的知名度一提高，也随之价格抬升，县上镇上有了专门从事极花的公司，而各村也就有了各村的收购员，收购了送到县上镇上，黑亮他就是他们村的收购员。

那是疯狂了近十年的挖极花热，这地方村子几乎所有人都在挖，地里的庄稼没心思种了，但这里的极花原本就少，周围的坡梁上挖得到处是坑，挖完了，远处的沟壑峁台也挖得到处是坑，挖完了，最后就得跑很远很远的熊耳岭，那里常年云雾缭绕，野兽出没，极花很难挖到。后来，凡是见到还在地上爬的毛拉就捉，捉了把草根插进毛拉的头部，晒干了冒充，以至于连毛拉都少见了。虽然还有人去挖，继续做着发财梦，但这个村子的绝大多数人都不干了，生活又恢复了以前的状态，他黑亮才开始从县上镇上批发些日用杂货回来再卖，赚些差价钱，以至于办了杂货店。

★   ★

黑亮说，他爹这大半辈子心里最苦，自小殁了爹娘，拉扯着瞎子弟弟硬撑起了这个家。十五年煎熬的是弟弟的婚事，但没有哪个女人肯嫁给瞎子。听说王村有个石匠的女儿是傻子，吃饭不知饥饱，睡觉不知颠倒，他爹为了让石匠把女儿能许给瞎子，给人家当徒弟。傻子到底还是没嫁给瞎子，他爹却学会了石匠活。四十五岁后，又煎熬儿子的婚事，四处托媒，托媒时就先给人家买媒鞋，那些年，他爹的怀里总揣着一双新胶鞋。自他娘死后，他一天一天都长着岁数，他爹急得快要疯了，见人就说：给黑亮伴个女人啊，只要一揭尾巴是个母的都行！他爹怕儿子像弟弟一样，那黑家的脉根就断了。

他爹自有了石匠的手艺，村里新的石碾石磨都是他爹做的，各家的井圈，门挡，砸糍粑的臼窝，喂猪喂驴的食槽也都是他爹做的。任何石头，在他爹手里就如同面团，想要它是个啥，它就是个啥。这些年来，村里的人口越来越少，而光棍却越来越多，先是张耙子来让他爹做一个石头女人，说是放在他家门口了，出门进门就不觉得孤单了，他爹是做了。而又有王保宗、梁水来、刘全喜和立春、腊八兄弟俩也让做石头女人，他爹全是免费做了。至后，他爹一有空就做石头女人，做好一个放到这个村道口，再做好一个放到那个村道口，村里已经有了几十个石头女人了。有了石头女人，立春和刘全喜还真的有了媳妇，王保宗也有了媳妇，虽然王保宗的媳妇是个瘫子，把鞋套在手上在地上爬哩，但那毕竟是有了媳妇，而且还生了个儿子。那些还没有媳妇的光棍，就给村里的石头女人都起了名，以大小高低胖瘦认定是谁谁谁的媳妇了，谁谁谁就常去用手抚摸，抚摸得石头女人的脸全成了黑的，黑明超亮。

★　　　　　　★

　　黑亮说，你从窗子往远处看，能看到那些大梁吧，比东边和西边的四个梁都长，是竖着长的，南边的那个梁却是横着，长成了长方状，如果过了那个横着的梁再往南，就是老有云生起来的地方，还有一个梁是圆形的，这六个梁像不像一个躺着的伸了胳膊腿露着胸的人形？世世代代的人都说，这里原本是个海子，他们的祖先就在海子里捕鱼为生。但海子里出了个魔鬼叫拔，它把海子往上升，洪水泛滥，神就杀死了拔，海子却再也没有了，变成了现在的荒原。拔死后，骨骼还在，骨骼又往上长，这就是那六个大梁。离这儿十多里外是熊耳岭，为了镇压这六个梁长成熊耳岭那样的雪山，才再在每个梁上建了寺庙。据老老爷说这个寺庙当年香火很旺，村里人天旱了去祈雨，生病了去祷告，谁和谁闹了矛盾，争执不下，也都去寺庙里跪下发咒，你说：神在上，我要是做亏心事，让五雷把我轰了！他说：神在上，我要是做亏心事，让五雷把我轰了！解放后，寺庙里的和尚都被强迫还俗，坍垮了两座，"文革"中又被烧毁了四座，别的梁上什么都没有了，只有西边一个竖梁上还遗留着残垣断壁，残垣断壁中有一棵槐树，槐树空着心，似乎是枯了，却树梢上每年还长些绿叶，就有人去拜树，树上挂了许多红布条子。麻子婶是夏夜里拿了席在窑前纳凉，睡着了，觉得有个怪物压在她身上，怎么喊都喊不出声，后来她就怀孕了，生下个孩子是一个头两个身子。这孩子当然丢进尿桶溺死了，麻子婶从此害怕了生育，每月一次去拜老槐树。在拜老槐树时认识了一个老婆婆，老婆婆有剪纸的能耐，她也就学会了剪纸。她剪纸上了瘾，整日剪了花花给村里各户送，自己家里的活再不上心。她男人是半语子，说话说得不完整，和她吵架吵不过了，手里拿着什么就拿什么打她。麻子婶常鼻青脸肿地出来骂半语子白日嫌饭没做好打她，黑来强迫着要她生孩子又打她。村里人取笑：强迫你不一定要生孩子么，半语子还是头牛呀！她说：他是牛，我这地不行了嘛！村里人再劝：你就不要再剪花花了么。她说：你上顿吃了饭，下顿还吃，昨天吃了今日还吃，你吃厌烦过？！就从怀里掏出剪子，她迟早怀里都揣了剪子，又剪开了纸，说：一到晚上，我真想把他那老东西齐茬儿剪了！

村子里见天都有吵架的，吵得凶了就动手脚，村长处理不下，一发火就要给镇上的公安派出所打电话，有人拦住村长，说派出所的人来得多了，对村子印象不好，不如让结仇的人到西边梁上寺庙遗址上发咒去，如果嫌远，让当着麻子婶的面发咒，麻子婶常去寺庙遗址的，她能代表神。村长说：我尊法还是尊神呀？！就是尊神，麻子婶能代表了神？她最多也是个树精附了体！

★　　　　★

黑亮说，他家的窑是曾祖父手里修的，如果木头房子的风水好是木梁上会生一棵灵芝，窑的风水好则是窑顶有蜘蛛结出的娲网。你看到了吗，那个小小的网，落上了灰尘就有指头粗，盘绕得像只蛙吧，蛙和娲同音，蛙也就是传说中的那个娲。自有了这娲网，那一年他考上了镇中学，他娘去挖极花，竟然一次挖到过十二棵，还有，黄鼠狼子在村里叼过十三户人家的鸡，他家没损失过一只，所有的母鸡都天天下蛋。人常说狗的寿命是十年，他家的狗已经十四年了，还猛得像只豹子。他家最让村人羡慕的是他家的毛驴聪明，比人都聪明。当毛驴还小的时候，他正上中学，是住校的，星期六傍晚回来，星期天傍晚再去，每次都是毛驴把他和他带的吃货驮到校门口了，毛驴就独自回来，从来没迷过路或耽误了时间。后来毛驴长大了，拉它去十里外的青阳村配种站配种，生下小骡子卖钱，每到赶上配种的日子，他爹牵了它去青阳村，它竟然一路小跑能寻到配种站，比他爹还去得早，村里的马猴子就骂过：让你去配种呀你以为去卖淫？！它先后生过五个小骡子，卖的钱给家里添了辆手扶拖拉机。毛驴和马配，生下的骡子不姓马更不姓驴，样子不像了，也不认它，但它无怨无悔，从没发过脾气，真是好毛驴。他家的经济收入现在就靠它和杂货店。

★　　　　★

黑亮说，你肯定听说了东沟岔那儿有个暖泉，你要是乖乖的了，我带你去洗澡，或者以后你就和訾米一块儿去经管暖泉。那暖泉真是神奇，就在一处红石崖下冒出一股水，水温常年都在五六十度，沟滩上就挖了两个沙坑聚成潭供人洗澡。据旅游局的人来考察说，暖泉里的水中有丰富的硫黄矿物质，所以定期去那里洗泡，能治风湿，能治疥痒，能治白癜风，还能把黑人变白人。东沟岔是咱村子的地盘，来洗澡的都是附近十里八乡的人。先还是单日男人去洗，双日妇女去洗，后来张老撑住在那儿了，张老撑开始收费，洗一次收一元钱，就在两个水坑中间隔了一堵墙，男女可以同时分开洗。张老撑是个孤人，去住的时候已经七十三岁，他除了收些洗澡费外，还养了鸡，种了一片血葱。血葱是这村里的特产，就像有配种的青阳村有一水塘中的藕生着十一个孔眼一样。血葱长得比别的葱个头小，但颜色发红，所以叫血葱。血葱的味道特别呛，切葱花时会刺激得流眼泪，如果炖羊肉，放一点葱花就祛膻味，炖出的肉又嫩又香。冬天里吃血葱人耐冷，感冒了熬些血葱根喝下一发汗就好了。还有，血葱能增强男人性功能，村里早有一句老话：一根葱，硬一冬。外人都知道这里产的血葱好，但让血葱真正出了大名还是张老撑。张老撑见血葱在那儿长得非常好，就多种了一些，又没别的菜，就每日一顿血葱炒鸡蛋，身子骨倒越来越硬朗。他在那儿待过六年，从青海那边来了个三十出头的妇女，那妇女原本来挖极花的，极花已难挖到，就在东沟岔帮张老撑经管暖泉，图着有口饭吃，有个落脚地。这事谁也没在意，都说有个人照料着张老撑生活也好，但过了二年，张老撑竟被人砍死了。镇派出所来破案，凶手是那个妇女的丈夫，他是从青海过来寻找失散的媳妇，在暖泉那儿寻到了，发现媳妇已有身孕，殴打着媳妇问怀的是谁的孩子，媳妇供出是张老撑的，就把张老撑砍死了。这事传出来谁都不信，张老撑八十二岁了还能把女的肚子弄大？但确确实实是张老撑干的，分析张老撑这么厉害就是天天吃血葱，于是血葱的奇特功能就越传越玄乎。

　　张老撑一死，东沟岔就没人去了，暖泉也废了，夜里老有一种鸟叫：翠儿——翠儿——！据说那鸟是张老撑的阴魂变的，翠儿是那个妇女的名字。

　　也就是那一年，立春从县城打工回来，回来还带了个媳妇訾米。訾米从衣着上、说话上，气质完全和村里的妇女不一样，立春又黑又粗，脸上还有条疤，和訾米不搭配，但訾米来村里，立春并没有关闭她，她和立春一块儿外出，还手拉手。王保宗说他有天夜里去立春家喝酒，发现訾米白天出来脸红红的，那是涂了粉抹了胭脂，晚上回去洗了脸，就难看得像个鬼。张耙子说：我倒夜夜都想鬼哩，鬼不来么。

　　这訾米真的是脑子活泛，她听说了张老撑的事，就鼓动立春、腊八兄弟俩到东沟岔去种血葱：为什么不再种血葱呢，张老撑做了个大广告，得抓住商机啊！立春、腊八兄弟俩去东沟岔放了鞭炮，真的就种起血葱了。现在，暖泉那儿洗澡的事訾米在经管着，虽然去洗澡的人还是少，可有暖泉的水，那沟滩都是下湿地，血葱就长得好，种植面积不断扩大，号称是血葱生产基地了。

★   ★

黑亮说，杂货店是他三年前办的，村里也就这一个杂货店。货都是从镇上县上进，凡是村里人需要的东西他都进，比如针头线脑，锅盆碗盏，煤油，烟酒，扫帚，水桶，烧水的壶，罗面的罗儿，铁锨，槤枷，绳索，耙钉，斧头，雨伞，暗眼，笊篱，油盐酱醋，茶叶白糖。还卖农药，化肥，种子。也收购了当地的土特产再拿到镇上县上去卖，比如土豆、大蒜和南瓜。

高原上到处是不缺土豆的，但这村里产的土豆是紫皮土豆，紫皮土豆蒸着吃特别干面，有栗子味，还有一个功能，如果皮肤瘙痒，无论是癣还是湿疹，即便起了疮化了脓，把土豆切片儿敷，十分钟止痒，连敷八天痊愈。大蒜是独瓣蒜，能辣到心。这里的南瓜都不大，全是扁圆的，能存放两年都不会坏。杂货店先还收购极花，三棵五棵地收，收到一定数量了他再加价卖给县上的二道贩子，现在基本上不做这营生了，却也收购起血葱。立春、腊八兄弟俩生产的血葱在镇上县上有他们的代销点，他只是替他们用手扶拖拉机运送，而村里别的人家在自家地里种有少量血葱，原本自己吃的，见立春、腊八兄弟俩的血葱卖得好，也自己不吃了要卖，他就收购了，也拿到镇上县上卖，其实他还是卖给了立春、腊八他们的代销点，卖得便宜，仅每斤三元钱。

杂货店就在村前路口西边的土坡子上，你来村子的时候，就是在土坡子上停的车，你没有看到那三间瓦房的山墙上用白灰写的杂货店三个字吗？杂货店正对着村前的大路，路上来往的人经过了，买不买货他都招呼，让来店里歇歇脚，他还备有凉茶。有了这个杂货店想发大财是难，毕竟比起村里别的人家要手头宽展，虽然想买啥是不敢就能买啥，但急需要买啥了也还难不倒的。

★   ★

黑亮说，别的我不给你说了，你以后就全知道。

没有以后！我大声地喊，这里不是我待的地方！

待在哪儿还不都是中国？

我要回去，放我回去！

黑亮不吭声了，窑外凿石头的黑亮爹停下锤子，锤子也不吭声，瞎子在拿扫帚打鸡，打狗，打毛驴，一阵儿骚乱后鸡狗毛驴全不吭声。

几只乌鸦离开了白皮松，从硷畔上空飞过，飞过了没一点儿痕迹。

三

招　魂

　　被抬进了窑洞，疼痛和羞辱使我在这面铺着草席的土炕上缩成了一疙瘩。这就是你的炕，黑亮说着。硷畔上的村人在嗷嗷地欢乐，正把锅底的墨灰和烟锅里的烟油往黑亮爹的脸上抹。

被抬进了窑洞，疼痛和羞辱使我在这面铺着草席的土炕上缩成了一疙瘩。这就是你的炕，黑亮说着。硷畔上的村人在嗷嗷地欢乐，正把锅底的墨灰和烟锅里的烟油往黑亮爹的脸上抹。村里的风俗是儿子娶回媳妇了就得作践要当公公的爹，将他的脸抹得越脏越好，说：你知道为什么叫公公吗？公公就是把×阉了才叫公公，你往后别对儿媳妇想起花心噢！同时在呐喊：酒呢，咋还没拿酒？！黑亮爹说：拿酒拿酒，我弄几个凉菜去！这个窑里是放了三坛酒，黑亮要搬着出去呀，却涎着脸说：咱俩先喝上，喝个交杯酒。他抱了一坛在盅里倒，倒得酒从盅里溢出来，流在炕桌上，他把嘴凑近去吸了。酒在盅里，泛着亮光，有琥珀颜色，我伸手过去抓酒盅的时候，抓住了黑亮的脸，我感觉手指甲抓破了他的脸，指甲缝里应该有他的血和肉。黑亮闪了一下身，盅子没有掉，重新放好在炕桌上，说：你凶起来也好看的。我看见他脸上有了抓痕，其中一道红得像是蚯蚓，就躲到灯影暗处不让他看到我。黑亮拉闭了门走出去，却大声哎哟了一下。我从窑子里瞧见他抱着酒坛在经过他爹的窑门口，身子蹲着，靠在那里的一张檑就倒了下去。硷畔上的人在说：咋啦，咋啦，崴脚啦？黑亮站起来，说：撞上檑了，哎哟把脸划破了，酒坛子没摔。所有的人都站起来又重新坐下，嚷嚷：今晚上要破瓜哩不要破相哩，倒酒倒酒！

那是一顿喜庆酒，村里人或许已经习惯了喝这样的酒，就替代了婚礼和婚宴，他们像一群狗一群狼在那里争抢。就在那时刻，我觉得人世有许多人其实并不是人，就是野兽。他们叫嚣就这一坛酒吗，王保宗买的那个媳妇是瘫子在地上爬哩，也喝了三坛酒的！黑亮说还有还有，慢慢喝，不喝醉谁也不能走啊！王保宗却说你光 × 打得炕沿子响还好意思说别人？说王保宗的就说我那 × 要那么将就，我就把它割了！两人吵起来，王保宗在挽袖子，黑亮忙说打通关打通关，便先从笑话王保宗的那人开始，一下子倒满六盅，要六六顺呀，吼叫着划拳。黑亮的拳技不行，六拳输掉了四拳，但他喝酒实在，喝完一盅还要把盅子翻过底让人看着没剩下一滴。通关只打到一半，口齿不清起来，让一个人代他喝，那人说：你酒量不行我代，你要没那个本事了老哥也代出力！一片哄笑。就有人笑着笑着噗地吐了，污秽喷在了对面人的脸上，被骂道：你狗日的粉条不咬?！一根粉条是拴在了那人的耳朵上。

我永远不会忘记那个晚上的，村里人已经喝醉了三个趴在地上吐了一阵儿就不动弹了，狗去舔，狗后来也醉了，卧下去不动，没醉的人还在继续喝，喝光了两坛再打开第三坛，要把自己往醉里喝，我便观察着窑洞，谋算着如何能逃出去。

这是一孔很大的窑，宽有五米，入深十五米，窗子后边就是炕，横着能睡下六七个人，炕壁上钉着木橛，架了木板，上边放着不知装了什么的瓷罐，高低粗细竟有十三个。挨着炕过去是一面木柜，柜上放了插屏，两边是各式瓶子，瓶子里插着乱七八糟的东西，还有一个鸡毛掸子，好像从来没用过，上边蒙了一层灰尘。柜子旁边堆着几个麻袋，鼓鼓囊囊装着粮食或衣物，袋口用绳子死死扎着。再过去是一只木箱。窑的中间应该是接待客人的地方了，有一张方桌，两条长凳，方桌黑漆漆的，上边放着一个青花茶壶，一个青花小缸，黑亮在壶里盛满了凉水，叮咛过渴了就喝，小缸里有白糖，放上糖了喝糖水。桌后的窑壁上挂着两个木头镜框，一个镜框里装着一枝花，一个镜框上系着黑布，里边是一个女人的照片。镜框里装花我不明白是啥讲究，也认不得那是什么花，而那个女人的照片，眉眼一看就是黑亮的娘。他娘肯定是死了，却在看我。我把黑布拉下来遮住了他娘。往窑顶上看，没有天窗，窑后还有了一个小窑，我往小窑去，桌子撞了我，柜子角也碰了我，我突然想到了这些木做的家具就是树的尸体，我就在尸体堆里。小窑里全是瓮，瓮瓮都装着苞谷、荞麦、谷子、豆子，然后就是萝卜、白菜、土豆。但没有后门。整个窑出进只是那窑门，我拉了一下门，门是从外面挂了锁，就试着推窑窗，窑窗是那种揭窗，可以推开一半，但要推开就会有响声，我把茶壶里的水淋浇在窗轴上，窑窗就慢慢推开了。

我噗地吹灭了煤油灯。

静静地观察着外边的动静，酒仍在喝着，又有几个人趴在了地上，而另一个在喊这个又喊那个，滔滔不绝地评说着村里的是是非非，旁边的就说：你说话么，打我干啥，手那么重的？！那人又拍打着，说：我给你说么！被拍打的说：再打，我就躁了！又有人说：猴子你喝多了，话怎多的！猴子说：我喝多了？我哪一句说错了？！我把窗推开了，用撑窗棍撑住，呼了一口气，先伸出头了，却无法爬出去，便收回头，拧过身子，把腿伸了出去。我一直得意我有一个细腰和一双长腿，但腿伸出去了就是脚挨不着地，窗台搁住了腹部，使劲儿一用力，胸罩带就断了，衣服也撕下一道口子，肚皮子就像被铁钳子夹住了一样疼，但我终于是钻出来了，立刻缩身贴伏在窗根下的黑影里。

喝酒的人谁也没有发现我，有人在说：这酒怎么越喝味道越淡了，是不是黑亮在酒里加水了？黑亮没说话，有人说：你喝醉了，嘴不是嘴。那人把下嘴唇拉得老长，说：嘴不是嘴是你娘的×？你不喝酒知道个屁！被骂的也不生气，说：我不能喝么，今年一定得生个男孩啊！立即就有了另外的骂声：生男孩是害男孩呀，还嫌村里光棍少啊？接着又骂这里光棍多，偏能长血葱，硬起来是×老鼠窟窿呀还是半空里×乌鸦？！

我开始动起来，从窗根往右边挪步。右边不远处是一个窑洞口，再过去是什么还不知道。悄悄地挪过了那个窑洞口，听到了噗的一声，像是在喷鼻子，抬头往窑里一看，一张毛驴脸伸过来。我在刹那间想到了娘，娘的脸就是长的，我的身子僵在那里不敢动，毛驴把我闻了闻，我在悄声说：你不要叫，不要叫。毛驴又喷了一下鼻子，果然没有叫，我的眼泪哗哗地流下来，感觉这毛驴就是我娘，或者是我娘在寻找我，娘的魂附在了这毛驴身上。

过了有毛驴的窑，前边仍有一个窑，窑的前边还有一个石磨，我再不敢靠近窑了，想从石磨边往过爬，磨盘下却铺了一张草席有人睡在那里。我差点惊出声来，以为那人是发现我了，一紧张就又站起来，重新把身子贴在了窑门旁的崖壁上。待了一会儿，没有动静，抬头往天上看，天上的云很重，月亮隐隐约约，好像能看到，也好像看不到。这时候席上睡着的人却坐起来，伸手在磨盘旁的一堆禾秆上抓什么，后来就有一团东西扔了过来，扔过来的是一团禾叶。我在那时是疑惑了，不明白那是什么人，没有去喝酒，却睡在这里，喝酒的人也没有叫他，他是发现了我但并没有声张，有意要救我吗，但这怎么可能？我就判断那人是图凉快睡在这里的，睡得迷迷瞪瞪了，以为我是喝酒的人，喝多了要上厕所，扔给我禾叶是让我擦拭的，农村人都是上厕所不用纸的，要么石块土疙瘩，要么树叶和禾叶团。我接受了那一团禾叶，当一切都还安静，极快地绕过石磨往前跑去。

后来，当我知道了给我禾叶团的是黑亮的叔，一个瞎子老汉，我没有求证过瞎子为什么那一夜没有叫喊，却从此待瞎子最好，我从没叫过黑亮爹是爹，而叫瞎子是叔。还有那头毛驴，在以后我被关在窑里，我一拍打窑门窑窗，狗就咬，狗一咬毛驴也叫唤，毛驴同样是帮凶，我还是对毛驴不讨厌。它的脸确确实实让我想到娘，它总是喷鼻子，就像娘在唠叨。

但我恨那只猫，那只猫并不是黑家的猫。当我绕过石磨往前跑去，一只猫在大声呻吟，音调怪异，喝酒的人就全听见了，他们在骂：黑亮有媳妇了，你也叫春？！有人脱了鞋向猫掷打过来，便瞧见了一个黑影在跑，说：谁？

黑亮忽地扑起来往窑洞去，窑门挂着锁，窑窗却开了，立即喊：跑啦！人跑啦！

我跑到了那四棵白皮松下，乌鸦的屎从树上拉下来白花花淋着左肩，才发觉树就在硷畔沿上，硷畔沿黑黝黝的，不知有多深，也不知下边是什么，喝酒的人跑了过来，我就急了，纵身跳了下去。

跳下去了，跌在什么东西上，并不疼，还被弹了起来，又再次跌下去，我的下巴猛地磕了一下，嘴里就有了一股咸味，才知道是先跌在一个谷秆垛上，再从谷秆垛上跌在地上。要爬起来，还不等爬起来，喝酒的人从硷畔上跑下就抓住了我的后领，抓我后领的人手上沾上了我肩上乌鸦屎，在骂：你身上有白屎？黑家的手扶拖拉机，镰，锨，还有鸡狗毛驴身上都淋有白屎，有白屎就是黑家的标志，白屎都给你淋上了你还跑？！我拼足了力气要往上冲，我觉得我和衣服已经脱离，就像一只蛇在蜕皮，而我的头发又被抓住了，几乎同时上衣没有了，头发使我吊起来，再重重地摔下去。

我已经记不清是怎样从硷畔下到了窑前，是被拖着，还是五马分尸一样拉着胳膊腿，等整个身子扔在硷畔上了，我要爬起来，周围站了一圈醉醺醺的男人，全在用脚把我踢过去又踢过来。我大声哭喊，我唯一能做的就是哭喊。娘的×，你还会跑！你跑呀，跑呀，也不问问有哪个买来的能跑出过村子？！我虎着眼，愤怒地看着那人，那人呸地将一口浓痰唾在我脸上，左眼被糊住了。我再一阵哭喊，觉得哭喊是甩出去的刀子，割得他们都往后退了一步。这是个烈的！他们在说，立刻脸上有了巴掌扇动，像泼了辣椒水，像烧红的铁在烙，像把脸上的肉一片一片打了下来。打吧，打吧，把我打死了看我怎么收拾你们！我的骂激起了他们更大的快乐，竟然哈哈哄笑，无数的手就伸过来，头发被踩住，揪下一撮又揪下一把，发卡没有了，耳朵拧扯拉长，耳环掉了下去。我抱了头抵抗，左冲右撞，当双手再也护不了胸，胸罩被搜去了，上身完全裸光，我再也不能哭喊和挣扎，蜷了身子蹴在地上。紧接着，胳膊上，后背上，肚腹上开始被抓，乳房也被抓着，奶头被拉，被拧，被掐，裤子也撕开了，屁股被抠。我只感觉我那时是一颗土豆埋在火里，叭叭地土豆皮全爆裂，是一个瓷壶丢进了冰窟，冻酥了，咔嚓咔嚓响，成了瓷片和粉末。终于是黑亮在喊：不要打了！不要打她啦！他掀开了几个人，冲过来扑在我身上，他覆盖了我，仍在喊：都住手！住手！醉汉们差不多住了手，仍有一只手狠狠地抓我乳房。黑亮在拉我站立，他像是在收拾一摊稀泥，收拾不起来，后来就把我抱起来回到了窑里。硷畔上的那些人还在说着肯定是处女，奶头子那么小，屁股蛋子瓷瓷的，嘻嘻嘎嘎地笑。

★   ★

我的魂，跳出了身子，就站在了方桌上，或站在了窑壁架板上的煤油灯上，看可怜的胡蝶换上了黑家的衣服。那衣服应该是黑亮娘的遗物，虽然洗得干净，但土织布的印花褂子，宽而短，穿上了如套了麻袋。协助穿衣服的是三朵的娘，她怕三朵喝高了才叫儿子回家的，给胡蝶穿裤子，一边骂着把人家的衣服拉扯了，又把人家皮肉抓成这样，是狗呀狼呀？！一边又嘟囔：咋长这长的腿！把裤管往下拉，还是盖不住脚脖子。

我以前并不知道魂是什么，更不知道魂和身子能合二为一也能一分为二。那一夜，我的天灵盖一股麻酥酥的，似乎有了一个窟窿，往外冒气，以为在他们的殴打中我的头被打破了，将要死了，可我后来发现我就站在方桌上，而胡蝶还在炕上。我竟然成了两个，我是胡蝶吗，我又不是胡蝶，我那时真是惊住了。直看着黑亮又从方桌上端了水给胡蝶喝，我又跳到了那个装花的镜框上，看到了灯光照着黑亮和三朵娘，影子就像鬼一样在窑里忽大忽小，恍惚不定。

胡蝶不喝水，她紧咬着牙关，黑亮用手捏她的腮帮，又捏着了鼻子，企图让胡蝶的嘴张开了灌进去。但他后来又不这样做了，说：再跑会打断你的腿！

从此，胡蝶的脚脖子被绳拴上了。那不是绳，是铁链子。铁链子原是拴着狗，在拴胡蝶的脚脖子时，脚脖子又白又嫩，黑亮担心会磨破皮肉，在铁链子上缠了厚厚的棉絮。拴上了，把链头用锁子锁起来，另一头就系在门框上。铁链子很长，胡蝶可以在窑里来回走动，能到每一个角落。门也从外边用更大的锁子锁了，揭窗被彻底钉死，还在外边固定了交叉的两根粗杠。

在很长的日子里，我总分不清我是谁：说我是胡蝶吧，我站在方桌上或镜框上，能看到在炕上躺着和趴在窗台上的胡蝶。说我不是胡蝶吧，黑亮每一次打开门锁进来，嘎啦一响，我听到了，立即睁大眼睛，拳头握紧，准备着反抗。终日脑子里像爬了蚂蚁，像钻了蜂，难受得在窑里转来转去。

黑亮看见了我在揉腿，他也要来揉，我忽地就把腿收回来。过去的夏天里，我从外地跑回家，因为太累，趴在床上就睡着了，醒来娘坐在旁边，她在抚摸我的腿，说瞧你这腿，像两根椽么！我的腿是长还特别直，把纸夹在腿缝，拽也拽不出来。而现在伤痕累累，发青发肿，用指头按一下有一个窝儿，半天复原不了。我虎着眼说：你干啥？黑亮说：我亲一下你。我是你娘！我指着身上衣服大声地说，黑亮就不敢近身来。把吃喝端进窑了，放在方桌上，调盐调醋调辣面，说：你吃饭。我不吃，就是吃也绝不当着他的面吃。他要去杂货店了，把尿桶提进来，叮咛着大小便就都在尿桶里，还加了一个木盖儿，说盖严了就不会有味儿。他再次回来了，我就在窑里走来走去，汗水把刘海湿漉在额颜上，我也不擦，黑亮说：要热了你在奶头上蘸点唾沫，人就凉下来了。我恶狠狠瞪他，他又说：你安静，你越这样会越躁的。我偏不安静，我没办法安静下来。我再一次看见了胡蝶，胡蝶在窑里走来走去，浑身发着红光，像一只狮子，把胳膊在方桌上摔打，胳膊的颜色都发紫了，又把头往柜子上碰，头没烂，柜盖剧烈地跳，一只瓶子就掉到地上碎了。苍蝇又落在窑壁上，她恨恨地拍掌过去，那不是苍蝇是颗钉子，她的手被扎伤了，血流出来她竟然抹在了脸上。黑亮赶紧收拾了窑里所有坚硬家具和那些顺手抓起来能摔破的东西，又拿了麻袋，麻袋里装了一床破褥子，说：你要出气，就踢麻袋吧。叹着气走出了窑门，将窑门又锁了，钥匙挂在他的裤带上。

没有了黑亮，我和胡蝶又合为一体，大哭大闹地踢麻袋，然后把窑里能拿的东西：鞋，袜子，扫炕笤帚，全从窗格中往出扔，再是扔后窑里那些土豆，萝卜。硷畔上黑亮爹在，瞎子也在，他们都一语不发，狗不断地吠，瞎子在斥责狗，他把我扔出去的东西一件一件拾起来。

★　　　★

每天的早晨，白皮松上的乌鸦哇哇一叫，这家人都睡起了，黑亮爹打开了鸡棚门，就在那个塑料脸盆里盛水，水只盛大半瓢，勉强埋住盆底，得把盆子一半靠在墙根才可以掬起来洗脸。黑亮爹洗过了脸，黑亮再洗，然后黑亮在叫：叔，洗脸！瞎子在给毛驴添料，嘴里嘟囔毛驴怎么不好好吃了，夜里屁也放得小，以前是笤篮大的屁，现在小得像吹灯，走近脸盆掬水，已经掬不起来，拿湿手巾擦了擦眼睛。

其实他用湿手巾擦擦额和腮帮就可以，压根不用擦眼睛，他以为我不知道他是瞎子，擦眼睛是为了让我看的，他扭头朝我的窑笑了笑。叔，你抱柴火去吧。黑亮指派着他叔，自个儿又去脸盆里盛上水端进窑来，让我洗。我不洗。他说，天旱了，咱这儿水缺贵。我说水缺贵？那我要洗澡！他说：胡蝶，这不是故意勒剋人么？硷畔下有了喊声，脚步像瓦片子一样响，人却始终没露头，是站在硷畔入口下的漫道上。黑亮黑亮，几时去镇上赶集呀？黑亮爹说：昨天你买了茶叶啦？买了一包，又涨价了。黑亮说，提高了声：拖拉机坏了，今天不去了。那人说：昨天没听说拖拉机坏了呀，我把头都洗了，你不去？！黑亮爹说：涨吧涨吧，再涨也得喝呀。黑亮说：坏了就是坏了么，你能知道你啥时候得病呀？黑亮爹低声说：你好好说话！

瞎子从什么地方抱来了一大搂豆秆。黑亮爹从井里提出了高跟鞋放回窑里，就蹴在窑门口刮土豆片。黑亮在撵一只母鸡，抓住了，拿指头捅屁股，说：怎么三天了都没有蛋？老老爷把一张炕桌从他的窑搬出来，黑亮手在衣襟上擦了擦，忙过去帮忙，把炕桌安放在葫芦架下，说：你要写字吗？老老爷说：我得压极花呀，水来也让给他做一个。突然哐啦一声响，黑亮爹在说：黑亮，猪是不是又跳出来了？！黑亮说：水来也要做？都学我哩，可他们也没见谁弄下媳妇！我在圈墙上压了木杠，狗日的还是跳出来了？黑亮去了左侧崖拐角后，一阵猪叫，再返回来在盆子里和猪食，和好了端了去。老老爷已经在炕桌上放了一棵干花，仔细地理顺着叶子和花瓣，就用两块小木板压起来。黑亮喂好了猪，还是来看老老爷干活，老老爷说：你家镜框里装了极花，就有了胡蝶，别人就会看样么，你听没听到金锁还哭坟哩？黑亮说：他天天哭哩我就没觉得在哭了。老老爷说：我只说他会来让我压棵极花的，他没来，水来却来了，你得替他也操些心哩。黑亮说：他有十斤极花不肯出手，念叨这是他媳妇的，没钱到哪儿给他弄人去？黑亮爹的窑里就起了风箱声，窑脑上的烟囱冒起了黑烟。

早饭永远是稀得能耀见人影的豆钱粥，上面漂着豆片儿。这里的黄豆在嫩的时候就砸成扁的，煮在锅里像一朵朵花。他们把这叫作豆钱。豆钱是钱吗？即便这种豆钱粥两碗三碗喝下去，一泡尿肚子就饥了。黑亮给我剥蒸熟的土豆片，剥了皮的熟土豆蘸着盐吃，虽然吃起来味道要比别的地方的土豆好吃，又干又面，噎得不断伸脖子，打嗝儿，可我受不了一天三顿都是土豆。黑亮爹就想着法儿变换花样，却也是炒土豆丝，焖土豆块，砸土豆糍粑，烙土豆粉煎饼，再就是炖一锅又酸又辣的土豆粉条。

吃过了饭，地里没活，黑亮爹就又开始凿石头了。天热光着了上身，脊背上有两排拔火罐留下的黑坨。一块儿半人高的石头在半晌午时开始生出一个女人头，接着露出脖子，露出肩，只差着要从石头里完全走出来。瞎子收拾起了石磨要磨粮食，他过四五天就磨粮食，好像家里有磨不完的粮食，其实也就是苞谷、荞麦和各种颜色的豆子，他是把地里家里该干的体力活都干过了，没啥干了，就推磨子，这样就显得他的存在和价值似的。黑亮帮着从窑里取出了笸篮，经过他爹的身后了，说：村里有了那么多了，你还刻呀？他爹说：给你刻的。黑亮说：人不是在窑里了吗？他爹说：我心里不踏实，刻个石头的压住。一簸箕苞谷倒上了磨盘顶上，石磨眼里插着三根筷子，瞎子抱了磨棍推起圈儿来。那圈儿已转得我头也晕了，而石磨眼里的筷子不停地跳跃，又使我心慌意乱。在老家我是最烦推石磨，娘把磨出来的麦面在笸篮里罗着，手指上的顶针叩着罗帮儿发出当当的节奏声，那时候我和弟弟就抱了磨棍打盹了，停下脚步，娘就会说：停啥呀，停啥呀？我和弟弟还闭着眼便继续推着磨棍转圈儿走，甚至这么走着并不影响着梦。瞎子没有顶针，他磨一遍了也筛罗，筛罗没有声响。

窗台上爬着一只旱蜗牛，它可能是从夜里就开始从窗台的右角要爬到左角去，身后留着一道银粉，但它仅爬了窗台的一半。

碥畔下又有谁和谁在吵骂了，好像是为鸡偷吃了晒席上的粮食而吵的，吵得凶了就对骂，全骂的是男女生殖器的话。接着又有人在西头向南头长声吆喝，说村长新箍了一孔窑让去他家喝酒哩你去不去？应声的就问带啥礼呀？吆喝的说你带啥礼我不管，我买了条被面子，再带个媳妇去。应声的说你哪有媳妇？吆喝的说我没媳妇就不会带别人的媳妇？！应声的说那我也带个别人的媳妇！黑亮，哎——黑亮！那人又隔空吆喝黑亮也去喝酒。黑亮爹在嘟囔：那是叫人喝酒哩还是索礼哩？黑亮往碥畔下瞅了一眼，没有应声，给他爹说他得到店里去，要和立春、腊八谈代销的事呀，立春、腊八兄弟俩太奸，当初他要代销，他们要直销，现在却又让他代销，他就偏提出抽百分之十二的成。他爹似乎没吭声，他就进窑提了半桶水，又进我的窑里来拿草帽子，诡异地对我说：你知道我提水干啥？我懒得理他，他说：给醋瓮里添呀，这你不要对人说。

黑亮走了，整个中午和下午都没回来，两顿饭是黑亮爹把饭碗端来放在了窗台上。他放下了碗，敲敲窗子，自个儿就退到窗子旁边，喊：吃饭喽！

这是给瞎子说的，更是在给我说。碗沿上不时有苍蝇趴上去，他就伸了手赶。为什么不吃呢，我肚子早饿得咕咕响，就从窗格里把碗取进来，用手擦拭碗沿。黑亮爹说：没事，那是饭苍蝇。苍蝇还分屎苍蝇饭苍蝇吗?! 但我没给黑亮爹发脾气。

天差不多黑下来，白皮松上的乌鸦开始往下拉屎，黑亮才提了个空桶跟跟跄跄回来。他是喝高了，不知是不是在村长家喝的，进了窑就把窑门关了，竟然把一沓子钱往我面前一甩，说：你娘的 ×，给! 往常晚上回来，他都是坐在那里清点当天的收入，嘴里骂着村长又赊账了，把那一沓子纸票子和一堆硬币数来数去，然后背过身把钱放在了柜子里，上了锁。但他喝高了把钱甩在我面前，我想起了爹还活着的时候，也有过这样的行为，娘见爹把钱甩在面前，娘是一下子扑过去把钱抓了，就去酸菜盆里舀浆水让爹喝，再是扶爹上床，脱了鞋，埋怨喝成啥了，酒有多香的?! 我一直看着娘，觉得娘太下贱，娘却对我说：你爹喝了酒才像你爹。我才不学我娘的样，甩过来的钱沓子在我面前零乱地活着，我不理，钱就扑沓在那里，气死了。

★   ★

白天里我等着天黑，天黑了就看夜里的星，我无法在没有星的地方寻到属于我的星，白皮松上空永远是黑的。

这一天，太阳下了西边梁，云还是红的，老老爷就坐在了磨盘上，我以为他又要在夜里看东井呀，但前脚来了猴子，后脚就再来了那个叫梁水来的，猴子是来说他前夜里做了一个梦，梦到他割草哩一条蛇钻到他屁眼儿了，问老老爷这是啥征兆? 老老爷看了他一眼，没有说话，梁水来就来取压制好的极花，他拿了极花就亲了一口，说：极花极花，我也把你敬到中堂去，给我也来个胡蝶! 还扭头往我的窑窗看，我把头一偏，呸了一口。猴子说：这灵验吗，那我也要一棵。老老爷说：中堂是挂天地君亲师的。黑亮爹说：

今日是咋了，来这么多人，来见老老爷就都空着手？！我瞧见硷畔上果然又是四五个人，其中一个还拉着一个孩子，孩子是兔唇，不愿意去，那人说：狗蛋，给老老爷磕头，让老老爷给你起个名字。旁边人说：已经叫狗蛋了还起名？老老爷却问孩子多大了，是啥时辰生的？然后翻一本书，琢磨了一会儿，说：叫忠智吧，让我起名，就要叫哩。那人说：要叫哩，要叫哩，狗蛋，再给老老爷磕头。老老爷说：叫忠智。那人才说：哦，忠智！按着孩子头又磕了三下，父子俩就走了。旁边人就说老老爷给村里所有人都起过名，但又都叫小名，比如马德有叫猴子，王仁昭叫拴牢，杨庆智叫立春，杨庆德叫腊八，梁尚义叫水来，李信用叫耙子，刘孝隆叫金锁，刘德智叫金斗，梁显理叫园笼，王承仁叫满仓，王贵仁叫础子。水来说：起贱名好养么。猴子说：以后都叫我马德有呀！老老爷，以后谁要不叫你起的名，你就再不起名了。老老爷说：不起名那咱这村子百年后就没了。猴子，猴子，黑亮爹在叫。猴子跑过去，说：我叫马德有。黑亮爹说：你能配上德有？猴子就是猴子么，你帮我去把厕所墙旁的那块石头搬过来。猴子说：白出力呀？黑亮说：锅台上还有一张饼哩。猴子进了窑，拿饼吃着去厕所那儿了。

村里人原来都还有另外的名字，不知老老爷给黑亮起了什么名，我便也觉得我的名字不好。当初那个晚上，老老爷得知我叫胡蝶，他说了一句胡蝶是前世的花变的，他的意思是我的名字不好？如果胡蝶今生就是来寻前世的花魂的，而苦焦干旱的高原上能有什么花？我也曾经是憧憬过我将来了会嫁到哪儿会嫁给个什么人，到头来竟是稀里糊涂地被拐卖到这儿面对的是黑亮？！我想让老老爷能给我也起个名，但磨盘那儿人实在太多，我无法开口。

硷畔上还有人来找老老爷，或许村里闲人太多，瞧见老老爷这儿人多，也就来凑热闹吧。一阵吵闹声，就见三朵扯着一个人往硷畔来，那人犟得像毛驴，一到硷畔上就抱住了黑亮爹凿的一块儿大石头，三朵就扯不动了，三朵说：毛虫，咱去见老老爷，你也是给老老爷发过誓的，你能让你爹两天了不吃不喝？毛虫说：我不是去镇上了吗，我只说当日就回的，谁知道有事耽搁了么。三朵说：有啥事，你去耍钱了！你只图赌哩还知道不知道你爹瘫在炕上?！毛虫说：那是我爹，又不是你爹。三朵说：是你爹，你对你爹好了，不是对我爹好，可我就高兴，你对你爹不好了，也不是对我爹不好，我还是不愿意。你去给老老爷认罪去！毛虫说：他又不是庙里的神。三朵说：他不是庙里的神，但他是老老爷！毛虫说：他能给我一碗饭还是给我一分钱？我认他了他是老老爷，不认他了就是狗屁！三朵抽了一个耳光，骂道：你狗日的不怕遭孽！毛虫要回手打，三朵又一脚，把毛虫踢坐在碥畔入口地上，三朵还要扑过去踢，毛虫翻起身就跑了。

这边三朵打毛虫，磨盘边的人都静下来面面相觑，待毛虫一跑走，齐声骂毛虫，老老爷唉了一口气，说：这忘八谈！猴子说：把老老爷气成啥了，也骂王八蛋！老老爷说：不是王八蛋，是忘八谈。三朵说：忘八谈，啥是忘八谈？老老爷说：八谈就是德孝仁爱，信义和平。说毕，起身回他的窑里去了。老老爷一走，把众人晾在那里。他们说：回，回。就也散了，各自回去。

我压根没有想到多热闹的碥畔就这么快地空落了。天整个黑下来，还刮开了悠悠风，靠在水井辘轳上的那扫帚在吱吱响，扫帚在哭吗还是在自言自语着什么，我在窗前待了一会儿，在窑壁上刻下新的一条道儿，就把煤油灯点着了。

脑子里还在琢磨我的名字：胡蝶能寻到什么花呢，这土窑里，唯一的花就是那极花，花是干花，虫子也是死虫子。黑亮在镜框里装了极花就来了我，村里那么多光棍效仿着也在镜框里装极花，那么，我来寻的就是极花？我一下子从墙上取下了镜框，拆开来，拿出了极花，说：你就是我的前世吗，唉，我就是来寻你的？说了一遍，再说几遍，不顾及碥畔上有没有黑亮爹，也不管狗在咬还是毛驴在叫，鼻子里一股子发酸，眼泪流下来，就觉得极花能听见我的话，也能听懂我的话。我便把极花对着窗口，指挥着风：你进来，你把这极花吹活么。风果然进来，极花是被吹开了，花瓣在摇曳。我再指挥了花瓣：你能把我的消息传给我娘吗，娘丢失了女儿不知道急死急活了。

花瓣突然真的脱落一片，浮在风里飞出了窗格，它忽高忽低地飞，飞过来石磨，又从石磨那儿往白皮松飞去，样子很急，如狗见了骨头跑得那么快，倏忽就出了碾畔沿不见了。

★　　　　　　★

我在想我娘。

营盘村前的山是三个峰头，村里人都说那是笔架山，可营盘村没有出文人，连一个大学生都没有出过。娘就对我和弟弟说：好好念书，营盘村的风水会不会就显在你们身上呢！但娘的日子过得很苦，爹死后，她得忙了家里活，还得忙地里活，原本就长的脸一瘦了显得更长。每到开学前，她就为筹我们的学费熬煎，已经把一间房卖给了邻居，还卖掉了她的结婚嫁妆箱子，一张方桌和四把椅子，到后来，连家里上几辈人传下来的铜脸盆、锡酒壶、玻璃插屏也卖了。我见过娘在灶膛烧火时哭，我给她擦眼泪，她说烟把她熏呛的，我说火是明火没有烟呀，她就唠叨我事多。娘是越来越爱唠叨，总是说我这样不对，那样不对，我都有些烦她。五月初三是爹的忌日，娘要给爹的遗像前献米饭，在米饭上夹了一筷子豆腐，又夹了一筷子炒鸡蛋，还说：你就爱吃个酸白菜！把酸白菜夹上了，却突然哭起来：你轻省了，你啥都不管了，你把我闪在半路上？！把一碗饭菜和遗像全打翻在地。到了冬季，石头都冻得像甑糕，但手只要一摸上去，又把手能粘住。那天我和弟弟从学校回来，弟弟说：今日娘给咱做啥饭呀？我说：米粥吧。弟弟说：一天三顿老是米粥！我说：你再弹嫌饭碗子，让娘唠叨你！一抬头，却见娘在远处的那棵砍头柳下脱棉袄上套着的碎花衫子。从村子到镇街六里路，要路过那棵砍头柳，砍头柳就是每年都要把树枝砍掉了只剩下树桩，来年春上树桩上再长树枝，这种柳越砍越长得旺，以至于树桩粗得三个人才能搂抱住。娘最好的衣服就是那一件碎花衫子，她是去镇街了才把碎花衫子套在棉袄上，从镇街回来了又把碎花衫子脱下来。娘是去镇街了，提了一个大包，里边装着作业本，圆珠笔，一袋盐，一袋碱面，竟然还有塑料纸包着的一斤羊肉。我说：今日不过节呀。娘说：不过节咱就不能吃肉啦？吃，给你俩吃好的！那个晚上，我们是炖了肉，还烙了个大饼子，吃过饭了，娘才告诉说：这个家再这么下去就完蛋了，即便饿不死，你们的书也念不成了，村里有三个人要去城市打工，我也跟着一块儿去呀。娘的决定使我高兴，娘不在家了我就不受她的唠叨了，但我立即意识到照顾弟弟要成了我的责任。弟弟还小，在村里初中读一年级，学习成绩一直在他们班是前三名，而我比弟弟大五岁，初中快要毕业，高中则要去十五里外的县城。娘在问：胡蝶，你觉得你能考上高中吗？我说：我数学不好，但我的一篇作文被老师当范文在课堂给同学们念过。娘说：你不敢保证是不是？那你就休学来照看弟弟吧，弟弟是咱家的希望，我外出挣钱就是要发狠心供一个能上大学的。我呜呜地哭了，娘就唠叨：女孩子学得再好将来还不是给别人家学的？说完了，又说一句：你学不进去么。我睡下了，娘在屋里翻寻着酒，爹生前爱喝酒，死时还留有半坛子，娘觉得倒了可惜，自己就有时喝那么一口，倒也喝上了瘾。那一夜酒坛子里已没了酒，翻出了上个月给弟弟治咽喉剩下的咳嗽糖浆，她把那些咳嗽糖浆也全喝了。

第二天，娘就走了，我也从此再不是学生。

★　　　　　★

黑亮在第一晚要睡到土炕上来，我是撕破被单，用布条子把自己的裤子从腰到脚绑了无数道，而且还都打了死结。黑亮扑过来压在我身上，湿淋淋的舌头在寻找我的嘴，我掀开了黑亮的头，一用劲儿，翻身趴下，双手死死地抓着炕沿板。黑亮想把我再翻过来，就是翻不动，我的手，我的脚，还有整个腹部就像有了吸盘，或者说都扎了根，拔出这条根了，再去拔另一条根，这条根又扎下了。黑亮气喘吁吁，低声说：你不要叫，我爹我叔能听到的。我偏要叫。黑亮的手来捂嘴，嘴把指头咬住了，我感觉我的上牙和下牙都几乎碰上了，咯吱咯吱响，满口的咸味，黑亮哎哟一声抽出了手指，手指上带走了我一颗牙。黑亮不再翻我了，坐在炕沿上喘息，说：不动你了，你不要叫。我是不叫了，一脚把黑亮端下炕，手在窗台上摸窗关子，却摸到了一个空酒瓶子，哐地在炕沿上磕碎了一半，一半举着，说：你要敢再动，我就戳死我！黑亮还坐在地上，说：我不动你。去了方桌旁铺席，要睡在席上。但他在来炕上拿枕头，转身要走时突然抓住了我的脚，把脚指头噙在了他的嘴里。我的双脚在蹬，他还是亲了几口然后才回到了席上。

席就成了黑亮晚上的炕。

黑亮在席上成半夜地睡不着，他不断地轻声叫：胡蝶，胡蝶。我在头七天里，每个晚上都不敢睡，觉得那是一只狼蹴在窑里。我在黑暗里睁大眼睛，观察着黑亮的动静。二十年里，我一直以为白天是明光的，晚上一切都是黑暗，但我现在知道了白天和黑夜其实一样都可以看清任何东西，猫不是能看见吗，老鼠不是能看见吗，我的眼睛也开始能看见了。我看见黑亮在叫着我的名字时，手就在动他腿根的东西，叫得急促了，声音是那样的战栗和怪异，便有一股水射出来，溅到窑壁上、桌子腿上。这就是男人吗？我恶心起了黑亮，看他是丑陋和流氓。每当听到他再轻叫胡蝶胡蝶，我顺手抓起炕上能抓到的物件，或者扫炕笤帚，或者枕头，扔过去，吼道：叫你娘去！

天亮了，黑亮起来卷了席，把铺盖枕头重新放回炕上，然后开了窑门出去，和早已起来的爹说话。

亮，好着哩？

好着哩，爹。

好着哩就好，你要待人家好好的。

好好的。

　　★　　　　　★

　　我在想出租大院。

　　出租大院在城南大兴巷的最里头，大院一圈儿都是加盖起来的五层楼，每一间屋里都住着打工的人，我和娘就住北楼一层的东头。门外一个水池子，池上有一个假山，房东老伯常坐在那个躺椅上，旁边的小收音机唱着戏，手里端个小陶壶，听说里边泡的是龙井茶。

　　弟弟考上了县中就在学校吃住，我没事干了，到城市来帮我娘。娘去收捡破烂，我就拉着架子车，有个女人问：破烂，这姑娘是谁？我反感着那些人叫娘是破烂，我告诉娘：谁要叫你破烂就不要搭理！可娘并不在乎，倒还乐意有人喊破烂了，那就是有人让她去家收取破烂。人家从不会让她进门，而是把破烂拿出来，看着她包扎了过秤，检查秤准不准，却还在说：是你女儿呀，怎么能有这么漂亮的女儿呢？便再拿出她女儿的旧衣服给我，问我会不会做饭，如果会，可以来她家当保姆。

　　我不喜欢那女的，当然不会去她家当保姆，那些旧衣服我还是穿了，尤其那件小西服竟是那样合身。但娘让我在和她收捡破烂时不要穿：穿得那么好收捡不到破烂的。我生气就不去收捡破烂了，在出租屋给娘做饭，洗衣服。

　　我已经是城市人了，我就要有城市人的形象，不再留辫子，把长发放下来，而且娘一走就烧一盆水洗头。老家的山路不平，走路习惯脚抬高，还有点外八字，城里的姑娘腿都细细的，稍微内八字，我就有意走小步，也是内八字，有时晚上睡觉还用带子把两条腿捆起来。我也学着说普通话。当我把娘一个月挣来的两千元拿出五百元汇给弟弟的时候，我私扣了一百元给我染了一绺黄头发。后来又买了高跟鞋，娘和我闹过一次，闹过了她又抱着我哭，说女儿大了，女要富养哩，第二天还主动给我买了一条裤子。我不再恨娘，晚上给娘洗了脚剪指甲，在心里第一次下定决心：我也要去挣钱，能挣多少是多少，即便不能让娘过上好日子，也要减轻娘的负担。

　　我去菜市场买菜，菜摊上总有买菜的人要把白菜包菜剥下老叶子，卖菜的大娘照看不及，我就数落剥老叶子的人，大娘说我好，天黑时将那些被剥下的老叶子全给了我。有一个男人几天来老在菜市场转悠，对大娘说你闺女水灵呀！大娘说这不是我闺女，那人就问我家情况，末了说你想不想挣大钱？我当然想的，问挣什么钱，如果是娱乐场所那我是不去的。他说去他们公司，每月工资可以拿到三千。这简直是天大的好事么，我说我去，他就让第二天到喜来登酒店报到。我把这事并没告诉娘，我要挣到一笔钱了让她大吃一惊。第二天，娘出门去收捡破烂了，我就在出租屋精心打扮自己，换上了那件小西服，新裤子，穿上了高跟鞋，就去了喜来登酒店。在酒店里，我才知道了招聘我的那男的姓王，是公司推销部的部长，我就叫他王总。王总把我带进一个房间，那里已经有了五个女孩，我应该是比她们都漂亮，她们都是随打工的父母来到城市的，问我哪儿人，我说家在南郊，她们稀罕我的高跟鞋，我让她们试穿，她们不是脚太大就是脚太胖，她们天生就不是城市人。

　　这一个下午，我们都在酒店里洗了澡，王总给每人发了二百元，说是明日都烫个发吧，还发了一盒擦脸粉。我心想，以后上班也就在这么豪华的酒店吗？可到了晚上，王总却说兰州有个展销会，得连夜赶去参展。我问兰州在什么地方，去那儿多长时间？王总说兰州也是大城市，去四五天，展销会一完就回来了。要去四五天，我就不放心娘了，便在出发前给房东老伯打了个电话，出租大院里只有房东老伯那儿有个座机，我告诉他给我娘传话：我找到一份工作了，过几天把钱带回去。

　　我们是夜里搭乘了一辆客运车，车里人多特别挤，又颠簸得厉害，我不知道这是经过了哪里又到了哪里，先还趴在车窗往外看，夜幕下起伏绵延的群山，山下这儿一簇那儿一堆黑乎乎的村庄和村庄里还亮着的灯光，后来就昏昏沉沉睡去。当第二天中午车停了，我才醒过来，好像是一个县城或者镇子，迷迷瞪瞪又被领到一个小宾馆。住在小宾馆了，王总并不让我们出房间，说是这里治安不好，又人生地不熟，就别乱跑，买了盒饭让我们吃。到了晚上，又让上车，这次竟然是辆小车，但上车的只有我和王总，车里还有一个男的，我不认识。那男的极其和气，还买了一大堆零食和饮料让我吃喝，我很快就在车上睡着了，再次醒来，已经是下午，问：咋还没到？回答着：快了快了。又头沉得想睡。我那时还不好意思地说这多的瞌睡呀！现在才明白，他们让我喝的饮料里一定放了什么药。到了傍晚，我终于下了车，腿都肿了，头晕得厉害，就这样来到了这个村子。

★   ★

黑亮爹把又一个石女人像放在了硷畔沿上，我脚脖子上的铁链被取掉，但窑门依然是锁上的，狗就卧在那里。黑家的狗原本是个游狗，它除了打盹，醒来就不安静，撵鸡，也撵老鼠，而且一听到村里什么地方有一声哟哟声，那是谁家的小孩又拉屎了叫狗来吃，它立即翻身跑去，半天不见踪影。黑亮爹骂过它几次，它改不了本性，就把一条铁链一头拴在石女人像上，一头挂在窑门上，然后给狗也系了绳，绳很长，绳环套在铁丝上，它可以在硷畔上来回活动，却再也不能离开。

当初给我使用的办法现在给了狗，我有些幸灾乐祸，给狗做鬼脸，说：我没自由你也没自由了！它报复我，我在窗台趴着的时候，它偏到窗根下，乜了腿撒尿。狗尿的味道难闻，黑亮就专门痛打过它一次。

黑亮仍是十天八天去镇上县上进货，回来给我买一兜白蒸馍，有一次竟还买了个猪肘子，我以为这是要做一顿红烧肉或包饺子呀，黑亮爹却是把肉煮了切碎，做了臊子，装进一个瓷罐里，让黑亮把瓷罐放到我的窑里，叮咛吃荞面饸饹或是吃炖土豆粉条了，挖一勺放在碗里。而那根大骨头扔给了狗，说：你要尽职哩！狗就整天啃那骨头，骨头上没有肉，差不多成了黑木棒，它还在啃。

到了二百零五天的傍晚，黑亮去了老老爷窑里，瞎子又在推着石磨磨苞谷，我在窑壁上刻了道儿，黑亮回来了，拿着一张纸往墙上贴。纸上只写了一个墨笔字：𰻞。我认不得，数了数，竟然是六十四笔画。就问：贴这样的字干啥？黑亮见我请教他，一下子得意张狂了，说：能有六十四笔画的字，我们这儿人厉害吧？你没见过吧，不知道这字怎么读吧？便盘脚搭手地坐在炕沿上介绍这个字读波阳音，专指一种面食，就是那种宽面片子。这个字可能是秦朝统一文字前就有了，文字统一后这里还在使用，一直就用到了现在。老老爷每年都要写好多张这样的字送给村里人，老老爷解释这个字里有吃的有穿的有住的有车有牲口有心灵有言论，还有好风光去旅游，把这个字挂在家里，这个家就幸福了。

黑亮正说得起劲儿，我插了一句：我幸福？！

黑亮一下子拙了口，看了我一会儿，说：你只要配合，这些你都会有的。

我说：啥是配合，刽子手杀犯人了，让犯人乖乖伸长脖子？！

黑亮还没有回过嘴，硷畔入口响着了脚步声，卧在窑门口的狗呼哧跳起来，绳环在铁丝上唰地一响，它已经站在井台边汪汪大叫，声如打雷。来的人忙从地上捡起一根棍，抢着就打。黑亮爹从他的窑里出来，说：哎，哎，你认不得村长啦？！村长还抢了一下棍，打得狗吱唔吱唔叫，说：我今天没披衣服，就咬我？村长身后还有一人，说：是咬我哩，我穿得烂。那人是穿得烂，见黑亮爹从窑里往外拿凳子，忙去帮了拿给村长，村长坐了，问：黑亮呢？黑亮爹捡着从磨盘上蹦过来的一颗苞谷，说：黑亮黑亮，村长来啦！要把苞谷扔到磨盘上去，又担心扔不准，丢在嘴里嚼起来，又说：找黑亮有事？村长说：我得操全村的心么，你家的日子现在是回全了，园笼还烂着呀。黑亮爹就问那个烂衣服的人：园笼你出啥事啦？园笼说：黑亮来了，让村长说。黑亮爹抬头说：你也不套驴？瞎子推着石磨，满头的汗明晃晃的，应着：犁了三天地，让歇着。黑亮爹把手巾扔过去，恰好扔在瞎子的磨棍上，黑亮，黑亮，他又朝我的窑里喊了一声，一群乌鸦开始落到白皮松上。

黑亮说：我，我不是那个意思……出去了，村长在给黑亮说话，园笼就双手合掌，不停地说：兄弟，兄弟。原来是村长接到消息，镇上又有了一个女的，他看着园笼可怜，想给园笼办成这个事，镇上那边催得紧，要连夜去领人，这就得黑亮开手扶拖拉机去一趟。黑亮有些为难，说这么晚了，手扶拖拉机上又没有夜灯，路不好走呀。村长说：有多难走，我有手电哩，这你得去，你不能饱汉子不知饿汉子饥！园笼就拿出一卷钱给黑亮，黑亮不收。黑亮爹就说：黑亮你去。黑亮说：那我跑一趟。和村长去收拾起手扶拖拉机。黑亮爹在问园笼：花了多少钱？园笼说：两万。黑亮爹说：不贵么。园笼说：说是一个眼睛不好。园笼便把钱又往黑亮爹怀里塞，还看了一下村长，声小下来：我给黑亮一千，你也别嫌少，我也就两万六千元，给村长了五千，只剩下这一千了。黑亮爹说：你别这样，要不黑亮就不去了。手扶拖拉机发动了很久才发动起来，村长在说：黑亮，你有啥好衣服，借给园笼。园笼说：我这衣服行么。村长说：行个屁，你不怕丢人我还顾脸面哩！你回去拿些绳去。园笼说：拿绳？村长说：不拿绳绑着，人要跑了，咱两个能追上？拿了绳你就在村口等着。园笼哦哦地从硷畔跑下去了，黑亮爹却把黑亮叫到一边，叽叽咕咕了一阵儿，黑亮就回窑里来。

黑亮在窑里取了一件他的衣服，我说：又去拐卖人呀？他说：这是去买。我说：就是你们买，才有人在拐在卖！你害人吧，你害了我还要再害别人！他说：这是帮园笼，你不知道园笼多可怜。你有红吗？他向我讨红。他说他们这里辟邪是要在身上装上媳妇的红，他说这些话时，有些不好意思，含含糊糊，但我明白了，他在索要我的月经纸。我哪里还有月经纸，窑里没有卫生巾，连报纸都没有，我用的是从麻袋里掏出来的一卷棉絮。我从身下撕了那么一丁点，他快活地用苞谷叶包了，揣在了贴身的口袋里，说：这就对了么，有我媳妇的红，我百无禁忌！我一挥手，滚吧滚吧，我只是不愿意让他出车祸罢了。

手扶拖拉机是开走了。到了鸡叫两遍，天就下起雨，硷畔上很快起了一层水，雨脚落上去像跳跃着无数的钉子。我看见黑亮爹还站在他的窑门口，在说：雨咋这大的！回应他的是瞎子，瞎子可能也站在他的窑门口，但我看不见，瞎子在说：雨咋这么大的！

整整一夜，黑亮没有回来，我没有睡，黑亮爹和瞎子也没有睡。我没有睡在想着那个眼睛不好的女孩是哪儿的，怎么也遭人拐卖了？黑亮爹和瞎子在操心着手扶拖拉机在雨夜的山路上是否安全。我突然冒出出个车祸也好，如果伤亡了人，那我就可以离开这里了吧，想完又觉得不该这么想，自己打了一下自己的脸。

到了天明，雨是停了，手扶拖拉机还是没回来，黑亮爹凿了一会儿石头，站起来在硷畔上走来走去，硷畔上就走得一片泥泞，在葫芦架下了，问老老爷：不会有啥事吧？老老爷说：有啥事？没事！他又坐下来凿石头。

我终于听见了突突突突的声，这是手扶拖拉机在响，响得像是在哮喘，似乎喘得闭了气了，要过去了，却又一声缓活过来。黑亮爹吭吭地凿石头，这时候突然停下来，对着才喂了毛驴、自个儿在窑门框上蹭身子的瞎子说：你听那声音不对吗？瞎子说：哦，路滑得开不上来？手扶拖拉机的吼叫断断续续，似乎油箱里装的不是油，是沙石泥浆，从油管里通过一疙瘩沙石了，轰的一下，再通过一疙瘩沙石了，轰的一下，机器是放不完的屁。黑亮爹和瞎子赶紧抱了草帘子跑下硷畔。

黑亮是安全回来了，但并没有把那个女孩买回来。黑亮说，他们去了镇上那个小旅馆，经纪人变了卦，说两万元少了，须要三万元，他们和人家讨价还价，最后谈到两万五，园笼给村长发誓回去后他会给还五千的，让村长先垫上五千元。村长是垫了五千元，去一手交钱一手领人时，开了旅馆房间门，那女孩却不知什么时候从后窗逃跑了。那女孩是把床单撕了拧成绳从后窗吊下去跑的，那是三层楼呀，楼下有一摊血，但人没见了。

那天我蒙了被子睡了一中午，我庆幸着那个女孩，却又为我的蠢笨和无能而哭了。

★　　　　　★

　　我在想小水池。

　　小水池在夏天里有了三株莲，还有十二只小绿蛙，我在出租屋一开窗就看见了。小绿蛙往莲叶上蹦，蹦一个，蹦上去了，蹦两个，蹦上去了，第三个也蹦上去，莲叶一斜，三个小绿蛙就全掉进水里。但一到星期天，我便把窗子关了，因为青文会拿照相机蹲在那儿拍照。青文是房东老伯的小儿子，人长得帅气，又在一所大学里读书，他肯定瞧不起一个收捡破烂的租户的女儿，所以，当他出现在小水池边，我就关了窗子，屋里的煤炉子生起火来烟雾大，呛得我直咳嗽，窗子还是不开。

　　有一个傍晚，本不是星期天，我该去水龙头那儿淘米的，青文却回来了蹲在那儿又拍小绿蛙，我就先在屋里择韭菜，择着择着，光线暗下来，我去开电灯，电灯却是黑的，出屋来看电表，以为跳闸了，可并没有跳闸，我喊房东老伯，青文跑过来问有事吗，我竟然脸红了，告诉他电灯怎么不亮了，是不是整个大院都停电了？他检查了我家的线路，又检查了电表，最后搭凳子摘下了灯泡，说：灯泡坏了！原来是灯泡坏了，这么简单的事我竟没有想到，有些尴尬，便去他家拿了个灯泡安上，屋里一下子明亮起来。我说谢谢你，他说你叫什么名字，我说我叫胡蝶，他说他叫青文。我说：我知道你叫青文，在上大学，爱好摄影，你爹让我看过你拍摄的照片。他说是吗是吗，突然拿起相机咔嚓给我照了一下。我并不情愿他为我拍照，我那时还穿着从乡下带来的旧衣裳，留着两个辫子，辫子已经稀松了。我说：这难看的！他说：你很纯净。给我笑了一下，就走了。

　　那个晚上，我都在想：他把我留在他的相机里了？！

　　但我没有提出让他给我洗照片，他在以后再没有提说过这事，我想他是不是回去就把我的照片删掉了呢?

我不再去理会他了。可不去理会又怎能不理会呢,每到星期六下午我就在大院里看有没有青文的身影,常常是没有见到,这个下午直到第二天我都慌慌的,娘让我去菜市场买南瓜,我买回来的却是茄子,娘出门时让我把她的鞋洗洗,等娘回来了我却忘了洗,娘骂我:年纪轻轻的,忘性这大?!而一旦看到青文了,我的情绪非常好,我会穿上那件小西服,剪了头发,一会儿去水龙头那儿洗菜,一会儿去院子墙角处倒垃圾,青文又在小水池边拍照了,全神贯注,我没有叫他。走回屋子了又觉得我好傻呀,怎么不弄出个响声引起他注意呢?

终于有一次机会,我们又接触了。那是娘去收捡破烂了,我把娘拾来还放在屋里的三个破下水井盖拿到废品收购店卖,店老板说井盖是公共设施,公安局已警告他们不许收购。我说这井盖是别人卖给我娘的,来卖时是破的,并不是我娘偷的。老板把井盖收了,却不付钱,我说不付钱也行,把井盖退还我,他也不退,说:我不检举你就够你的!我哭着回来,一进大院就和青文打了个照面,他说你咋啦,我说了情况,他说我帮你要去。领我往收购店去,出了门,却把相机又放回家去,再出来袖子挽在胳膊上,领口上的扣子也解了。我说:你可不敢去打架呀。他说:要打我也不怕。我说:要打架我就不要了,我娘买井盖也理亏哩。他说:你娘不该买,那收购店为啥就能收?那家伙是欺负你哩!到了收购店,老板是认识青文的,青文只说了一句话,老板乖乖给我付了钱。老板说:青文,这是你的啥人?青文说:表妹。

回来的路上,我说:谢谢你哇!青文说:咋谢表哥呀?他笑起来,我也笑起来,我说:我给你擀长面!

那天,我真的没去市场买机器面,而是擀了长面,我把面和好后,饧了半天,用尽力气去揉,揉得到到的了就擀起来,直擀得像纸一样薄,切成韭叶宽,煮出的面条又筋又光,再调上盐、醋、葱花、油泼辣子,我觉得我做出了世上最好吃的面条。但是,等我端了一碗面去他家,他突然接到电话有急事已回学校了，那碗面就让房东老伯吃了。

以后，我再没有见过青文，我穿了高跟鞋，大院的租户见过，房东老伯见过，几乎那条街巷的人都见过，青文没见过。我在酒店给房东家打电话，那同样是个星期天，我希望接电话的是青文，接电话的仍是老伯。

★　　　　★

黑亮去了镇上三天，回来的手扶拖拉机一到硷畔，十几个村人就涌了来，狗不再叫，卧在那里啃骨头，乱七八糟的说话声像捅了蜂窝一片嗡嗡。

这回咋去了几天？瞧这围巾，多好看的，买一条吧。好是好，给谁系呀？泥脚不要在轮子上蹭刮。有盐没？油可以十天半月不吃，盐顿顿离不了呀！我就不吃盐。你肾病当然不吃。满仓的媳妇要坐月子呀，店里只有白糖没红糖，他娘都给我发脾气啦！呀呀？！

乱哄哄的说话中，猴子在呀呀着，他说：她发啥脾气，孩子是你的？黑亮朝窑窗这儿看了一眼，说：你别胡说！瞎子说：你把火熄了，别让拖拉机又跑了。拖拉机是有一次停在那里没有熄火，有个驼背女人来和黑亮吵架，她往拖拉机上踢了几脚，拖拉机竟然向老老爷的窑洞那儿跑去，亏得黑亮动作快，跳上拖拉机拉了闸才停住。硷畔上又上来三个人，一个鼻涕流多长的，擦了把就要抹在拖拉机上，黑亮熄了火，说：往哪儿抹？！那人说：感冒了。鼻涕又抹在了石头上。猴子说：怕胡蝶知道你的臭事呀！怎么样，还好吧？黑亮说：好么。猴子说：好东西要消停用哩，你这黑眼圈，那不是让你在受活是挨刀哩！一只鸟忽地往窗口飞来，飞来落下了才是一片叶子。你知道个屁！黑亮说：卸货卸货！一个比黑亮矮了一头的人在叫着黑亮：叔，你吃烟去，我来。把拖拉机上一大捆扫帚卸下来，又去搬醋桶，搬下醋桶却让瞎子提到窑里去，说：啥时候让我也挨刀子。猴子踢矮子屁股：把你家的血葱都卖了去，别让把你憋得脸色通红！这矮子那天把我往窑里抬的时候，他抬的是我的腿，在我的腿上掐了很深的指甲印。他那么老的脸，皱纹如沟壑纵横，却还把黑亮叫叔。就有人说：让你挨刀子？好么，明日买一双鞋来，我当个媒，给三楞说话去，把他姐嫁你。矮子说：他姐不是嫁到南沟村了吗？那人说：男人在盖房时摔下来死了。矮子说：这我不要，她嘴歪到左脸上，常年流涎水，我不要。猴子说：那你寻墙窟窿去！黑亮黑亮，这袋子里有白蒸馍，你买这么多呀！黑亮爹立即把蒸馍袋子夺了去，提进他的窑了。猴子说：也不说句让人的话。踢了一下狗，狗向他扑，他顺手从拖拉机上拿了个笊篱扔过去，没打住狗，笊篱落在我的窗台上。我把笊篱又扔了过去。黑亮和一个老汉说话：火纸涨价啦？涨了一角。搪瓷缸呢，这碗呢？搪瓷缸老价，这碗是景德镇的，十元钱三个。以前不是十元钱四个吗？没给你婶买丝线？买了，现在是一把三元。黑亮你心黑！不是我心黑，涨价了么，这一把子丝线我只挣一角呀。猴子，猴子！是黑亮爹在叫，猴子说：叫德有。黑亮爹说：别讲究，来给我帮个手。黑亮爹在挪动一块儿石头，那是一块儿刻成的墓碑，猴子在看碑上字，念道：考刘德林，妣梁麦叶，这是刘白毛订的？黑亮爹说：他爹他娘腊天过三周年呀。猴子说：这快的？人一死日子就堆下了！黑亮孝顺，给你买白蒸馍啦？黑亮爹说：挪你的石头！猴子撅了屁股挪石头，放了一个屁，旁边有人说：你狗日的吃韭菜啦？！猴子说：园笼请吃的。黑亮问：哎，园笼咋没来，他让我给他买的化肥他不来取？猴子说：他请我吃了韭菜包子就去挖极花了。黑亮说：他能挖下极花？猴子说：村长追着向他要五千元，他说媳妇没弄成不给钱，两人吵了几架了，他说挖极花不一定能挖到，但也只能去挖极花。黑亮爹说：这都弄的啥事嘛！硷畔下就有了骂声和哭声，那个抹鼻涕的在说：吵了一辈子咋有那么大的劲头儿？！麻子婶，婶，你到这里来！

　　麻子婶从硷畔入口冒出来，我好久没见到她了，人又瘦了许多，在呜呜地哭着，一看到黑亮却说：黑亮哎，你没给婶捎红纸？黑亮说：哎哟，我把这事咋忘了！麻子婶说：你肯定没忘给你媳妇买白蒸馍！矮子说：噢给媳妇买白蒸馍?!你媳妇身上自带了两个白蒸馍,你还给她买白蒸馍?黑亮踢了他一脚。矮子哎哟一下,转身给麻子婶说:你刚才还哭哩,这会就恁高兴?麻子婶说:我还哭不停呀?!她朝我的窑里来,我就在窗口,她却没看见,过来拍窑门的锁子,狗唰地从硷畔沿跑过来,绳环在铁丝上滑出很响的声。麻子婶呸了一口:卧下,卧下!狗不卧下,瞎子却过来挡住了狗,也挡住了麻子婶,说:半语子来啦!麻子婶说:你看见半语子啦,半语子是人还是毛驴?大伙嘻嘻哈哈笑,瞎子说:我听见他脚步声了,穿的是胶鞋,鞋烂了里边钻了水。麻子婶扭身看了看。果然硷畔入口冒出了半语子,她说:黑亮,你有包装纸了给我。黑亮把一张包装纸给了,她摇晃着就走了,走到葫芦架前喊老老爷:老老爷,你咋不管管半语子?半语子已经站在硷畔了,还在骂,不让黑亮给纸。黑亮说:我婶爱剪就让她剪么。半语子躁了:那那能吃能,喝?!我一辈子咋守,守了这么个货……黑亮爹忙拿烟袋,说你歇着,让烟袋占住他的嘴。

★   ★

我在想。

想娘在我失踪后肯定没睡个囫囵觉了,她只是哭,再就是给房东老伯诉说。想老伯一定会帮娘的,给娘出主意,到派出所报了案。想派出所肯不肯立了案就开始寻找我呢?以前,出租大院南楼三层那一家被盗窃了,也曾报了案,派出所做了笔录就让回去。那租户问案子几时能破?回答是如果抓住了小偷就破了,从此再无下文。老伯是知道这些的,会给娘说:现在社会复杂,发案率高,不死人的话派出所不会给你查的,他们也没财力人力给你查的,你还是先印上几千张寻人广告张贴吧。娘去找到制作广告的公司,人家要我照片,娘没有我的照片,她只是说我二十岁,个头比她高,人不胖不瘦,眼睛很大,有一双长腿。人家并不听这些,说没有照片那广告就等于白贴。娘回来又给老伯诉说，哭成了一摊泥。想娘当着老伯哭的时候，或者青文从学校正好回来，他就在相机里翻寻我的照片。青文竟然没有删去我的照片，他翻寻出来，就陪娘再去广告制作公司，印出了几千份寻人广告。满巷子的人都知道我失踪了，在议论：是那个收捡破烂的女儿吗，蛮漂亮的么！会不会是被贩子拐卖了呢？不可能吧，她那么大了，又听说上过学。谁能骗了她？那会不会是恋爱了，她娘不同意，和男朋友私奔了？没听那收捡破烂的说呀，她现在成祥林嫂了，女儿有了男朋友她能不给人说吗？哦那是进了娱乐场所了，干那号生意听说就被控制了，不能随意出来。或许，遭人害了，没去一些烂尾楼里看吗，没去城河里看吗？议论就议论吧，娘已经不在乎别人怎么说了，在每一个后半夜娘拿着寻人广告在大街小巷的路灯杆上贴。贴小广告城管是要管的，想青文陪娘一块儿去贴了，他就是不动手贴，能远远地站在街口给娘放风盯城管吗？

★   ★

又是一个后半夜了，黑亮才回来，看到我睡在炕上，桌上的煤油灯还点着，他以为我睡着了还浪费煤油，噗地一口吹了。我说：把灯点上！黑亮说：你没睡着？把灯又点着了，他坐在了炕沿上。我背着身却感觉得他在看我的脚，脚面上凉飕飕的，一挑被子，把脚裹起来。黑亮在给我说话：告诉你个好事，我今日在镇上得到消息，咱村明年就拉电呀，电线电杆全部由政府出资，拉了电，我就给你买电视机。他的目光移开了，而我又感觉到他的手从炕沿慢慢向我摸索，我一下坐起来，把放在炕上的他的那卷被褥扔到地上，也扔去了那个枕头。他拾了被褥枕头到方桌下铺席去睡，发现了地上的一疙瘩白蒸馍，捡了吹吹，吃在嘴里。我说：那是给老鼠的！他说：给老鼠的？我说：我养着老鼠哩。他有些吃惊，说：胡蝶，你这是咋啦？我大声地说：我要回去！他立即制止：你喊你喊？夜深了！自个儿躺下去在抽泣。

我是对他太凶了，但我不能对他好，一点点都不能好。

黑亮抽泣了一会儿，慢慢就停止了，他实在是累，就睡着了。我又取下镜框，默默地给极花说着话，我已经有了无数的神秘的通讯方式，比如这极花，这老鼠，这白皮松和白皮松上的乌鸦，这白天的太阳，这晚上的月亮，这硷畔上刮的风，下的雨，结的霜。我给极花默说着话，说累了，又坐在了窗前往夜空里看。在白皮松的上空看了多少个夜晚了，那里似乎有了星，再定睛看去，还是一片黑。这个夜里我先是并不抬起头，在心里祷告：今夜里让我看到星吧，今夜里一定会看到星的。然后抬起头来，白皮松上空仍瞎了眼一样地黑，一时心里全长了草。

黑亮是有了鼾声，后来听到硷畔上的狗也有了鼾声，我突然有了这个时候再逃走的念头，就悄悄下了炕，抱着窑里的那个筐子，准备着开了窑门出去即便狗醒了扑来，我用筐子抵挡它，只要能跑下硷畔的出入口，狗就因铁链拴着无法再追到我了，而黑亮和他爹听见狗叫醒来，醒来还得看个究竟，还得穿衣穿鞋，等他们出来撵，或许也撵不上的。

我刚把窑门拉开，一个人竟然就滚进来。这人是蹴在门外的，滚进来了先被吓蒙了，慌张地说：谁？

谁？我问你是谁？！

这是黑亮爹。

黑亮已经醒过来了，他一下子扑过来拦腰把我抱上炕，黑亮爹赶紧出了窑从外边拉闭了门，狗同时叫起来，黑亮爹有些平静了，在说：亮，亮，我问你明日还去进货不？黑亮在窑里回应：爹，你去睡，去睡吧。这一次，他把煤油灯吹灭了，自己就背着窑门蹴在那儿，不断地喘气。

黑亮爹在黑亮不在家的时候绝不到我的窑里来，甚至向这边看一眼都不看，我猜想，他在黑亮回来之后，三更半夜却蹴在窑门口，他或许老是听见我和黑亮不是吵架，就是没有什么响动，会不会影响同床呢？黑亮爹肯定看到了儿子竟然睡在方桌旁的地上，他的心在疼吗，在火烧油煎吗，在流血吗？我有了一丝快感：让他看到了好，他知道了实际情况，他可能会死了心让儿子放走我的。

我第二天一早就观察着黑亮爹，他在黑亮给我端洗脸水时，把黑亮叫进了他的窑里，过了好长时间，黑亮才把洗脸水端来，黑亮爹没有出来。他在做早饭，风箱扑沓扑沓响。等饭熟了，黑亮又端了饭给我，他自个儿和瞎子叔端了碗蹴在井台边。老老爷在给葫芦漫水，瞎子在说：老老爷，你吃了没？老老爷说：吃了。瞎子说：这几天我这腿老疼的？老老爷说：你熏熏艾。瞎子说：熏了还疼。老老爷说：那就是有鬼了吧。《内经》上讲经穴里平日神气充塞着，神气有亏了，鬼就去住了。瞎子哦哦着，说：鬼住了？老老爷，那你说咋办？老老爷说：我赶不了鬼。黑亮说：叔，我让麻子婶带你去西竖梁庙里去。瞎子说：西竖梁上的庙没了，她带我去给那个树祈祷呀？没事没事，你爹的茶叶没了。黑亮说：我明日去买呀，还托镇上那个老陆去县城给你买副墨镜的。瞎子说：胡花钱，要那墨镜干啥？！黑亮说：这你不管！瞎子说：你不要买，买了我也不戴。明日你恐怕进不成货了，金斗他爹又不在了，你不去帮忙？黑亮说：金斗他爹不在了？前几天我还看见挂个拐拐在村口转趷么。瞎子说：第三回脑子出血了。两个人边吃边说话，黑亮爹没有吃，他在刻一个石槽，叮咣叮咣，节奏不紧不慢，声响沉重。

吃过午饭，黑亮又去了杂货店，瞎子也背着篓子出去了，村长却指挥着五六个人往碾畔上抬了一块儿大石。他又是披着褂子。黑亮爹叽咕了一句：整天披了衣服胡扑哩！没想村长却听见了，说：这咋能是胡扑哩，让你凿个石羊呀！黑亮爹说：我是说你老披个衣服。村长说：这是所有村长的装扮啊！石头抬上了碾畔，几个人就在石头上比画着，争执着，还询问老老爷。老老爷是坐在葫芦架下看一本书。村长说又看历头呀？今年是啥年，人咋这么脆的，不停地埋呀！老老爷说：人吃地一生，地吃人一口。村长说：历头上有没有说羊怎么凿？老老爷说：她麻子婶会剪羊，让她剪出几个样子参照着。黑亮爹说：村长你吃烟。我用得着她剪，年年都凿石羊哩，我不会凿了？！

老老爷说：去年凿的那个前腿没有弯下，石羊送病，得两个前腿都要跪着才行。村长叼着烟袋，对五六个人说：再去抬，把沟畔那些石头都抬来，今年死的病的多，就多凿一些！

整整一个中午，五六个人都在抬石头，大的小的石头在硷畔上堆放了成十个，黑亮爹没有说凿这些石羊该有什么报酬，也没有抱怨这么多他怎么凿得过来，还给大伙熬茶喝。茶还没熬好，硷畔下有人喊八斤，那个光头应了声，喊着的问：村长在没在那儿？八斤说：村长，叫你哩。村长说：谁叫哩，就说我忙着哩。八斤说：是背锅子么。村长说：又是为低保寻我呀？放下烟袋走了。八斤说：都是男的寻女的哩，没见过背锅子这急的?！另外的人说：她没寻你吧？八斤说：我收拾不了，她那背锅子睡不实么。六七个人就都笑了。

可是，茶熬好了后，黑亮爹却并没有只让大伙喝茶，还拿出了酒，招呼着那些人坐到他窑里去喝，一直喝到黑亮从杂货店回来了，他们还在喝，而且也让黑亮喝，似乎还骂黑亮，后来黑亮也喝高了，他从他爹的窑里出来，手里拿着三根血葱咬着吃，骂骂咧咧。窑里人说：黑亮你敢不敢？黑亮说：敢！窑里人说：狗日的这才像男人！

★　　　　★

我在想。

还想些什么呢？突然觉得想那么多都没有用啊，也就不愿再想了。

这是第三百零三天发生的事，我那时脑子木木的，像灌了一盒糨糊，只在窑壁上刻下新的道儿。

★　　　　★

黑亮咬着血葱向我的窑走来，他哐啷哐啷地开了锁，窑门大开，一个筐篮大的风就进来，差点把煤油灯扇灭了，酒劲儿和血葱的辛辣使他整个脸都变形通红。我依然坐在炕上，说：咋敢把窑门开得这么大？！他说：我得要你！说完，就狼一样扑上炕来，压住我，撕我的衣服。我完全没有想到他能这样，惊慌失措里立即紧缩身子，双手捂住了胸脯。他的力气突然增加十倍百倍，一条腿的膝盖竟压得我无法踢腾，而且一条胳膊也被他捏得发麻，露出了前胸，他就刺啦一声把我的上衣扯开，上衣的五颗扣子同时间里蹦起来三颗，像子弹一样射到对面的窑壁上。我猛一翻身，爬起来往炕角挪，用尽着力气拿脚去踹，把他踹到炕下。他又扑上来，抓住我的脚往炕沿上拉，我抓着炕头那桌子的棱角，他一脚蹬开了桌子，把我拉到了炕沿上，半个身子就石板一样压住我，胡子楂的嘴同时按住我的嘴。我出不了气，都快要憋死呀，用手去推，推不开，那嘴又咬在我的上下嘴唇，把我的嘴拉长了二指，我便在他脸上抓了一把，血流出来。就在他才一松口，我一个鱼儿打挺往起跳，跳起来头碰着了炕壁上的架板，架板上的瓶子罐子就掉下来，哐里哐当响，米、面、豆子撒了一炕。我大声骂：黑亮，我 × 你娘！我骂最粗野的话，这话我在老家时听人骂过，但从来不会骂，这阵突然夺口而出，我只说这样的骂会使他气馁，但他却横眉竖眼地说：我 × 你！我拾起一个罐子就砸向了窗子，一声巨响，窗子并没有烂，而罐子碎了，几个瓷片从窗格里冲出去，狗咬得汪汪汪。那一瞬间，我瞧见黑亮爹就在水井边站着，他朝着他的窑在说：你们去，都去！六个人全出来了，向我的窑里跑来。

我在那时嗡的一下，魂就从头顶出来了，我站在了装极花的镜框上。

我看见了那六个人脸是红的，脖子是红的，头上的光焰就像鸡冠，一齐号叫着在土炕上压倒了胡蝶。胡蝶的腿被压死了，胳膊被压死了，头还在动，还在骂，还在往出喷唾沫，头就被那个八斤抱住，先是抓住两个耳朵，抓住又挣脱了去，后来就扳下巴，头便固定住了。他们开始撕她的衣服，撕开了，再撕胸罩，奶子呼啦滚出来。又解缠在腿上的布带子，解不开，越解结越牢，到处寻剪子，没有寻到剪子。猴子在喊：叔，叔你拿刀来！黑亮爹在外边说：不敢动刀，不敢动刀呀！一人便出去了，在黑亮爹的窑里拿来了刀，推开赶来的黑亮爹：不会伤她的，你不要在这儿。黑亮爹说：制服住了，你们就出来啊。自己回到他的窑里再没闪面。

　　用刀割去布带子，他们所有的手去拉脱裤子，一时拉脱不下，从裤管那儿撕开口子，然后往上扯。黑亮说：我来，我来！但没人听他的。裤子扯成了四条，胡蝶的整条腿白花花在那儿，谁在说：这腿怎直呀，没长膝盖？胡蝶的屁股就露出来，穿的是一件红裤衩，猴子竟然伸了手过去要撕，胡蝶的头能活动了，整个身子虽然还翻不起来，但所有的肌肉都在鼓着，像鱼一样上下腾跃，声音全变了，是那么粗粝：黑亮！黑亮！黑亮一把推开八斤，八斤就还一手抱着胡蝶的头，一手按在胡蝶的奶子上，接着把猴子也推开，他捂住了胡蝶的裤衩，说：好了好了，你们走吧。那些人刚一抬手，胡蝶一下子弓起身子，将黑亮掀到了炕下，又翻身趴下，还在大声叫骂。黑亮在炕下一时没起来，那些人并没有去拉他，重新把胡蝶身子拉直，绞着腿再次翻过来，说：我们走了你不行！仰面被按在炕上的胡蝶，除了红裤衩，别的全裸了，他们鼓动着黑亮上，骂着你个窝囊鬼，上呀，上呀，你不上了她，她就不是你的，她就不给你生孩子，你就永远拴不住她！黑亮几乎在求他们：我会的，你们走吧。但那些人说：瞧你这本事，快一年了你竟然没开处？！黑亮说：我开了，开了。那个大腮帮的说：她奶头子怎小怎红的，我还看不来你开了没开？！帮你能上她了，我们会走。他们就找绳子要把胡蝶的手脚固定住，可炕上没地方能绑得住，八斤就又出了窑，出去了再回来，说：没个梯子？我家有个架子车我取去。那个矮的却从窑里边拉出了一只条凳，说：这行。胡蝶便被拉下炕，又是仰面按住在条凳上，猴子用绳把身子往条凳上捆，先捆住了上身，为了不勒住奶，三只手去把奶子往一边掀。然后把两条胳膊捆在条凳腿上，再用绳子把一条腿绑住拴在方桌腿上，另一条腿绑住了被拉开拴在窗格子上。胡蝶在拼了命地唾唾沫，唾在大腮帮人的脸上，大腮帮擦了，把唾沫往胡蝶的屁股上抹，说：城市人脱光了和农村人一样嘛！猴子在说：除了奶大，浑身没肉么！他们就往窑外走，对黑亮说：连一句让的客气话都没有。走出去了，还说：黑亮，你要再上不成，就喊一声啊！

黑亮是关了窑门，他脸上的血还在流，用手抹了抹，成了个关公，撕开了胡蝶的红裤衩，也脱下了自己的衣服。胡蝶在可怕地锐叫，黑亮就是不停止，血水染红了胡蝶的屁股，染红了凳面，又从凳子腿流下去。黑亮的五官狰狞，仍在用力，喉咙里发出不知是快活还是痛苦的吭声，条凳就咯咯吱吱往前滑动。窑外有了毛驴叫唤，似乎在用头猛烈地撞窑门，有人就在骂：你用什么劲儿?！那六个人并没有去，脑袋还挤在窗台上。黑亮脖子梗着，咬牙切齿，汗水使全身有了光亮，如同被火燃烧着一根木棍。黑亮是疯了，他成了野兽，成了魔鬼，条凳还在往前滑动，将殷红的血在地上拉出了一个长道，满窑里都是腥味。黑亮爹好像是在催促着那些人走，推开一个就在那个人怀里塞一包纸烟，猴子说：这么多血，杀人呀么！他们的脚步声逐渐远去，毛驴又在长声叫唤，狗在硷畔上扑来扑去。

黑亮终于像柴捆子一样倒在胡蝶的身上，又溜下来稀瘫在地上，他说：媳妇，媳妇，往后我不关你了。

胡蝶没有哭声，她昏迷在条凳上。

★　　　　　★

一连五天，我没有下炕，也下不了炕。

我恨黑亮，他是个丑恶的饿鬼更是个凶残的土匪，他都不知道我的门在哪儿，他就要进来，那钥匙根本不是这把锁的，偏要开，开不开就砸锁，门是被脚踹开的，是用杠子撬开的，便不顾一切往里撞。撞得头破血流还是撞。我的上下被堵严实了，气出不出，身上的水分、血液甚至连同所有的内脏都吸吮了去，如同是颗软了的蛋柿，吸吮得成了一张空皮。他是端着枪寻他的新娘，刺刀在不停地捅，把我捅成了马蜂窝，又像在捶糍粑，木杵在石臼里成千上万次捶，把熟土豆捶成了泥又把泥捶成了胶。然后就是吐痰，抹鼻涕，大小便，把我变成了一个厕所和垃圾场。

那一夜，我脑子里都是看过的电视里的《动物世界》：一群狮子扑倒了一只鹿，扭抱着翻滚，咬住嘴巴不让喘息，撕扯腹部的皮，血咕嘟咕嘟冒泡儿，拉出了白色的肠子。鹿的眼睛一直睁着，身上的肉一块儿一块儿都没有了，腿还高举，硕长健美的腿，小小的秀气的蹄脚。

那一夜我就是一只被剁了头的鸡，突然地从案板上掉下来，狂乱地扑棱着翅膀而逃，无数的叫声和笑声，无数的眼睛在看着，没人肯帮，也没人说那里是墙旁边是门，鸡终于碰上墙倒在地上，最后成了人家的美味，留下来只是一堆鸡毛。

到了第六天，太阳照在窑窗上，一片红光，红光又落在炕上，我看着到处都是血。黑亮说：我不关你了，你不出去晒晒吗？我觉得我已经死了，我的坟就在他的肚腹里。黑亮见我不肯出去，又说：做媳妇就都要那样的……那你再睡吧。我忽地从炕上跳下来，虽然我立脚不稳，下身还疼痛得钻心，但我扶着炕沿站直了，他让我再在炕上睡，我偏要出来，我就是冷到冰也要有硬度，破成玻璃碴了也要去扎轮割胎放它的气。

快一年了，这是我第一次走出来窑，像出了坟墓，像是再生人，而我在窑门口跌倒，太阳如刺猬一样，光芒蜇得我眼睛睁不开。我扶着门框往起站，碥畔上有气在冒，气是一丝一缕的，和池塘里的草一样，浮浮袅袅地朝上长。老老爷就在那葫芦架下。架上的藤蔓已经干枯了，但依然在盘绕，像一层层黑的绳索，老老爷在拆那些葫芦上的木盒子，木盒子在葫芦还小的时候就套上去的吧，木盒子一拆掉，吊着的都成了方葫芦圆葫芦两个三个肚子的葫芦，上边竟还有着字。我大声叫：老老爷！老老爷！老老爷没有理我，拉过来一个葫芦看上边的字，我瞧见那个是个德字。然后仍是给了我个后背，进他的窑里去了。

67

我没有怨恨老老爷，其实老老爷即便应了声，我能给老老爷说些什么呢?

从那以后，窑门是再也没有从外边挂锁，我是在窑里一听到毛驴叫唤，就出来坐在硷畔上。几时的风，使葫芦架的一根支柱歪了，藤蔓的一角扑塌了下来，但还吊着葫芦，葫芦干硬如骨。一只乌鸦从土崖顶上飞回来，快要到白皮松上了，却突然如石头一样坠下来砸烂在磨盘上。两只鸡在抢夺着一条蚯蚓，蚯蚓不是软东西了，拉直了像一根柴棍。瞎子背着篓又要外出了，他在踏下左脚时听到了吧嚓一声，忙跳开来，差点摔倒，一只蜗牛还是稀烂在那里了。风在吹，吹歪了黑亮爹窑上冒出的炊烟，风箱噗嗒噗嗒地响着就停下了，黑亮爹好像在说：老鼠钻到风箱里了。炊烟由白变黑，从窑门口涌出来流向硷畔沿，那里荆棘乌黑，晃动着挂着的塑料袋和纸屑。到处都有着尸体，到处都有亡灵在飘浮。我看着各个窑洞门，那真的不是我在窑窗里看成的蘑菇状了，是男人的生殖器，放大的生殖器就竖在那里。

我越来越觉得在去窑里或者去厕所时，身后似乎有人跟着，能感到一种气息，甚至还听到了故意放轻脚步的沙沙声和憋着气的呼吸声，我一下子浑身就僵硬了，手猛地在后边一打，什么都没有打着，回过头去，什么又都没有。睡在土炕上了，觉得哪儿都在响，有什么东西在被子上走，脚好像很大，又小心翼翼，我忽地脚一蹬，撩开了被子，但被子上还是没有什么。我老在怀疑窑里有蝎子，把方桌移开，把柜子和那些麻袋土瓮统统移开看了一遍，然后用灰撒在炕周围的地上，时不时要观察上边是否有爪痕。老在怀疑黑亮爹在饭里煮的菜没有洗干净，上边有卵，就觉得卵在我肚子里长成了虫，趴在肠子上，肠子有多长它就有多长。老是怀疑窑洞东面墙壁上那道裂缝在变粗，几时整个窑就要坍下来。我就在胳膊上用笔写上我的名字，写上我待过的城市名，出租大院的街巷名，也写上我娘的名和房东老伯的名以及老伯家的电话号码，如果窑坍了，整个土崖都坍了，被土埋了，死前一定要把胳膊参起，让救灾的人能发现我，我就可能被送尸回去。

我坐在窑门口，我只坐在窑门口左边的捶布石上，能整晌整晌一动不动。太阳正午的时候，盯着远方的坡梁沟峁，坡梁沟峁常常就软化了，好像是海在起伏，我就想着什么时候能逃出大海，登岸而去。但太阳一落，寒凉又来，硷畔上褪了光色，那海也突然死了，我是死海里一条鱼。

我听到了黑亮爹在说话，他是倚在老老爷的窑门上，能看见他的腿和脚，鞋后跟磨得一半高一半低，老老爷却一直没露出身来。黑亮爹已经偷声换气地说了许久，似乎一直在诉苦，要讨教着什么。

收谷子你不收谷草？

哦哦。

做罐子时就有了缝儿，那能以后不漏水？

哦哦。

一时之功在于力，一世之功在于德呀。

哦哦。

你别哦哦，你拿一个葫芦去吧，看她麻子婶有啥办法。

哦哦。

★　　　　★

那个印着德字的方葫芦挂在我的窑门上三天，麻子婶果然就来了。

麻子婶来的时候，黑亮刚走。早晨他爹在窑里给黑亮说我面黄肌瘦了，要劝我多吃饭，黑亮说我似乎不爱吃太辣太酸的，他爹就说咱这儿粗粮多，世世代代靠辣酸下饭的，口味都重了，既然吃不了辣酸，那就酿些醪糟，让黑亮到立春、腊八家借些醪糟坯子去。黑亮一走，他爹就在硷畔上凿石头，见麻子婶来了，忙欢喜地问吃呀不喝呀不，从窑里去拿凳子。而我从厕所里出来还没进窑，麻子婶老母鸡一样扑扇过来拉住了我的手，说：快让我看看咱黑亮的媳妇！

远处的坡梁上正过云，像是在拉帘子，硷畔上忽地阴了，忽地又阳光灿烂，麻子婶把我从头到脚地看，眼睛如同个箅梳子，然后就嚷嚷着我脸光呀，光的是玻璃片子么！我说我头痛，拧身进窑就睡在炕上了。她被晾在那里，问黑亮爹：我头上没灰尘吧？黑亮爹说：没有。她用嘴在手心哈了一下，把手拿在鼻子上闻闻，说：我头上没灰尘，口也不臭，你咋嫌我不和我说话？你头痛那是鬼捏的了，我给你剪些花花，鬼就不上身了！她也进了窑，盘脚就坐在炕沿上。

我无法睡，只有应酬她，说：我没鬼。是人害的。她说：谁？你可不敢冤枉人，你公公请我来……我说：我没有公公。她说：你不叫他是公公，得叫我婶吧，婶给你说甭动心思跑了，黑家若待你不好，婶来治他们。可你要跑，能跑出这碥畔了，你也跑不出这村子！你见过蜘蛛网吧，哪个虫虫蛾蛾的进来了能跑脱，你越折腾越被缠得紧哩！我倒在麻子婶的怀里哭起来。

我一哭，再没止住，直哭了一晌午，哭得鼻涕眼泪流了一摊，哭成了一坨稀泥。麻子婶却抬脚走了，在窑外问黑亮爹有没有吃的，黑亮爹说：咋哭成那样？麻子婶说：让她哭，肚子胀了不也喝番茄叶水让屙吗？！她在黑亮爹的窑里没寻到熟食，拿了个萝卜啃。

麻子婶一连三天，早上来晚上回，黑亮从镇上买回来了十张红纸，把一张作为酬谢送给了她，其余九张她全用来剪花花。我问她这是剪纸么，咋说是剪花花？她说这就是拿纸剪花花。后来我才知道，这里的坡梁上花草少，瓜果也少，遇上死了人就要祭奠，或是逢年过节供神奉祖，必须献花朵和瓜果，先还是去买了麦面粉擀成面片，再把面片捏成各种花果的形状在油锅里炸，后来图省事和方便，就拿纸来剪。再后来，用纸剪用布剪，用牛皮驴皮树叶剪，不管草木花卉，飞禽走兽，山川人物，能逮住个形儿都剪，剪出来的都叫花花。花花再不是祭奠用的了，它成了一种装饰，又从装饰变成了一种生活。麻子婶说：这就像夫妻睡觉一样的，先是要生孩子传宗接代，有了孩子还要睡觉就图个受活么。她说这话时说得很顺溜，说完也不看我也不笑，给我指点花花贴在门上的叫门花，贴在窗上的叫窗花，贴在炕壁上的叫炕花，还有柜花，瓮花，枕花，鞋花，哪儿都可以贴花花。说着说着却生起气来，骂半语子，骂村里人，骂他们不懂得贴花花的重要：花朵瓜果是敬神的，贴上花花了神就来了！她把九张红纸全剪出了小红人，小红人的头都大，大得是整个人形的一半，每个头上还有一个小髻髻。

小红人剪出了一炕，除了贴在窑门上，窑窗上，还在窑的四面墙壁上一排一排整齐地贴，又在我的炕顶上搭了一根棍儿，吊着十串，每串四个。

麻子婶在剪小红人的时候，是一脸严肃，十分专注，她是把一张纸叠起来裁为小方块，再把每个小方块又叠，又叠，然后一定要让我坐在她身边，一边剪一边说着怎么转剪子掏圈，怎么用剪尖剔角。我没耐心坐在那里，腰酸腿疼，烦躁不安。窑门外好像是她那半语子老汉来了，在给黑亮爹发脾气：屋里，冰锅冷灶的，她是来你……你这儿……了？黑亮爹说：我请了剪花花哩。半语子说：你不知……知道她是，没烧熟的七……七成货……货吗，你请她剪，这不是怂……怂恿她吗?! 黑亮爹说：我给她工钱的，她出来给你挣钱你不高兴？黑亮爹掏出一张钱给了半语子，半语子弓着腰走了。窑外发生的事，麻子婶好像没听见，还是低着头剪她的，我从炕上下来，光着脚寻鞋，炕下是我的鞋，黑亮的鞋，她的尖角小布鞋，我把黑亮的鞋一撂，原本是要撂到窑角去的，不知怎么却撂到麻子婶的背上，她这才停下剪子，看着我，生气了。

你是猴屁股坐不住？

我心慌。

你是丢了魂了。

我已经是行尸走肉了。

有了小红人，就给你把魂招回来。

我不回来！

她不剪了，拉我又上了炕，一双眼睛像镢头在挖我。她的眼睛突然间十分怪异，眼角往上挑，瞳仁特别大，发出一种森煞的光。五十多年前，她告

71

诉说：她还只有十四岁，她娘是个裁缝，她娘带着她去一盐商家做衣服，半夜里盐商把她糟蹋了，她就给盐商做了小。盐商的大老婆凶，她啥事如果没做好，就让她跪搓板，盐商不保护她，她生下一个孩子就跑了。跑到山西遇上一个当兵的，比她大二十岁，在外边弄到钱了都给她，她攒了一罐子银元，就给他也生了一个孩子。后来部队到南方打仗了，一去两年生死不明，再是遇上大旱，她带了孩子逃难了。孩子在半路上患伤寒死了，她就嫁到这里。可过了三年，那当兵的竟然寻了她来，见她在这里已经有家，带不回了，打了她一巴掌走了。他打得好，打了她，她就不心愧了。第三个男子年轻时英俊是英俊，但说话是个半语子，又是个倔头，动不动就打她，嫌她不会做饭，嫌她爱笑爱说话，嫌她没给他生孩子。她是给半语子生过的，生了个怪胎，没成活，往后再生就生不下了么。半语子现在年纪大了，是坏人长老了，还打她。

麻子婶说：我这一辈子用过三个男人，到头来一想，折腾和不折腾一样的，睡在哪里都睡在夜里。

她说完就笑了，笑得脸上只有一张嘴。她的笑让我知道麻子婶真是个没心没肺的人，觉得她有趣，不再抵触，就看着她剪，帮她叠纸，还试着也剪几刀。但我明明是按着她教的步骤剪的，剪出来什么又都不是，惹得她骂我笨，让我用糨糊把小红人往窑壁上贴。

贴完了那些小红人，不知怎么，我连打了三个喷嚏，就困得要命，眼皮子像涂了胶，一会儿粘住了，一会儿又粘住了，后来就趴在炕上睡着了。我能感觉到麻子婶在收拾剪花花留下的纸屑，有硬币大的，指甲盖大的，全捡了包起来，然后笑吟吟地走出了窑门。

我还在炕上，看到麻子婶走出了窑门，我也站起来要出窑门，窑门却变得很远，似乎越走越远，能看见门的亮光，怎么也走不到门口去，而且窑壁在闪动，用手摸摸，好像是软的，不是土墙是土墙上包裹了一层海绵，或者就是海绵做的。我继续往前走，窑壁就收缩了，先是两边的壁往一处挤，窑成了窄道，把我卡在了其中，后来空间愈来愈小，肩已经被夹住了，还使劲儿往里压，身子就无法动弹，听到骨头在咔嚓咔嚓响，我惊慌地叫：麻子婶，婶呀麻子婶！

大叫了三声，我醒过来，呼吸短促，浑身大汗，才知道做了一梦。我以前是做过失脚从树上摔下去的梦，那是我在摘一颗杏子，满树的杏子都是青的，只有树梢上有一颗杏子黄里透红，我踩在那枝条上，还用脚试了试枝条的软硬，就拉长身子伸手去摘，但树枝断了，一下子往下掉，往下掉。第二天我把这梦告诉娘，娘说那是你在长，长个儿哩！而现在，我的梦并不是往下掉的梦，这梦是什么梦呢？

硷畔上，黑亮爹把钱给麻子婶，说：我给了半语子二十元，再给你五十元，你收下。麻子婶骂：他不要脸，打我哩还收我的钱！黑亮爹在问：人静静着啦？麻子婶说：睡了，小红人一贴就睡着了。她还要乏的，浑身抽了筋地乏，这几天得把饭菜管好，甭舍不得。黑亮爹说：她哪怕缺胳膊少腿，成傻子瘫子哩，只要是咱的人，在咱窑里，我都会好吃好喝地伺候的。麻子婶说：咋说这话？！黑亮爹嘿嘿笑了，再问：她往后会安生吧？麻子婶说：放你一百二十个心！我跟我师父白学啦？！

★   ★

我真的是浑身稀瘫，没有了往日的力气去哭，去叫骂，去摔东西，甚至连呆坐一会儿都觉得累。黑亮是把拴狗的铁丝撤了，也把高跟鞋还给了我，但他不肯再去方桌下的席上睡了，说已经是夫妻了，谁不知道谁的长短深浅，还不让上炕吗？他上来了，我没有吭声，想着只要没更多的人捆我手脚，他黑亮也不能把我怎样，就拿了一根棍子放在炕的中间：我睡里边，你睡外边。

这期间，村里好多人都来过硷畔，八斤、猴子、满仓、拴牢在骂立春、

73

腊八兄弟俩垄断了血葱生意，血葱是咱这儿的特产，并不是他兄弟俩发明的创造的，他们为什么垄断了？鼓动着黑亮也组成一个他们都参加的生产经营血葱公司。黑亮不同意，说再成立公司就谁也卖不了还把血葱的牌子砸了。黑亮劝这些人，这些人还是气鼓鼓的，说那就看着这兄弟俩吃香的喝辣的？黑亮爹就接了话：立春、腊八日子过不前去了你们耻笑人家，人家日子稍好了就又这么嫉恨？！而一帮妇女也叽叽喳喳地跑了来，八斤就说：这一群鸟变的货！妇女们都是些五十六十的年纪，也不收拾，蓬头垢面，来找老老爷，说她们要再去挖极花呀，虽然极花难挖了，可她们闲在家里也是闲，不如去能挖几棵是几棵，挣一分钱是一分钱么。让老老爷看看近日有雨还是有风，她们的运气如何？男人们就起哄：男人都挖不到极花了，女人是比男人尿得高？！妇女们围上来七嘴八舌地攻击，问八斤：你身上流血了？八斤说：我犯痔疮了，你咋知道？再问：流了几天啦？说：还流几天啦？流了半天我都快死呀！她们就说：女人一月流七天血都没事，你说女人强还是男人强？！他们争着骂着笑着，老老爷始终没说话，还是坐在葫芦架下往那些葫芦上写毛笔字。架上的葫芦全摘了，装在一个笸篮里，有方的有圆的，大的老碗大，小的则拳头小，正面都印着德呀仁呀孝呀的字，他用毛笔又在背面写墨字。写毕了，大家都去拿，老老爷也不阻拦，开始吃他的烟。他的烟袋杆子很长，点火的时候不至于燎了胡子。八斤拿了一个，满仓和猴子也各拿了一个，走过来时黑亮要看上边又新写了什么字，但黑亮认不得让我看，那三个葫芦上分别是：毳、蘁、矗。我说：我只会数笔画，又是秦朝没统一文字前的字？！八斤说：给你吧。我说：老老爷写的你不要？满仓和猴子也把他们的葫芦都扔给了我，他们就走了。

到了晚上，黑亮睡在炕上了，还给我说着白天里那葫芦上的三个字，问我真认不得还是我认得不肯说？我说：那不是字，哪有一个字那么多笔画？！黑亮说：我问过老老爷了，那三个字的意思是会有好运的。我说：会有好运？黑亮说：八斤、猴子、拴牢把葫芦全给了你，你就有好运哩！我说：那我做个梦去！就睡了。黑亮却整夜不安分，一会儿手要摸过来，一会儿腿要伸过来，我用扫炕笤帚就打。他说：这……有瘾的，人要吃饭就要干这事么，饭你吃厌过？我坐起来，我不睡了。

我担心我会瞌睡，便坐在了窗前，窗上黑亮已挂上了帘子，我把帘子拉开，让风吹我，让白皮松下的乌鸦屎的臭味熏我，想这里男人找不下媳妇却生产血葱，女人怎么经期能七天不净，穷得没有细粮却把粗粮变着法儿讲究着味道，大都没上过学，竟还是用五六十个笔画的字，这是啥怪地方？我抬头往天上看，天上的星还是那么繁，白皮松顶上仍是漆黑一片，也就是那一片呀，我睁着眼睛看呀看，真的会有好运吗，直看到了天亮，寻不见属于我的那颗星。

四

走　山

　　又是一个晌午，麻子婶要到西边竖梁的庙址去，来问我愿不愿意跟着她，说是洗佛日，没有庙和佛像了，那里还是神奇，每年这一天会来一朵云，不大不小有雨，雨全落在老槐树上。

又是一个晌午，麻子婶要到西边竖梁的庙址去，来问我愿不愿意跟着她，说是洗佛日，没有庙和佛像了，那里还是神奇，每年这一天会来一朵云，不大不小有雨，雨全落在老槐树上。黑亮爹在那里补衣服，捏了针给麻子婶又是挤眼睛又是摆手，麻子婶说：线穿不上针眼？黑亮爹恨了一声，却对我说：黑亮不是让你一块儿去镇上吗？狗正从硷畔入口跑来，他就骂狗：你不乖乖在家，逛啥哩?！

这明明是嫌烦麻子婶叫我去西竖梁的，但麻子婶听不来，嘻嘻哈哈还说你去镇上呀，从硷畔上走了。其实黑亮哪里让我跟他去镇上，他是天不明就去进货了。午饭后，黑亮开着手扶拖拉机回到了硷畔，拖拉机上却跳下来了村长和立春，还有一个胖肚子男人。我已经知道村长是个爱显摆的人，他只要有一张钱了，就要把钱贴在额颅上，唯恐谁不知道。这天穿了件运动裤，裤管扎着，像灯笼一样，下了拖拉机就蹀步子。黑亮爹说：又在镇上买了裤子啦？村长说：镇上有卖这种裤子的?！黑亮爹说：又是名牌？村长说：不穿名牌浑身痒么！黑亮爹说：肉臭了架子不倒！说完觉得不妥，就笑着在村长背上拍，说：立春给买的？村长说：血葱公司还不是我支持办起来的？把钱抓得紧呀，买了裤子也不说配一双鞋！

黑亮就把一袋白蒸馍和一捆血葱抱到窑里来，先掏出一个白蒸馍给我，我在梳头，没有接，白蒸馍放在炕沿上了。他说：我给咱要了好东西啦！我也没理，对着镜子照脸，脸黑瘦了一圈儿，我已经不是以前的我了。

窑外立春只是笑着，村长在问那个胖肚子：你这鞋是啥牌子？胖肚子提了一下裤子，他的裤子老往下溜，说：耐克。村长说：立春，是耐克。立春的龅牙显得更长了，像铲子一样伸出来，他在帮黑亮爹端火盆要生火熬茶，说：今日开得快。路好是好，就是尘土大。村长说：我给你说话哩，你装聋子呀！立春说：耐克记住了，只要咱公司生意好，还没你穿的？！瞎子把桶提过来往壶里添水，说：血葱卖得好不好？立春说：你也问呀，血葱不能给你吃！瞎子把水添多了，从壶里溢出来。黑亮让他叔去歇，他在火盆上架了一些干苞谷芯子，就把火烧起来。

我听出了他们说话的内容，是立春在镇上遇到那个外地的胖肚子老板，老板对血葱有兴趣，但要到这里看看血葱的生产情况，正好黑亮去镇上进货，就把他们捎了回来，又正好在村口碰上了村长，村长也一块儿到黑家来了。

村长说：石老板，我以村长的名义给你说，这血葱没问题，厉害得很！

胖肚子说：就是个葱么。

村长说：男人吃了女人受不了，女人吃了男人受不了，男人女人都吃了炕受不了。

胖肚子说：卖春药的都这么说。

村长说：血葱不是春药，比春药强十倍，又不伤身体，给你说个案子吧，村里有个张老撑，八十二岁那年……

胖肚子说：立春给我说过了。

村长说：立春说过了？黑亮黑亮！

村长在叫黑亮，黑亮在火盆上的壶里放茶叶，黑亮说：还得熬一会儿。

村长说：你是新婚，你把胡蝶叫来，让她说说吃血葱的感受！我低声骂了一声，不照镜子了，把窗帘拉上。黑亮竟然就到窑里来，给我说：来了个老板，你出去招呼一下。我恨着他：我是妓女陪客呀？！黑亮出去了，说：我媳妇感冒了，在炕上躺着起不来。村长说：哪里是感冒了，肯定受不了啦躺着的。我们产的血葱有一个缺点，是千万不能过量的。立春，去你家见你媳妇去，她也吃血葱，让老板再看看吃血葱的女人是啥样的！立春说这好，这好，几个人就往立春家去了，黑亮爹在说：茶快好了，还说做饭呀，这就走啦？！

来人一走，黑亮对我说：你不去招呼也好，那个老板钱是有钱，身上喷的香水太浓，一定是有狐臭的，能熏死人！我说：你们都说些脏话，苍蝇还嫌厕所不卫生？！黑亮说：村长是宣传哩么，可血葱确实管用，那天晚上我就吃了三根哩。

黑亮又去擦他的手扶拖拉机了，我提了个棒槌在砸葱，把黑亮抱回来的那一捆血葱砸个了稀巴烂。

★　　　　　★

但是，我怀孕了。

我并不知道我怀了孕，我发觉月经没有按时来，以前每次月经来都是三天就干净了，就是肚子疼得直不起腰，这次没来，还庆幸着不受疼痛了，却开始头晕，恶心。有一天没精打采地坐在窑门口，看到老老爷和一个人在葫芦架下说话，好像是那个人有什么病了，让老老爷给他看病，老老爷说：我不是大夫，看不了病，那人说你有历头哩，历头上啥都有哩，老老爷就拿了一根筷子压那人舌头，说：你啊——。那人长声啊着，然后说：我去王村让吴大夫抓了五服中药，吃了病没回头么。老老爷说：你看看，是不是该下雨呀。那人离开葫芦架，给我闪了个笑，就看天，又回到葫芦架下说：恐怕是有雨呀，南头横梁上正上云哩。老老爷说：你这是有了毒，和谁又怄气了？那人说：唉，我那傻儿子是我的冤家么，他不知在外受了谁的唆弄，天天回

81

家来向我要媳妇，我说人家健健康康的人都没媳妇，你那么个傻样，我到哪儿给你弄个媳妇？！他竟然说你不给我找媳妇，你死了就是绝死鬼！他咋能说这话，这话肯定是哪个狗日的给唆弄的！老老爷说：你嘴干净了，就会有人帮着给找儿媳妇的。那人说：我就是这嘴，他三楞想害我，我就要骂他！老老爷说：三楞又咋啦？那人说：三楞给他多的坟上放了块大石头，石头正对着我多的坟，这是不是压住了我家的风水，我该不该也在我多的坟上放块石头？老老爷说：你觉得他家压你家的风水，这就真的是压了，那你也放块石头吧。那人骂了句：三楞我×你娘！却又说：你知道立春家的事吗？老老爷说：你都病成这样了，还理会人家的事？那人说：村里的人都说哩，外地那个石老板为啥买了立春家那么多血葱，还要定期来进货，是前些日子立春把石老板领去他家，石老板一见訾米，竟然认识訾米，立春的媳妇原来在城市里做妓女，有意思吧？老老爷就一阵儿咳嗽。我见不得那人的样子，多高的身子一个碗口大的脑袋，眼睛一眨一眨地像鸡屁眼儿，更听不得那人说话，凭啥就说立春的媳妇是妓女，老板认识就是妓女啦？！我本来懒得动，偏用扫帚打鸡，鸡往左跑，我要让它右跑，嘎嘎嘎地就撵到了葫芦架前。老老爷还在咳嗽，那人说：你撵的啥鸡呀，鸡毛卡到老老爷喉咙啦！我说：我撵你哩！就推那人走。那人还不想走，老老爷摆了摆手，那人才走了，嘴里嘟嘟囔囔地骂我。

老老爷吐了一口痰，不咳嗽了，说：胡蝶你泼辣。

我说：他是笑话立春哩还是眼红立春呢？！你说他有毒，真是有毒哩！老老爷说：小动物身上都有毒哩，没毒它也难存活么。胡蝶，你是第一回到老老爷这边来的呀，你公公不在？我说：我又没出碰畔，你又不会带我逃跑的。他笑了一下，只发了个声，脸上并没有表情。

你还没看到你的星吗？

老老爷骗我，没星的地方咋能看出星呢？

你继续看吧，你总会有星的。

那要看到啥年啥月？！

　　老老爷立起了身，却说：胡蝶，老老爷得去西沟抓蝎子呀，太阳要落山了，蝎子该出来了。泡了酒你也来喝。我说：老老爷，你别怕，我不会连累你。心里又一阵犯潮，我的眉眼就皱起来。老老爷说：我怕谁呀，而谁都怕我哩。我说：村里人好像都敬着你。老老爷说：是敬哩，敬神也敬鬼么。我不明白他话的意思，他却说：你有病了？我说：是有病了，这里没卫生站，也没个药。老老爷说：你才是药哩，你是黑亮家的药。他的话我又听不懂了。他说：你不思茶饭？我说：口里没味。他说：觉得恶心想吐？我说：又吐不出来。他说：你把手捂在嘴上哈一下，再闻闻是啥气味？我哈了一下闻手，我说：怎么有些酸味？他说：你怀孕了？！我一下子脸红起来，嘴里不知说些什么，而同时眼睛就模糊，葫芦架在动，硷畔在动，老老爷也成了两个老老爷：这不可能吧，我怎么就怀孕了？！一股子凉气从脚心就往上蹿，汗却从额上流出来。

　　我急了，说：老老爷老老爷，这你得救我！我不能怀孕，我怎么都不能怀孕，老老爷！

　　老老爷说：这孩子或许也是你的药。

　　老老爷，老老爷！

　　你走吧。

　　我走了，走得像一根木头，走回我的窑里就倒在了炕上。

★　　　　　★

　　怀孕的事我不敢说给黑亮，但我越发恐惧，焦躁不安，额头上起了痘，又严重地便秘，只要黑亮不在窑里，就使劲儿挤压肚子，蹬腿，甚至从炕上、方桌上往下跳，企图它能坠下来，像大小便一样拉掉。我是多纯净的一块儿土地呀，已经被藏污纳垢了，还能再要生长罪恶和仇恨的草木吗？但我没办法解决肚子里的孽种啊，只能少到硷畔去，像以前被关闭在窑里一样，又终日无声无息地趴在窗口。瞎子在上个月要盘新炕而拆掉了他的炕，说旧炕土是最好的肥料，就堆在白皮松下。这一日，他问黑亮爹给毛驴磨些黑豆呀还是豌豆，黑亮爹说黑豆还要长些豆芽的，磨豌豆吧，少磨些。瞎子说：把这些炕土要送到地里，给它吃好些。就套了毛驴推石磨。毛驴不好好推，推着推着就把套绳弄掉了，瞎子在喝斥：转磨道你都寻不见方向呀，是嫌给你磨的豌豆少啦还是嫌那炕土堆大啦？我看着那堆旧炕土，心突然地一阵疼，像针扎一样：经过了前几日的一场小雨淋过，旧炕土堆上长出了三棵芽来，是草芽子还是菜芽子，或许还是树芽子，很小很嫩很绿。这些芽子怎么就长在旧炕土堆上呢，它们只知道种子在适当的土壤和水分里就发芽，一发芽就梦想着长成蔬菜长成花草长成树木，可这是一堆旧炕土呀，堆在白皮松下并不是长久的，很快就要铲了运走啊。我可怜着这些芽子，别的生命或许多么伟大，它们却是如此卑微下贱！

我开始不吃不喝，不和人说话，真的病倒了。

我一病倒，这吓坏了黑家人，黑亮已不到杂货店去了，问我哪儿不舒服，要不要背了我去王村的卫生站看看。我不能让医生看，说我感冒了，睡一睡就好了。黑亮爹改善了伙食，或是小米干饭，熬土豆、粉条和酸白菜的杂烩，或把荞面压成饸饹，搓成麻食，又把土豆丝拌面上笼做成麦饭，把南瓜绿豆焖锅做成揽饭。还买了二斤羊肉和红白萝卜一块儿清炖。给我一天吃五顿，顿顿都让多吃。正吃着，麻子婶又来了，人还在硷畔入口，就说：咋这香的！黑亮爹除了剪小红人时热情过，上次冷淡了这次仍冷淡，说：你还是不喝茶？麻子婶说：你那茶浓得我喝不了。黑亮爹又说：还是吃过饭来的？麻子婶说：我吃的是汤饸饹。黑亮爹说：噢，那就不坐了？麻子婶说：赶我走呀？！我剪了新花花给胡蝶呀！她就进了窑，把一个包袱解开，纸花花就摆了一炕，说：你这畜皮公公，锅里炖着羊肉也不把我让一让。你帮我选选哪个好看！我无心帮她选，窑门一关，扑通跪下，说：婶你救我！麻子婶说：

你公公是啥人么，过河就拆桥！黑亮打你啦？我说：我怀孕了，你有啥办法能把胎打下来。麻子婶却没惊讶，也没慌张，让我站起来扭扭身子给她看，又翻我的眼皮子，撩了衣服看奶头子，她说：你咋和你婶当初一样呀？！

麻子婶告诉我，她当初怀上了也并不知道，恶心呕吐，被盐商的大老婆看出来，假装给她治病，让她喝苦楝子籽水，胎就打掉了，胎一落，她才知道那大老婆怕她有了孩子争家产，她偏又给盐商怀上了，盐商就娶了她做小的。

我说我和她的情况不一样，我不能要孩子，求她给我弄些苦楝子籽吧。麻子婶说：这你让我作孽呀，孩子毕竟是条命啊！我说：那你就不管我的命啦？你要不弄苦楝子籽，那我就得死，我死了孩子还不是死？！麻子婶想了想，答应了，说：你喝苦楝子籽水的时候，不能让人看见，鸡呀狗呀也不能让看见！

麻子婶真的在再来时口兜里装了些苦楝子籽，说村口有棵苦楝树，她就在那儿摘的。我偷偷地用水泡了这些苦楝子籽喝，喝过一杯了，把苦楝子籽塞进炕洞去，再泡新的，为了药效更大，我在第三次泡时还砸碎了苦楝子籽，泡出的水苦得难咽，喝下去肚子就疼。我以为这下就可以落胎了，却在厕所里泻肚子，一晌午泻五次，泻得虚脱了。

黑亮爹见我感冒了，又泻肚子，病越来越重，就当老老爷在葫芦架下泡蝎子酒时，把我的病情说给了老老爷，老老爷这才告诉了我是怀了孕，叮咛泻肚子也不能随便吃药。我在窗口里听见了他们的说话，吓得我差点昏过去，偏这时麻子婶又拿了苦楝子来了，刚到硷畔，黑亮爹就跑近去高兴地说儿媳妇怀孕了，我心提到嗓子眼儿上，担心麻子婶一时说漏了嘴，但麻子婶嘿嘿地笑，黑亮爹也嘿嘿地笑，麻子婶笑过了，她说：这是胡蝶说的？黑亮爹说：她没说。麻子婶说：那是黑亮说的？黑亮爹说：黑亮还不知道哩，是老老爷以儿媳妇的神色说的。麻子婶就拍着手，说：我只知道是干柴遇烈火的，可没想到这么快的！该谢我吧，是我的小红人招了魂呀！黑亮爹就给了麻子婶十元钱。麻子婶说：这你咋舍得呀？！黑亮爹说：你是村里第一个知道这事的，图个吉祥！麻子婶说：哦，要我在村里声张啊，那就像打发要饭的？黑亮爹又拿了十元钱给麻子婶的口兜里装，却发现了口兜里装着苦楝子籽，说句你咋还装这个，并没在意，麻子婶笑嘻嘻进了我的窑。

怀孕的事已经暴露了，那个下午，我把所有的苦楝子籽全砸碎泡了，我想尽快地把胎打下来。

晚上黑亮回来，一进窑把我抱住了就亲，我不让他亲，他说嘴不臭的，这么大的喜事你不告诉我！我明白他也是刚知道怀孕的事，没再说话，黑亮爹在门外喊着快来端饭，两人在门外说话：啥饭？我炖了鸡。咱就那一只公鸡要打鸣的你炖了？我炖的是那个黑鸡。那黑鸡还下蛋的呀！黑鸡炖出的汤有营养。

吃毕了饭，黑亮坐在炕上，说：说造人我真还把人造下了！兴奋得双手在炕沿上拍节奏，问孩子应该叫什么名字，最好是起两个名字，是男孩了叫刚强，是女孩了叫极花。我突然就说：不能叫极花！我也不知道为什么不能叫极花，是因为极花是草是虫还是因为极花是我特殊的通讯物，但我就那么说了一句，声音尖锐得像刀子。黑亮说：不叫极花了，叫如意。他从箱子里便取出一个褥子往炕上铺，念叨着你现在地位提高了，就得睡得舒舒服服，一个黄豆都不能垫着你。在铺褥子时，就发现了我藏在炕头席下的苦楝子籽，他并不知道苦楝子籽能做什么，顺手抓起来从窗子扔了出去。事情坏也就坏在这里，黑亮把苦楝子籽从窗子扔出去，刚好老老爷从窗外经过，看了看，把地上的苦楝子籽捡起来。黑亮爹出来倒刷锅水，说：黑啦你还出去呀？让黑亮陪着你。老老爷说：家里咋有这东西？黑亮爹说：苦楝子籽，这咋啦？

老老爷叽叽咕咕给黑亮爹说着什么，黑亮爹就叫黑亮，黑亮出去，一会儿返回窑，脸全部变形了。他说：你喝了苦楝子籽水？是不是喝了苦楝子籽水？！我知道一切都失败了，仰头对着他，我觉得我的鼻翼鼓得圆圆的，出着粗气。黑亮又说：你要害我的孩子？唉?！我呼啦把被子一裹，脸朝炕里睡下了。黑亮嗷嗷地叫，举了拳头来打，拳头快要打到我身上了，拳头却停住，转身踢麻袋，踢凳子，凳子在地上发出呻吟声，他抓起凳子就摔向窑门，窑门被撞开了，一条凳子腿飞了出去。

黑亮爹在外边喊：你疯啦，黑亮?！要打就打那死麻子，十个麻子九个怪，是她拿来的，麻子拿来的！

黑亮就从窑里跑出去，他好像是在他爹的窑里拿菜刀，他爹在喊：刀放下！你要去就去质问她，别再惹乱子！碥畔上一价声的狗叫，瞎子也起来了，在拉黑亮，拉不住，黑亮爹在叮咛着瞎子：你去，你也去，防着他出事！一阵脚步声，瞎子白天里老趿着一双没后跟的鞋，走路吧啦吧啦响，他跑去的脚步没有那声了，可能是光着脚。

黑亮和瞎子是去了麻子婶家，黑亮到底打没打麻子婶，我不知道。第二天晌午，半语子来给黑亮爹赔情道歉，说他把他那妖精打了一顿，骨头打断了，在炕上躺着，不信了你去看。黑亮爹没有说话，也没有去，我却在窑里哭了。我不再和黑亮冷战，给他说这事不能怨恨麻子婶，是我让麻子婶给我的苦楝子籽，现在倒害得人家断了骨头，那不残废啦，央求他去看看麻子婶。黑亮这才说半语子打断的是麻子婶的两颗门牙。但麻子婶从此再没到黑家来过。

★　　　　　★

已经是秋末了，碥畔上开始堆放起苞谷和豆秆，黑家人在地里就扳了棒子，而豆秆是连豆荚一块儿背回来的，隆起了一个垛子，等晒干了用梿枷打豆子。黑亮很少去镇上、县上进货了，和瞎子叔又每天去地里挖土豆，摘南瓜。这些活他们不让我干，我也懒得去干，就坐在那豆秆垛子前，看豆秆垛子里爬出来的瓢虫。这里的瓢虫很多，都是铁红的，就像我那件衬衣的颜色。但瓢虫身上有着白色的圆点，如同星星，我用草棍儿一戳，它就飞起来，我感觉我不如它。豆秆垛子里竟然还爬出了一只蚂蚱，我的草棍儿没有戳上它，它往硷畔沿上蹦跶，蹦跶了三下，又蹦跶了四下，竟然翻过身，四条腿那么抖了抖，就死了。

三朵那天是来了，老老爷嘀嘀咕咕给他说什么，三朵就又去了黑亮爹的窑里，黑亮爹在窑里正烟熏雾罩地做饭，也是嘀嘀咕咕了一阵，两人出了窑，黑亮爹说：三朵，叔过后要谢你哩。三朵说：你抱上孙子了再说谢。三朵急急忙忙离开硷畔，回头还朝我笑了一下。他们鬼鬼祟祟的行为使我警觉起来，但三朵给我的笑是柔和而善意，我就又弄不明白他们是要干什么。

我在无聊地盯着一只蚂蚁。它往左爬，我拿柴棍儿在左边划出一道深渠儿，它掉头又往右爬，我又在右边划出一道深渠儿，它再往前爬，我再要在前边划深渠儿时，硷畔上就一溜串地来了七八个人，有的拿着苞谷棒子，有的拿着南瓜、土豆、茄子，来了都不说话，直接去了我的窑里。我喊着：干啥？干啥？他们又出来了，两手空空，也不说话就从硷畔上走了。黑亮爹就在他窑门口站着，他竟不管，还给我使眼色，我搞不懂他使眼色是什么意思，而陆续还来了六七个人，拿着苞谷棒子、土豆、茄子、南瓜，甚至有个大冬瓜俩人抬着，放在我的窑里就走了。他们一走，我就进了窑，那些苞谷棒子、土豆、冬瓜、茄子竟然全放在炕上，黑亮就回来了，在窑外问他爹：他们来送娃啦？黑亮爹说：你不要说话，进去拿被子盖上，天黑了再取下来。

黑亮进了窑，见我把炕上的苞谷棒子往桌子下扔，他一下子用被子盖住。这是给咱孩子哩，他说：村里的风俗是谁家的媳妇过门后迟迟没怀孕，村里人就在秋收时要从任何人家的庄稼地里偷摘些东西塞到谁家媳妇的炕上。十多年前，半语子每年都让人给他家炕上塞东西，村里人议论半语子是趁机多弄些粮食瓜果的，以后就再没这种事了。这次村里人可不是他和他爹的意思，是老老爷让三朵给组织的，村里人并不知晓我已怀了孕，但我是多多少少喝过苦楝子籽水的，为了保住孩子，他和他爹也默认了。

黑亮说完了，我哼了一下，坐到桌前看那镜框里的极花。

★   ★

胎没堕成，胎就生长。腊月已尽，又过了年，一场风刮得春天来了，金锁天天早上还要在他媳妇的坟上哭，我的肚子越来越大。头晕和恶心得更为加剧，一坐在什么地方就吐唾沫。我诅咒着肚里的孩子，他真是这里的种，和这村里人一样在整我。在硷畔上转一转，很快就累了，回窑里睡到炕上去，在炕上又睡着难受，再出来走走，脚腿便开始浮肿，再坐到老老爷的葫芦架下。葫芦架上的枯藤蔓还在，新的藤蔓又开始生成，每一个枝条都伸着长须，活活地动，缠住了架的支柱，努力地向上爬。老老爷说：你多活动活动，不要老是坐着。对老老爷，我已经不抱任何希望，没指望这里的人谁还能帮我，我就说：你是嫌我坐在你这里？老老爷说：哪里！你在那儿了，那儿都是你的地方。我说：咋哪儿都没有我，你觉得我还有我？老老爷看了看我，就进他的窑里去了。

我只说我把他忾住了，他回窑里会不再出来，就拿棍儿戳硷畔沿上的酸枣丛，那是从硷畔坎上长出来的酸枣丛，上边遗留着一颗去年的干野枣。但老老爷端了一盆水从窑里又出来了，把水浇在葫芦藤蔓的根下，并不看我，一边浇一边说：啥事情看不透了，就拿看小事情来看大事情，天地再大都能归结到你一个人，再拿看大事情来看小事情，你又是天是地了么。水浇完了，他还说：你想吃那枣吗，我去年摘了几颗还在罐子里。进窑拿出了三颗给我，说：酸儿辣女。我把枣扔给了狗，狗咬在嘴里又吐出来。

我仍旧坐在那里，心里一阵泛潮，就吐起唾沫，偏是想吐在哪儿就吐在哪儿，面前的地都吐得斑斑点点。老老爷也坐在了那里开始打盹，他是常坐着就打盹的，现在把眼睛闭上了，却说：胡蝶你对你老老爷有看法啦？我说：没有。你是这村里人么。他说：孩子既然跟你来了，你就得接纳他。我说：他是来害我的。他说：谁能说他不是来救你呢？我喉咙里又泛酸水，吐了一口。

瞎子坐在他的窑门口编草鞋，鞋拔子一头钩在门槛上，一头拉在系着自己腰的绳上，双手呼啦呼啦搓着龙须草。毛驴在硷畔上打滚，打了三个滚，灰尘中长声叫唤，瞎子编的却不是草鞋，编成了长方形的草垫子，扔过来，说：老老爷。给你个垫子。

老老爷说：他是给你的。

我把垫子垫在屁股下，我感念着瞎子。

老老爷再说：你还没有看到星吗？

我说：你给我用手比拟个大饼子，不如给我个真土豆。

老老爷说：你有孩子了，会有两颗的，待星可披。

待星可披。是等待着星光照耀我吗？我第一次听到待星可披四个字，觉得是成语，但这成语以前没听说过，或许是老老爷自己生造的。我抬头看着他，他瘦骨嶙峋地坐在那里，双目紧闭，和那土崖是一个颜色，就是土崖伸出来的一坨。这么个偏远龌龊的村子里，有这么一个奇怪的人，我觉得他是那么浑拙又精明，普通又神秘，而我在他面前都成了个玻璃人。我说：老老爷，老老爷。我想再给他说些什么，一时不知能说些什么，而他却有了轻微的鼾声，真的是打盹了。

★　　　　　★

到了那一月的十八，是老老爷的生日，还在初十的时候，黑亮给老老爷说：老老爷，我明日去镇上买些肉来，给你祝寿！老老爷说：话尽有，事没有，你是给你媳妇买肉吧！黑亮就嘿嘿笑，说：一块儿么，你吃肉，让她喝个汤。老老爷说：你在村里传个话，今年我不过生日，谁来我不请吃，我也不去谁家吃请。

十八的早晨，村里人却还是陆陆续续来拜寿了，他们没有拿寿糕，而是

你提一斗荞麦，他捎一袋子苞谷，或是一罐小米和一升豆子，多多少少全都
是粮食，嚷嚷着给老老爷补粮呀！给人拜寿竟然是补粮，这我从来没见过也
没听说过，苦焦的地方可能就是以生日的名义让大家周济吧。就见打头的是
村长，在硷畔上让众人都排了队，他要讲话，他说：人的寿命长短在于粮食
吃得多少，吃粮越多，活得越长，现在，我们给老老爷补三万石粮！我哼地
就冷笑了：真是胡说，那是三万石吗？！黑亮在我身边，忙扯我的襟，说：你
咋这么不会说话？我说：我不会说假话！硷畔上的人都朝我看，我就进了窑，
黑亮也紧跟着进来，我还在说：就那么一斗一升的有三万石？黑亮却说：你
刚才笑了好看得很！我把黑亮推出窑，就把窑门关了。村长继续在讲话：就
是三万石啊！咱们给老老爷补粮三万石，祝老老爷万寿无疆！所有人都高兴
地喊：万寿无疆！向老老爷的窑拥去。

但是，老老爷的窑门锁着，老老爷不在。

太阳落山时，老老爷回来了，就坐在毛驴背上，提着一个麻袋，还有一
个树棍儿，浑身是土，满脸疲倦，衣服破烂，右胳膊的袖子竟然没了。牵毛
驴的是瞎子，他在给黑亮爹说他是在后沟里碰见的老老爷，老老爷是捉蝎子
去了，从坡上滚下来的。黑亮爹忙问伤着哪里了，老老爷站直了身子，还把
树棍儿扔了，说：我死不了的，村子成了这个样子了，阎王也不会让我死的。
黑亮爹说：今天你捉什么蝎子呀？！老老爷说：我还发愿哩，你倒要我死？黑
亮爹说：我哪敢？我盼你永远活哩！老老爷就笑了，说：你知道刘全喜他爹
是哪一年死的？王保宗他娘是哪一年死的？黑亮爹说：这我咋能不知道，刘
全喜他爹是箍了新窑的第二年死的，王保宗他娘是王保宗弄回来那个瘫子媳
妇的冬天里死的，刘全喜他爹一辈子都想箍新窑，七十一岁上总算给儿子箍
了新窑，他还算住了一年，王保宗他娘为儿子的媳妇熬煎得头发脱得没了一
根毛，好歹给王保宗弄了个瘫子，她给人说我这下一身轻了，要享福呀，可
瘫子还没给她做几天饭，她就死了。老老爷说：你知道这为啥？黑亮爹说：
为啥？老老爷说：他们都没用了么。人要是活着没用了，这世上就不留你了。

放在老老爷窑门口的粮食，老老爷是拿回了窑里，他没有埋怨也没有说谢谢，就开始用捉来的蝎子泡酒。但他是没酒的，村里各家用瓶子或罐子把酒提来了，他放进去三只或五只蝎子。黑亮给我说，捉蝎子的技术只有老老爷掌握，已经十多年了。他都是捉蝎子给村人泡酒，这酒能治风湿，能败火，能排体内各种毒素。

老老爷给黑家也泡了一罐子酒，黑亮不让我喝，担心喝了对胎儿不好。黑亮一走，我想，既然蝎子能排毒，那我身上就有毒，胎儿就是最大的毒，就试图去喝。但我打开了罐子，看见酒里那么多的蝎子，像是活着，就害怕得不敢喝了。

此后的日子，老老爷越来越瘦，走路开始有些趔趄，我估摸他在那天捉蝎子时可能累坏了，或是滚坡真伤了筋骨，而他再没说过，黑亮爹也没再问过。他不大再外出，也不大待在窑里。老是坐在葫芦架下，太阳从东边照过来了，他坐在葫芦架西边的阴凉里，太阳斜到西边了，他又坐在葫芦架东边的阴凉里。村里来了人和他说话，来的人说得多，他说得少，眼皮耷着，有时竟闭了只点头。他们说着话，我也坐过去听，后来就发现，我凡是坐在一旁听的时候，他的眼皮就睁开了，话也显得多，虽然不看我，但好像有些话是想让我听的。

★   ★

比如，对面的坡梁上在起云，云好像是坡梁背后长出了无数的白牡丹，花瓣还不停地往外绽放，开财、有喜、腊八几个在硷畔上原本和老老爷说蝎子泡酒的事，那云就绽放得堆满了坡梁，突然一齐向北边飘来，如潮头腾涌，很快便到了村子上空。黑亮在喊：胡蝶胡蝶，快出来看稀罕景儿！我坐在了窑门槛上，那云已飘过崖头，都似乎能听见呼呼声。有喜说：老老爷，咋能过这多的云，这天象是啥意思吗？老老爷说：没啥意思，地呼气哩。有喜说：云是地呼出的气？老老爷说：地呼出的气是云，也是飞禽走兽树木花草，也是人。有喜说：人是从娘肚子生的，咋就是气？气是从哪儿来的？老老爷说：咱村的坟地里西边的白茅梁上，咱村里人都是从那里来的，人一死也就是地把气又收回去了，从哪儿出来的从哪儿回去，坟就是气眼儿。黑亮爹在补他的白褂子，补丁虽然也是白布，但补丁的白和褂子的白还不是一样的白，他说：从气眼里出来是生，从气眼里又进去是死，那村里的老婆、媳妇都是嫁过来的，并不在村里出生，死了却都埋在白茅梁上。开财说：是呀，我那侄子在福建打工死了就埋在了福建。老老爷说：在外地出生的是本来咱这儿的气飘去了外地，咱这儿的人能埋在外地了是外地的气飘到咱这儿，最后还得回外地去么。

我就想：我是一股什么气呢？我这气又来自哪里，是老家那有山有水有稻有鱼的地方，是有着钢筋水泥高楼的车水马龙的那个城市，是这个连绵不绝的黄土高原上的苦寒的村子？这怎么说得清呢？！我若在这里，死在这里，我就是这儿的气被飘出去了又该回来的？我若逃走，我就是老家的城市的或别的地方的气？我烦躁起来，脱了一只鞋打那个长着帽疙瘩的母鸡，母鸡一直在地上啄着吃，还用爪子不断地在写"个"字。帽疙瘩母鸡挨了打，嘎嘎地叫着跑，它们都朝我看，有喜和开财还疑惑地说：咹？咹？！我没有理他们，呵，呵呵，我坚决不是这里的气，我是来自老家的，来自城市的，我之所以到这里是气飘了来的，偶尔飘来的，如同走路，花粉落在肩上，如同蒲公英散开了落在头发里，如同毛毛草籽有箭头一样的荚粘在走过的裤管上，如同雪花和雨点，如同风，如同月光。或许，或许，那东井星照了我，迷惑我来的，但我绝不是出自这里的气，我肯定要离开这里。

★   ★

比如，下了几天雨，平日村子里的路上尘土有四指厚，踩下去脚面就没有了，水一泡却全黏成了胶，谁只要出门，鞋上都是带两坨子泥，回到硷畔了，就把脚往能蹭的地方蹭，石头上，白皮松树根上，磨盘基和井台沿，都蹭的是泥。硷畔上肮脏就肮脏吧，可气的是堆在厕所边的苞谷秆垛是湿的，豆秆垛也是湿的，一日三顿，黑亮爹做饭就难场了，湿湿的柴火半天起不了焰，黑烟黄烟地从窑门里往出冒，像是在硷畔上流水，烟水不往低处流，后来就沿着门窗的崖壁往上爬，爬到崖头了，空中便一团灰白。

猴子额颅上缠上了一块儿破布，哭声拉长着喊老老爷，脚上两坨泥疙瘩使他不能弄脏老老爷的窑，或者是老老爷压根没允许他进窑，就钻在葫芦架下，给老老爷说委屈。他在说村里的王结实死了十年了，王结实没死前没找下媳妇，老是向他爹要媳妇，而王结实死了十年了，王结实的爹却接连做了三次梦，王结实还在恨爹，向爹要媳妇。王结实的爹就想给儿子办个阴婚，托他在别的村里打听有没有死过没结过婚的姑娘，可以出钱把尸体买来埋在王结实的坟里。他是打听了一圈儿，还没打听到哪个村里有死了的黄花闺女，偏就在前几天，他路过金锁媳妇的坟前了，一股子风刮过来，他打了个冷战，浑身的不舒服，骂道：你活着的时候不理我，你成鬼了却要害我？！忽然想到王结实的爹给他的托付，就说：你再害我，我把你挖出来让你和王结实成阴婚去！没想金锁正好到他媳妇坟上来，就和他打了一架，把他的额颅都打烂了。老老爷好像并没有顺着他的话说，反倒训斥他要偷挖人家媳妇的尸体哩，金锁打得应该。猴子就一阵子咳嗽，却喊：黑叔，黑叔，你是熏獾啊？！黑亮爹从窑里出来，用围裙擦着眼睛，说：呛着你啦？今晌午在我这儿吃，我给蒸土豆哩！猴子说：我这不是吓唬一下鬼么，犯不着他下手那么狠呀，他把我额颅打烂啦！老老爷从窑里出来，说：这事我已经知道了，他是戳了你几拳头，你也踢了他两脚，你用头去撞他，他一闪身，头撞在树上，那不是额颅烂了，只是一个青疙瘩吧。猴子说：这……老老爷，老老爷！老老爷说：我不是你一个人的老老爷么。猴子拧身就走，甩了一下脚上的泥坨子，没想把一只鞋却甩出去了。老老爷说：把头上那破布摘了！

猴子在磨盘下捡了他的鞋，干脆不穿了，从硷畔上走去。烟雾还在弥漫。我坐在窑门口，一直看着烟，就觉得我在焚烧自己，我就是不起焰只冒烟。黑亮爹不好意思地给老老爷说：柴火都湿着哩。老老爷却说：谁不起烟呀？烟到高空，那就成了云么。

★　　　　★

比如，黑家没有镜子，那个相框被我撞碎玻璃后，我再没有照过我自己。而有一天，我靠在手扶拖拉机旁，拖拉机上有倒后镜，我偶然在镜子里看到了我，从那以后，我一靠在拖拉机旁便在倒后镜里看我。这举动黑亮爹发现过，老老爷发现过，来硷畔的一些村人也都发现过，我并不在意他们发现过没发现过，但我每一次在倒后镜里看到了我，我就丧一次气：我本是多白嫩的脸，唇红齿白，眼睛水汪汪的，可现在头发干焦得像荒草，皮肤黑黄，目光凶狠，这哪还是我呢，镜子是我的鬼！我便抓一把土把倒后镜糊了。可是，我糊一次，再去拖拉机那儿，倒后镜又明亮了。我以为是黑亮擦的，后又觉得不对，黑亮已经十多天没去镇上、县上进货了，他近日修缮杂货店的屋顶，早出晚归，压根就不知道我把倒后镜糊了。终于有一天我看见了是老老爷在擦倒后镜，他是外出时经过拖拉机就不经意地用袖子把倒后镜擦了。

擦就擦吧。我又一次靠在拖拉机旁看着那倒后镜，村里的拴牢来喊瞎子，他家在为他爹箍墓的，让瞎子去帮着运砖，瞎子应允了，却先给猪喂了食，又给毛驴槽里添了料，然后就在他的窑前仰头站着一动不动。拴牢说：你发啥瓷哩？老老爷说：他敬天哩，你甭催。拴牢说：没见他烧香么。老老爷说：没烧香，看看天也是敬么。拴牢就冷笑道：他看天？他能看见天？！老老爷说：天可是看他么。

我要再用土糊倒后镜时，我不糊了。我在看倒后镜，其实倒后镜在看我。

我便每日去看着倒后镜在怎样地看我了，我不愿意倒后镜看着我那么丑陋，就开始洗脸梳头，还要黑亮给我买许多化妆品，涂脂抹粉。

★　　　　　★

比如，黑亮把一簸箕的黄豆拿给我，说要泡些豆芽吃：你没事给咱拣拣。簸箕里的黄豆是打豆子时收回来的场底豆子，里边有好豆子，更多的是瘪豆子、霉豆子和石子儿土疙瘩，我往出拣着坏豆子和石子儿土疙瘩，拣了半天拣不完。老老爷戴着眼镜在那里看历头书，看一会儿就仰头看天。我说：你又看东井图呀？老老爷说：月亮底下的事咋能在太阳底下做？突然狗从硷畔那头扑过来，它在抓一只麻雀，麻雀飞了，没有抓住，尘土眯了我的眼，我哐地把簸箕扔在地上，说：不拣啦！拣到牛年马年呀，都是些坏豆子咋拣啊！老老爷却在说：坏豆子拣不完，你往出拣好豆子么。我就重新端了簸箕，往出拣好豆子，果然一会儿就把豆子拣好了。

那个晌午我都在想：这村子里有没有好豆子，黑亮是好豆子还是坏豆子？

★　　　　　★

比如，葫芦架上又开了花，每一朵花下都有了个小葫芦，那小葫芦很青很嫩，上面有绒毛，太阳照了，好像镀着一层白。老老爷就开始用木板做各种形态的匣子，匣子上又刻了德字孝字仁字和字，要在小葫芦长到碗口大的时候套上去。我去看小葫芦，老老爷说：喜欢不？我说：我喜欢那一个。那一个是扁圆的小葫芦。老老爷说：你喜欢它，它更喜欢你。我每天都去看它，它真的长得最快。但是，有一天早晨我头晕起来得晚，听见黑亮爹在硷畔上骂人，赶忙出了窑，原来是黎明时来了小偷，把葫芦架上的三个嫩葫芦摘去了。嫩葫芦是可以炒菜吃的，但老老爷种葫芦并不是为了吃的，而谁这么缺德地摘了嫩葫芦，黑亮多如何骂，就是没有人肯应承。到了后晌，黑亮从镇上进了货回来，他进了一批瓷，有瓮有罐有盆，还有几大包碗，手扶拖拉机一开到硷畔，村里人就来挑选。瓮是大小卖掉了三套，黑粗老碗也卖掉了十个，银来问有没有木碗？说他家孩子多，木碗不容易破碎。刘全喜说：现在哪儿还有木碗，有石碗哩。银来说：石碗？刘全喜说：猪用的就是石碗。大家呵呵地笑，银来并不恼，还在问黑亮有什么碗，黑亮再拆开一个草包，拿出了十个塑料碗，还有一个细瓷碗，又白又薄又透亮，指头敲着有铜的音。银来没接黑亮递过来的细瓷碗，却拿一个塑料碗往地上一扔，塑料碗完好无缺，就说：这碗好，这碗好。把十个塑料碗全买了。村里人来了这么多，我就往每一个人脸上看，想看出谁是偷摘嫩葫芦的人，但我看不出来。刘全喜把那只白瓷碗拿起来对着夕阳照，问黑亮这碗谁预订的，黑亮说没人预订，刘全喜又问那给谁买的，黑亮说谁看上了就给谁买的。我想，老老爷说你喜欢葫芦了其实葫芦更喜欢你，那么，偷摘嫩葫芦的人，葫芦架上的葫芦肯定也恨他的，我就站在了葫芦架下，大声喊：老老爷。老老爷！我喊老老爷就是要让硷畔上的人都注意到我，然后我观察有谁不敢往葫芦架上看，即便都扭头看，谁的眼光是怯的？于是我发现极不自然的是猴子，他看了我一眼，眼光就避了，假装在挑选瓮，把瓮敲得咚咚响。

老老爷，我低声说，偷摘嫩葫芦的一定是猴子。

偷了就偷了吧，老老爷说，好赖还吃在他肚子里了么。

村里咋还有这种人呀？

在任何地方都是好人歹人平均分配么。

那伙人还在评说着这批瓷货的形状、颜色、大小和质量，作践着黑亮买那个细瓷碗一定是讨好他媳妇的，刘全喜就喊叫：胡蝶，你还不快过来！我不过去，给老老爷说：那个碗你用上。老老爷说：不是人挑选碗，是碗要挑选人哩，它该是你的。刘全喜又在大声说：瓷片子就是砌灶台的，砖块子就是铺厕所的，瓮做出来就比碗盛得多，塑料碗就比细瓷碗用得长久。我说：

老老爷，你听刘全喜说的，他这是在咒我哩?！老老爷说：一般的情况是那样，如果把细瓷碗当宝贝保存起来，它比塑料碗木碗铁碗都要寿命长。我就走过去把那细瓷碗拿了。

细瓷碗是我的，但我没用，现在黑亮还把它放在炕壁的架板上。

★　　　　★

比如，老老爷有一次给张耙子选扒旧灶建新灶的日子，选定后在说闲话，就说到了小孩子都不爱剃头，剃头就像要杀他似的，你得强迫他剃，否则头发那么长，油腻成毡片，里边又生虱子。但是你要给他剃过三次四次了，哪个小孩子不自动让给他剃头呢，不剃头他就不舒服，就上火。

★　　　　★

蚂蚁成群结队地从硷畔沿下往那一堆乱石里爬，要么拖着早已僵死的蚊虫，要么顶着一粒饭屑，更多的举着草叶，没有声响，但能感受到那种繁忙、紧张和热闹。我就想到老家的麦忙或秋收，想到城市的上班或下班，蹲在那里默默地看，寻找着一只颜色还嫩黄的小蚂蚁，看像不像我。厕所后的土崖缝里在一个早晨突然就有了一条蛇蜕，蛇是什么时候在那里脱去了皮，脱皮不会如脱衣服那般轻松吧？原来的六只鸡，五只母鸡都被黑亮爹杀了炖汤，那留下来的一只公鸡就再不打鸣了，从我面前走过，默不作声，眼却瞪圆，噗哧拉下一堆屎来。新抱养了十多只小鸡，黄毛绒绒地像是些毛球，常常为一只虫子，你啄我一嘴我啄你一嘴，全然不顾崖头上掠过的老鹰。把被褥卷起来要拿去晒太阳，一看到炕席，就想到了老家村口的芦塘。在下雨的晚上，担心着白皮松上的乌鸦和崖头荆棘中的斑鸠怎么办？雨停后硷畔上竟然蹦跶着一只小青蛙，又想起这里没有青文和青文的照相机。起风了，整晌整晌都在吼，风刮着风是不是也累？如果月光如纱的后半夜，总是有各种响动，先还能辨出是狗在梦呓，汪地叫那么一下，瞎子在打鼾，似乎有节奏又似乎没有节奏，黑亮爹的窑里传来水声，那是他在尿桶里小便，他总是约摸两个小时就小便一次。再后来响动就无法分清，好像是娘拉着架子车在穿过街巷，车轴干涩，不停地咯吱咯吱呻吟，好像是弟弟在吸鼻子，他站在教室一角，迟到了受到了老师的斥责和惩罚，那鼻子还是一吸一吸的。这些声音如玻璃片子，互相撞着，又防着被撞。直到天亮了，又扫起悠悠风，看着井台边靠在辘轳上的扫帚在摇，呜呜地响，扫帚似怨妇一直自言自语地诉说？而葫芦架上又开了几朵小花，花比先前开的花更白，更瘦，花开得很疼啊。

白皮松上的天空，夜夜还是没有星，夜夜还得看，因为希望看到星的发光，又因为看不到就捉摸不透星怎么就不发光？

★　　　　　　★

那个驼背的女人，我已经知道了她的名字，她浑身总有着一股酸臭味，名字却叫着桂香。她来问黑亮爹借木头刻成的鸡，黑家的厨房里是有一只木刻的鸡，在逢年过节时饭桌上才摆的，她说她表叔明天要来她家，总得做一桌好饭好菜呀！黑亮爹有些不愿意，她埋怨着一个木鸡都不肯借，那真的是鸡吗，是给你吃了翅膀还是吃了腿？！黑亮爹后来是借给她了，反复叮咛用过了一定要洗净，必须放在桌子上。桂香拿了木鸡，却在说昨晚上村里来了一只狼，狼去了她家，就卧在门口的，天明时才走。桂香走后，我就留神硷畔上有没有狼的蹄印，没有，而就在那个石女人旁边有了一个梅花印。这梅花印黑亮爹也看到了，说：这里没有过豹子呀，有狐狸来过？狐狸来是要叼鸡的，黑家的公鸡在，十多只小鸡也在，甚至夜里狗都没有叫呀，黑亮爹很疑惑：这不是狐狸蹄印？！我却认定就是狐狸蹄印，而且那狐狸是来看我的。

其实我以前并没见过狐狸，但我知道村子里有人在捕狐，尤其那个叫宽余的，几次在硷畔上说他用鸡皮包裹了炸药丸子放在狐狸出没的山道上，炸着了白色的狐狸黑色的狐狸，遗憾的是还没有炸着过红色的狐狸。他在渲染着狐狸如何狡猾，常会轻轻叼起炸药丸子放到别的地方去，用土掩埋，更在夸耀着他又如何改进了技术，用鸡翅膀下的皮，在炸药里多加了玻璃碴子，狐狸叼起了炸药丸子，稍有晃动就爆炸，狐狸的整个嘴巴便炸飞了。宽余在显摆的时候，自己的下巴就脱了臼，说不成了话，哇哇着让黑亮爹给他安下巴。黑亮爹一手托着他的下巴，一手按住他的天灵盖，猛地往上一壅，嘎的一声，下巴安上了。宽余说：我娘没生好我，老掉下巴。黑亮爹说：遭孽了！你炸狐狸嘴巴哩，你能不掉？宽余却说：都一样呀，叔，我炸狐狸哩你不是也拐卖个儿媳妇吗？！宽余把黑亮爹戗得好，但我还是反感宽余，咒他的下巴再掉下来就安不上。

发现了狐狸的蹄印后，每个晚上我不再坐在窗口那儿，也不再闹腾，安安静静地躺在黑亮身边，不，那个棍子还放在炕中间，是黑亮躺在我身边。我在等待着狐狸来，不许黑亮说话，不许黑亮乱动，甚至黑亮终于瞌睡有了鼾声，我用臭袜子放在他的嘴上，不让他的鼾声太大。夜深沉了，渐渐地我似乎是醒着又迷迷糊糊，醒着能从窗格见到星，迷迷糊糊又能见到梦。竟然窗台上就有了一只狐狸，那样地漂亮，长长的眼睛，秀气的鼻子和嘴，而且是只红狐。宽余始终没有捕到过红狐，红狐却出现在我的窑窗口。它给我一笑，那真是媚笑啊，我也就给它笑了。接着我们再对视，都没有说话，却明白对方的意思，那就是：你是来找鸡的吗？不，我来找你。我是胡蝶，胡蝶是寻花的，狐狸是找鸡的。我就是来找你的。不知怎么，我就觉得狐狸钻进了我的身子，或者是我就有了狐狸的皮毛，我成了一只红色的狐狸，跳出了窗子，跑过了硷畔，穿过了村子来到了当初汽车载我来的那个村口，村口都是下雨天脚在泥里踩下的脚窝子们，现在变得坚硬的坑坑洼洼。跑过了村口就在高原上狂奔，过一个沟上一道梁，下一面坡爬一座峁，哪里都有着无数的岔路，每个岔路上都有狼，都有鸡皮包裹的炸药丸子。我在慌乱中急逼着醒来，发现自己还躺在炕上，原来又是见到的梦，但梦里逃跑的路线是那样清晰。

我问黑亮：村子东边是不是有一个沙石沟，沟中间转弯处有一棵皂角树？

黑亮说：是的。

约摸翻过了三个梁了是不是路边有许多窑，都废了，没门没窗？

是的。

以前在那里有一个小村子，发生过一桩人命案，一人说另一人偷了他的极花，另一人说我没有偷你诬辱我，两人致了仇，一人杀了邻居回来又杀了自家人，他也自杀了。一夜间死了七口人，从此小村子就废了。

黑亮看着我，疑惑不解。

再往前走有一道大梁，梁上有一个小房子，小房子坍了，只有一个旧炕头？

没有。

怎么会没有？再往右边路上走，那里一个土崖，直立立的，没人能爬上去，但上头有一棵树，树枯了，根裸露在崖上像吊着无数的蛇。

没有，没有那么个土崖。

黑亮矢口否认了，他看出了我在打探出路，他又惊疑着我怎么就知道出路上的事，他就不愿意再认定。不认定就不认定吧，我明白我的梦境都是真的存在。

但是，硷畔上从那以后再没有出现过梅花印，有人来说过在后沟碰见过狼，在村前的东岔沟见到了黄羊和獐子，甚至有人去挖过极花说看见了熊耳岭那里的野马野驴，而没有狐狸进村的消息。我夜夜都见到梦，梦里再也没有狐狸，我更没有过在高原上狂奔。

★　　　　　　★

在很长的一些日子里，黑亮爹都是在硷畔上一熬上茶，就有三三两两的村人来，或许是黑亮爹吆喝来的，或许村人都认为黑家的家底子厚，就来嚷嚷着要茶喝了。这个村里的人我越来越觉得像山林里的那些动物，有老虎狮子也有蜈蚣蛤蟆黄鼠狼子，更有着一群苍蝇蚊子。大的动物是沉默的，独来独往，神秘莫测，有攻击性，就像老老爷、村长、立春、三朵他们。而小的动物因为能力小又要争强斗胜，就身怀独技，要么能跑要么能咬要么能伪装要么有毒液，相互离不得又相互见不得，这就像腊八、马猴子、银来、半语子、王保宗、刘全喜他们。这些人平日都干些龌龊事，吵骂不断，来喝茶了又成了一群麻雀，碎嘴碎舌，是是非非：说谁又得手了，这次是在东湾里那个崖底下得手的，两人能折腾得很，把一片苜蓿都压平了。说谁在夜里去敲谁个的门，没想屋里又有新的野汉子，他蹲在门口守了一夜，天明那女的出来倒尿桶，走路腿都叉着走，而屋里坐着的竟然是他叔。说谁的媳妇逃跑三次了，这一次已经跑到后沟垴了，遇上了鬼打墙，只是在那里转圈圈，就又被抓回来了。说谁买了个媳妇花了八千元，只说捡了个便宜，可领回来睡了一夜，第二天那媳妇却跑了，那是什么×呀，一夜就值那么多钱？！说谁的坟十几年都没人祭了，因为他没男孩，给女儿招了个上门女婿，女儿死后，女婿又讨了个媳妇，本家侄子嫌外来人占了他叔的家产，把那女婿赶跑了，这侄子便和那媳妇又过活着。说谁是在和他家的毛驴在做，毛驴夜夜声唤，聒得邻居睡不好都向村长告状啦。他们说得津津有味，嘻嘻哈哈，我就烦得坐不住，端了刷锅水去喂猪，经过他们身边时故意打个趔趄把刷锅水泼出来，又拿了扫帚去扫，扫得尘土飞扬。他们生气了，说：胡蝶你是啥意思，嫌我们喝茶啦？黑亮黑亮，你和你爹还没分家哩，要是分了，你两口子请我们，我们还不来哩！黑亮忙给我使眼色，拿过扫帚扔到一边，说：咋是嫌呀，客多酒不完么，你们喝，你们喝。就把我拉进了窑。但这些人我撵不走，常常是他们喝着喝着酒吵起来，最后恶言相向，不欢而散。

几乎是连续着三次，喝茶人热热闹闹来，吵吵骂骂地走了，黑亮爹认为现在的人心里都躁躁着，而我那次给了人家难看，火上泼油，他们的脾气就焦了。这话他当然没给我说，但脸吊得老长。我才不管他吊脸不吊脸，偏还在硷畔沿上栽了两个杆，拉起绳，把我洗过的衬裤搭上去晾。可我没有想到，一件衬裤就丢失了。黑亮一直想着在那石女人旁也有些花花草草，他先试过栽极花，但极花的根是虫，长出草开了花就结束了，不可能再生长。他从坡上挖回了几丛蒿子梅根栽在那里，虽然每日都浇水，猪只从猪圈里跑出来了一次，竟然就把那些根拱了出来。乌鸦从来都是落在白皮松上了才拉屎的，偏偏有两次乌鸦还没落到白皮松上便拉起来，一次拉在磨盘上，一次拉在井台上，全是稀屎，白花花一片。而且，黑亮开手扶拖拉机撞到了崖石，虽然没出大事，但那个倒后镜撞掉了，公鸡生了癣，脖子上的毛脱得精光，瞎子崴了一次脚，黑亮爹在凿石头时锤子砸了手，他可是老把式呀，怎么能让锤子砸了手，他自言自语在说：啊，这是咋啦?!

我知道这可能与我有关：我厌烦着村里人，他们才这样地丑陋，我不爱这里，所以一切都混乱着，颠倒着，腥龊不堪。

我在窑里，我就是门外的狗一样窝蜷一团，我到硷畔上了，坐在那里我又是另一个捶布石。我沉默了五天，十天，我觉得我都没有嘴了，行尸走肉，第十一天我终于开口说话，我说：我想麻子婶了！

麻子婶因为我得罪了黑家父子，麻子婶再也来不了硷畔，当我郑重地给黑亮说，这绝不可怨怪麻子婶，是我让她给我捡来的苦楝子籽，她并不知道我要苦楝子籽做什么用，她给你们黑家做了那么多好事你们倒仇恨她?!

黑亮说：那你不糟蹋我的孩子啦?

我说：孩子是你的也是我的。

黑亮立即把这话告诉他爹他叔，也告诉镜框里的他娘，那天天空晴朗，瞎子把毛驴拉出来溜达，毛驴在硷畔上打滚，连打了五个滚，尘土飞扬，而黑亮爹被呛得直咳嗽，在说：让我喝喝酒。他喝了一瓶子酒，就喝醉了。

黑亮希望我属于他，给他生孩子，我逃不脱他，他的孩子已经在我的肚子里生成，我也就生孩子吧；有了孩子，或许，我就完全不属于他了。

★　　　　　★

指甲在窑壁上的刻道还在继续，我已经不再哭泣，不再突然就尖叫一声，不再摔东西，也不再上厕所时把放在那里的尿桶尿勺踢进粪池，或抬起脚在窑门上端出个泥印。村子里在十一年前枪毙了一个罪犯，鬼魂作祟，被村人在坟上钉木楔，在旧窑上贴咒语，我也害怕了我成坏灵魂，生育的孩子将来是孽种。

黑家的气氛不再紧张而软和了，村人有新来串门的，黑亮就让我出来见他们：这是七斤叔。这是青娥婶。这是秃子大大，虽然年纪小，他辈分高。这是民娃哥，一直在县城建筑工地上看场子，刚回来的。黑亮把每一个人都称呼，可又都在称呼前要加上他们的名字。我是看一眼就把头转向了别处，他们差不多全是柿饼脸，小眼睛，似乎是一个模子里倒出来的，只是高低胖瘦不同。我开始给黑家人做饭，说：我来做吧。黑亮爹在窑门口吃烟，以为我说天话，而我才把灶膛里的柴架起来，他慌忙进来说：你去看猪槽里还有食没有？我出来去猪圈，猪槽里有食，猪把半个脸埋在食里吃。转身再进窑，黑亮爹已坐在灶前，黑烟罩了窑，他噘了嘴去吹火，嘭的一声，火苗子像菊花一样开出了灶口，嗬嗬响。

饭做熟了，晌午的饭还是一成不变的苞谷糁里下荞麦面片，再煮上土豆块和白菜条，黑亮爹把饭盛到碗里放到灶台上了，出来见老老爷在葫芦架下坐着，说：今日你不动烟火了，到我家吃吧。老老爷却说：我就等着这一顿哩！黑亮爹就说：给你老老爷端！老老爷直直走过来，把胡子分开两撮，掏出皮筋又扎了，露出嘴，说：今日这饭得上桌子啊！黑亮爹噢噢地叫着，跑进我的窑里取出来方桌放在井台边，桌子上摆上了盐碟子、醋碟子、辣碟子、葱花碟子，还有那个木刻的鸡。

我们都端起了碗，黑亮爹动了几下筷子，开始吃旱烟，他在用力地吸，烟锅上不冒一丝一缕，缓缓嘘了，烟就如扯不断的线从口里鼻里飘出来。他的头上迷着一层灰，我把手巾给黑亮，让他去帮他爹把灰拂掉，黑亮说：那不是灰。再看，果然不是灰，是他的头发花白了。

★　　　　★

黑亮提出让我和他一块儿去杂货店，我还说：别让我跑了？！黑亮说：我的孩子长大啦。黑亮说的是对的，我的肚子已经大得像扣了个锅，走路都喘的，哪里还能跑？但我收拾了头发，又穿上了那双高跟鞋。黑亮说你脚有些肿就不穿了吧。我偏是要穿。去杂货店得穿过村子，我见了任何巷道都稀罕，就钻，像老鼠一样，黑亮不断提醒脚下的坎呀坑呀的，对狗说：带路呀！狗摇着尾巴在前边跑。巷道长短宽窄不同，横七竖八的又复杂，常常是这户人家的窑顶上，又是另一户人家的庭院或硷畔，看似杂乱，其实有序。在巷道里碰着人了，都是一惊，说：黑亮领媳妇认门啦？黑亮就说：这是跛子叔家，叫跛子叔！他总是让我叫什么叔什么婶的，我小声叫了，那些人偏说：声小得像蚊子，你再叫！然后他们先嘎嘎嘎地笑，拿出蒸的土豆让我吃。

杂货店就在村南口，前边有一条胳膊粗流水的河，河岸一条东西方向的路，高低不平，蹚土多深，我能认得我就是从这条路上来的。我往远处看，路在东边是爬上那道梁就看不见了，路在西边还在沟道里，后来也隐在了崖弯后，而岸上有羊在蠕动，不知道羊怎么爬上去的，可能是下不来了，咩咩地叫。黑亮说：快到店里歇着吧。杂货店不是窑洞，三间式的两层土楼，黑亮说这原本是戏楼，楼上演戏，楼下是村里的公房，土地承包到户后公房没有用，大前年他给村委会出了两万元把公房作了店，而公房里存放的一些木料和以前唱戏闹社火的铁芯子、火铳子、锣鼓什么的全堆到戏楼上；十多年都没唱过戏或闹社火了，等咱的带把儿过岁的时候，我请一台来热闹他个三天三夜！我说：啥是带把儿的？黑亮说：就是男孩呀。我说：你就敢肯定生男孩？黑亮说：肯定！我说：生了男孩又是找不下个媳妇！说这话时，我心里一阵发呕，吐出的不仅仅是酸水，把早上吃的饭全吐了。吓得黑亮又是给我倒水漱口，又是替我揉后背，把我扶到店里的椅子上坐了，半天我才缓过劲儿来。

瞧见了吧，这村里除了外出打工的，我应该是日子过得最好的。黑亮在给我夸耀。

有地图吗？我翻着几本印着的老挂历。

地图没有。

有电话吗？

电话？！

没电话你咋联系镇上县上的货？

村里只有一部电话，安在村长家。

说完了，黑亮愣了一下，但他看见我在看着他，他就笑了，说进货根本用不着联系，他只要去一趟镇上或县上，有什么就贩什么。我听不得那个贩字，觉得头皮麻，皱了一下眉，黑亮也意识到不该使用那个字眼了，改口说他看见什么货村里能用上他都进货。接着他给我讲进货的艰辛：这里到镇上开手扶拖拉机得四个小时，步行得两天。到县上那更远了，开手扶拖拉机得七个小时，步行得四天。要过七里峡要翻虎头岭，要经老鸹沟和南洛川，再去莽山到黑狐岔，还上烽火坡绕月亮滩。沿途没有几户人家，路上有蛇，树上有马蜂，还有狼呀豺狗子呀野猪呀和鬼。夏天里太阳能把人皮晒裂，冬天里又都是冰溜子，不小心滑下崖，连尸首也难找着了。他还说：镇上那儿二十年前一直是个劳改场，判了刑的犯人被带出来劳动，几十人在野外干活，只有一个当兵的看守着，不怕犯人逃跑，因为根本逃跑不出去。我知道他在说谎，最少也是夸大其词了要吓唬我。我也装着什么都没听懂，坐在那柜台里，翻看那一本货架册子，说：哦，这难的，货就得十倍八倍地加价啊！

店门外进来了三个人。

黑亮认识这三个人，说是五里外谢家沟的，打过招呼，来人说要买火盆，黑亮热情地把所有火盆拿出来让挑选。来人反复看着铁铸得有没有砂眼，又敲着声听脆不脆，眼睛却时不时看我。他们看人是死眼子，我把头低下去又翻货价册子。啥价？三十个钱。吃人呀，黑亮！你试试分量么，收废铁也得十多元吧。一半价，我们拿三个。不行，那赔完了。二十元。二十个钱我还想要哩。来人说：三十元是不是连人带货一起买？黑亮说：别胡说，她是我媳妇。来人说：是你媳妇，你有这样的媳妇？！黑亮说：我咋不能有这样的媳妇？！来人就又死眼着盯我，说：你在哪儿买的？黑亮说：挑你的火盆！来人一直嘟嘟囔囔，说你黑亮的货太贵了，挣下狠心钱了，能买下这么好的媳妇啊。最后只买了一个火盆，价钱是二十三元。

买火盆的一走，黑亮说：我会卖货吧。我说：赚了多少钱？黑亮说：三元。我说：三元钱还算会卖？黑亮说：他们能嫉妒我这值多少钱呀！再说，他买了火盆就得来买炭吧，水壶吧，买茶买茶碗，还得有火盆架子，火钳子吧？要买的东西多了，我就不会再落价啦！

后来，又有人来买盆子，买手巾，买钉子和塑料水桶，都是喋喋不休地讨价还价，拿眼睛扫我，我浑身地不舒服，吐的唾沫更多。黑亮却极兴奋地把每一个顾客笑脸送走，就拨打算盘，清点收入，把一沓钱给我。我不要。他说：你以后要给咱管家的，赚的钱你拿上。

我说：路上咋没见过往的车？

你拿上。黑亮还在说，你一来买货的就多了，你拿上么，平日就我那手扶拖拉机，哪里还有啥车呀，拿上。

我双手支了脑袋往外看，看到了远处一排柳树，树桩粗得两个人才能合抱住吧，却只有一人高，上面长满胳膊细的枝股。我说：这儿也有砍头柳？黑亮说：有呀，每年都得砍了旧枝让它长新枝，不砍它就死了。我说：人贱树也贱。黑亮说：你说谁的？我说：我说我哩。柜台上落了一只苍蝇，黑亮拿蝇拍去打，苍蝇却站在了蝇拍上。就在那排柳树的右边，还长着一棵树，形状和柳树不一样，我说：那是不是苦楝子树？黑亮嗯了一声，却立即说：不是。但我看清了那就是苦楝子树，麻子婶给我的苦楝子籽一定就是从这棵树上摘下的。苦楝子树也是太老了，几乎树桩都是空的，有什么鸟正从那空洞中飞出来。黑亮又说了一句：那不是苦楝子树。而村长和桂香便从柳树后闪出来，还一块儿往店里来了，村长好像说了什么话，桂香转身又离开，手里提着一只野鸡。我转过了身子，面朝着货架，村长不叫黑亮，偏在叫我：胡蝶！胡蝶！

村长呀！黑亮主动招呼了，又打了野鸡啦？

胡蝶当老板娘了！村长说，这就对了么，安心过日子，你家里是村里的富户啊！

黑亮说：她身子不舒服。

我要她看着我！村长有些生气了。

我转过身，我说：村长强势哟。

他说：强势？我这算什么强势？！别的地方就是中午结婚，你知道这里为啥晚上结婚？以前鞑子人管着的时候，谁家的新媳妇初夜权都是他们的，汉人才在晚上偷偷娶亲的，这才一直到了现在成为风俗。

我说：村长恨自己不是鞑子人？

他哈哈笑起来，说：本村长是共产党的人呀！可我告诉你，胡蝶，黑亮按辈分把我叫大大的，你也得叫我大大！噢肚子都这么大了，好地么，种子一种上就发芽了，你要对我好些，你和孩子要上户口，那还得我出证明呀！

村长是来买酒的，但他并不买整瓶酒，只要二两喝，就说沟畔里的野鸡多啦，你也不去打几只给胡蝶补身子？黑亮说我咋不想呀，可政府把猎枪全收缴了么。村长说你用弹弓打么，你瞧瞧我昨天打了一只今日又打了一只。黑亮说我有那本事？挪了酒坛上的红布沙包，用列子提了两下，把酒倒在了一个杯子里。村长说不喝腿就软得走不回家去么。他站在那里呷着酒，香得眼睛眯起来，脸上皱得只有个大鼻子。

酒是好东西！村长说，给我记上。

不记啦。黑亮说，从柜台下取出一个小本本。不记啦，给你记啥呀，你看看，以前的账我给你撕了。

小本本真的就撕了，一堆碎纸屑。村长说：胡蝶，黑亮是好的，我不会白喝的，饭里亏了茶里会给你们补的。

天黑下来，我要回去做饭，黑亮还在店里忙，就派了狗陪我回去。来的时候狗是一直在前边引路，而回去狗却尾我身后，遇到外人了它就护我，没外人了，我稍微在巷口迟疑一下，它就咬我的裤腿。你他娘的真是姓黑！它是白狗，我偏骂它是黑狗，这东西见到那些石刻的女人，便把一条腿搭上去撒尿。

★　　　　　★

这天吃过午饭，黑亮和他叔在垒猪圈墙，黑亮爹给黑亮说立春请他去给他们兄弟分家呀，你垒好墙后拿上笔和纸也来写个契约。猪圈墙垒好后，黑亮拿了笔纸要走，我说：你就这样去呀？黑亮说：我不去没人能写契约么。我说：衣服上满是泥去丢人啊！黑亮怔了一下，立马过来亲了我一下脸，说：啊有媳妇管我啦！瞎子就在旁边，瞎子肯定是看见了，因为瞎子转过身就离开了。我说：分家这事得村长主持，咋叫你爹和你去？黑亮说：听说村长去骚情过訾米，立春和腊八不信任村长吧。我说那我也去，黑亮想了想，也就同意了，却给我了一个棍。

立春、腊八兄弟俩就住在村子西南角，我们刚走过二道巷，什么地方一阵猪的尖叫声，就见张耙子抱了个小猪过来，黑亮说：干啥哩？张耙子说：谢村的阉客来了。黑亮说：给你阉了？张耙子说：说啥话？给我的猪阉了。黑亮笑着说：给你阉了才对哩！张耙子说：你以为你有媳妇呀，我已经给村长说了，今年再有消息，第一个就给我，我花五万元弄一个哩！我掉头就走，黑亮也不和张耙子胡说八道了，拉我出了巷道，往西头的一面斜坡上，上到二百米，一拐弯，土崖下有了两孔窑，狗就汪汪吼起来。我拿着棍还没来得及打，立春从左边窑里出来说：吼啥！没看来的是谁?！右边窑的布帘一挑，走出来个女人，惊乍乍地叫着：是不是胡蝶？跑过来拉了我的手，一双眼睛把我从头往脚上看。果然是个大美么么！她说着，把我额头上的一撮头发往耳朵上夹：你让我想起我年轻的时候了！

这就是訾米。我预想到了訾米能说会道，是个花哨人，但眼前的她早已半老徐娘，头发干涩，眼圈发黑。立春让我和黑亮到窑里坐，他领着进的是左边窑，窑里便坐着黑亮爹和另一个男人，那男人肯定是腊八，一脸严肃，额头上皱着一个疙瘩，他们说话很久了，每人面前弹了一堆烟灰渣子。我不愿意进去，訾米说：让他们分家去，咱到我窑里拉呱。

右边的窑是她的，里边昏昏暗暗，她把布帘揭了，又打开了门窗，西边落山的太阳正好把霞光照在窑壁上的三块镜子上，窑里一下子亮堂了，能看到无数的灰尘活活地飞。訾米握着我的手，说我的手多软，像棉花一样，越捏越小，却又说我眉毛太粗了，嘎嘎地笑：美人都有一陋啊，几时我给你修修！这是一孔并不大的窑，布置差不多和黑家一样的格局，一面大土炕，里边有一个被筒，外边有一个被筒，里边的被筒分明是她的，缎子被面，一个软枕头，枕头上还铺着一块儿手帕。贴着炕的墙壁上是一排钉上去的木橛，挂着各种式样和颜色的衣服，有冬季的夏季的春秋季的，下边放着几双高跟平跟坡跟的鞋。在窑的中间，也有一张方桌，不同于黑家的是摆着五个碟子和一个木刻，木刻不是鸡是鱼。还有一个碗盛着汤水，里边有半个荷包蛋。她说刚才给他们吃过了，要给我再煮一颗，我忙说我不吃荷包蛋，怀孕了一吃鸡蛋就恶心。她说：是不是，我没生过娃，吃鸡蛋怎么能恶心？就端起那剩下的鸡蛋吃了，又觉得那汤水的颜色黑，以为我奇怪，说：我放的酱油。这里人不吃酱油，我来了要酱油，立春说咱有蓖麻油芝麻油，吃什么酱油，他以为酱油就是油。

她又笑起来，胸部抖得颤颤的。

黑亮家就没酱油。我说，你过的好日子。

好什么呀！她说，要说好，那还是在城市的那些日子，我是啥吃的没吃过，啥穿的没穿过，啥男人没见过？

我拿眼睛瞪她，朝窑外努嘴。她说：不怕他们听的！别人是上得厅堂下得厨房，我是嫁得了皇帝也嫁得乞丐么。我一来就给立春说，你别绳捆索绑，也别一天到黑跟着我，我要跑，你就是拿钉子把我钉在门板上，我也会背了门板跑的，但我不跑。我还给立春说，你要上身来，那你就给我钱，多的没有总有少的吧，他是每一次给我一元钱，咱不能亏了咱么！

她真的是妓女出身。我有些后悔跟着黑亮来了。

都说黑亮有了个城市的媳妇，我一直要去看呀，可就是在暖泉那儿一住几个月，忙得鬼吹火似的！你是哪个城市的？

省城。

干啥工作？

爹娘有个店面。

哦，你是真正的城里人，把他的，哪像我走出农村了又回到农村。你来了也好，不管是从农村去的还是原本城市的，那里是大磨盘么，啥都被磨碎了！

我不想和她多说了，就在窑里看他们有多少瓮，瓮里有多少粮食，但他们的瓮并不多，都是整捆整捆的血葱在后窑垒了一人多高。訾米又撺着我说：他们兄弟俩不会过日子，血葱是卖了不少，可就是爱赌么，身上有两个钱了就在家里坐不住，三更半夜不回来，我就说了，晚上八点得做爱，你回来不回来我八点必须做爱。

她脱下上衣，要换上一件粉红线衣。她的身子比脸还要瘦，肋骨一根一根都看得见，奶却是布袋奶。

我说：那你就在这里过一辈子呀？

她说：残花败柳了，有个落脚也就是了。

窑外，立春和腊八突然争吵起来，黑亮爹在大声呵斥，呵斥了又喊喊啾啾说什么，腊八就叫訾米：嫂子，嫂子你出来！

訾米拿出了她的一双白帆布鞋要送我，鞋是洗干净了，颜色却发黄，她又取了粉笔在鞋面上抹，大声应道：甭叫我，你们分你们的家！小声给我：黑亮店里没有胭脂口红眉笔的，头一年不画眉就觉得没长眉毛似的，到了第二年才习惯了，抹鞋的粉也没有，我先是拿面粉抹，立春打过我，还是腊八去镇上的小学弄了些粉笔。

立春、腊八还有黑亮就开始把腊八窑里的家具、农具、粮食全抬在窑外，又进了这边窑抬方桌、麻袋、椅子、插屏、筐子，还有一对铁丝灯笼。黑亮来揭炕上的被褥，搬动炕角那个木箱子，訾米说：箱子不能动，炕里边的枕头衣服都不能动，这是我的，不是他杨家的。她把柜子上那个祖先牌子让黑亮拿了出去，黑亮说：不分这个。訾米顺手把吊在门口的帘子拽下来，扔出去，扔在了黑亮的头上。

訾米拉我往炕沿上坐，问我吃糖呀不，我说不吃，她打开看她的箱子，里边全是她的胸罩、裤头、丝袜子、假发、耳钉、项链，也有一小罐红糖。我有低血糖毛病，她说，捏一撮糖在嘴里。我喉咙里又泛酸水，在地上唾起唾沫。

从窗子看出去，黑亮爹把一个柜子挪到一边，说：老大的。黑亮就在本子上记了。黑亮爹又拿起一个笸篮，说：老二的。挪到了另一边，黑亮又在本子上记了。那些大大小小的物件分成了两堆。黑亮爹说：祖先牌呢，啥都拿出来了，不要祖先啦？立春就进窑取祖先牌子，对我说：你和黑亮给咱造下孩子啦，种子就要成个栋梁哩！訾米说：啥给咱造下孩子啦，你出过力？！立春说：我没出力，我给黑亮的血葱。訾米说：血葱厉害，你咋不造个孩子呢？立春说：地是盐碱地么！訾米踢了他一脚，他抱着祖先牌出去了。

狗日的骂我是盐碱地？！訾米说，别人是实用的，我是艺术的。她忍不住再笑了，低声说：以为我不会怀吗，那些年我也是怀过三次的。我偏不给他怀，孩子是做爱的产物，我并不爱他，我是戴有避孕环的。

我差点叫起来，自己不懂这些，后悔没和訾米早认识呀，自己才成了现在这样子！我说：訾姐！我开始叫她是姐，我说我也不想怀呀，那我该咋办呀？

訾米说：该咋办？能咋办？！去刮宫没医院，你只有让他在肚子里长么。

窑外再次吵开了，先是立春高声，再是腊八高声，兄弟俩像是在打枪，子弹越打越快，越打越稠。黑亮爹在劝解，但似乎不起作用。訾米侧耳听听，脸上颜色就变了，却说：是打的事么，吵个×哩！我说：他们经常吵？她说：过不到一块儿了才要分家的么。黑亮爹便在喊訾米：立春家的，你来一下。訾米半天不动，在镜子前梳她的刘海，黑亮爹又喊了一声，她拉着我出去。

我无论如何都想不到的是，立春、腊八争吵起因于嫌财产分割不公，腊八认为把什么财物都拿出来了，却还有个大财物没拿出来，那就是訾米。訾米买来的时候是花了三万元，这钱是兄弟俩挣的，他当时说那先紧当哥的吧，就做了立春的媳妇，可现在要分家了，訾米也应该分，那就是：谁要訾米，就不能要柜子、箱子、方桌和五个大瓮，谁要柜子、箱子、方桌子和五个大瓮就不能要訾米。黑亮爹一下子主持不下去分家了，他说他没遇到过这样的事，摊着手，嘴唇抖动着说不出话来。

黑亮说：腊八哥，这事就是立春哥同意也是违法的，婚姻法不允许啊！

腊八说：婚姻法让拐卖媳妇啦？！

黑亮看了我一眼，他再不吭气了。我看着訾米，只说訾米一定很愤怒了，要骂立春怎么保护着自己的媳妇，腊八能说这话还不上去扇耳光？要骂胡说八道的腊八了，不管这嫂子是怎么个来路，既然已做了嫂子，哪有这样待嫂子的？！但是，訾米一直笑笑，好像这事与她无关，把放在地上的一个旱烟锅子拿上吃起烟了。

113

这要听听你嫂子的意见。黑亮爹终于说了。

我没意见。訾米说。

我说：你没意见？你是人还是了财物？！

訾米说：我只是个人样子！

訾米的话让我突然醒悟了这个村子里其实有些人并不是人，不是外人给他们强加的，而他们自己也承认。前几天猴子和一个叫社火的吵架，社火骂猴子大白天地在巷口尿，巷里那么多人的你不把 × 塞进裤裆里，故意亮在外边，还是不是人？猴子说：我就不是人，咋？！现在訾米也说她只是个人样子。也就是訾米说了这话，我觉得訾米不是我要依靠的了，我若再跟她交往，将来肯定和她一样而我又没她那么个性格，我只会沉沦得连个人样子都没有了。我对黑亮说：咱回吧。黑亮说：我得写契约呀。我说：这有啥写的，回，你不回我就回呀！黑亮撵上我，说了句你比訾米好，我们就离开了杨家。

★　　　　★

第二天吃早饭的时候，黑亮爹给黑亮说，他是在鸡叫头遍了才给立春、腊八彻底把家分了。先是立春认为他有了訾米，三分之二的家产都归了腊八，觉得太亏，腊八就表态：如果訾米能给他，血葱当然还合伙经营，收入一分为二，而家里的财物除给一瓮粮食一口锅两个碗外，他什么都不要了。立春说：让我弟吃腥去！但你要在先人牌前发个誓。腊八就跪在先人牌前说：爹，娘，我会让訾米给你们生一炕孙子的！当时訾米就搬进了腊八的窑里。

黑亮爹说着这些话，就起风了。这风是一股子暴风，从西北原上呼啸地刮过来，没有迹象，毫无道理，突然间黑土黄沙在空中舞了龙，村子里霎时僻里啪啦响，谁家的厕所屋顶被掀翻了，谁家的席在飞，谁家的豆秆垛子倒了，狗吠驴叫，似乎地皮都要揭起来。碾畔上的糖哐地摔在磨盘上，磨盘上晾着豆子的簸箕落到井里，扫帚在跑，鸡像毛蛋一样滚，白皮松上的乌鸦巢掉下来三个，而葫芦架如帐篷忽地鼓得多高，又忽地陷下去，然后就摇摆着歪了一角。一家人端了碗往窑里跑，我的筷子也从手里刮走了，黑亮在喊：老老爷老老爷，把门窗关好啊！

老老爷的窑里却出来了三朵。三朵是一大早就来找老老爷说个事的，他和老老爷出来先抱住了葫芦架的立柱，再在立柱上系绳子，企图把绳子拴在门框上能稳定住葫芦架，但绳子还没拴上，葫芦架哗啦一下就坍了，藤蔓扑沓在地上又从地上往上跃，就像是一堆乱蛇。

三朵说：老老爷，这大的风，咋有这风，这是从哪儿来的风？

黑亮也跑过去，黑亮说：是不是从熊耳岭刮来的？

三朵说：熊耳岭刮过来的风从来不是这样的，这是妖风么，狗日的妖风！老老爷，这是不是从城市刮来的？ × 他娘的风！

老老爷就在那一堆藤蔓里，抱着三个葫芦，胡子吹得蒙了脸，露出了没牙的嘴，嘴一直没说话。

东坡梁上又有了金锁的哭坟声，风把声吹得像撕碎的纸屑，七零八散，时续时断。

★　　　　★

我的身子越来越笨了，一笨人就觉得蠢，腿脚浮肿，反应迟钝，不停地打嗝，便秘得更厉害，黑亮说要多活动着好，到村里去转转么。他是完全地放心我了，我却没了力气去转，整日坐在碨畔上，一会儿换一个姿势，一会儿换一个姿势，怎么都是难受，而且腿上，腮帮子上，甚或是全身，说不来的就那么跳动一下，惊得我就出一层热汗。村里有妇女来找老老爷的，或向黑家来借东西的，来了一看到我，就给黑亮说：让你爹多给你媳妇吃好呀！黑亮说：好着呀，天天都过年哩。她们说：那你媳妇咋瘦成这样?！我说：不想吃，吃啥都吐么。她们说：你正在受罪哩，不想吃要硬着吃，吐了再吃，要不人受不了啊！她们一走，我在拖拉机倒后镜里看我，腮帮子陷得更厉害了，眼睛也鼓出来，可怕的是脸上密密麻麻的雀斑，像蒙了一层黑皮。

在那一日傍晚，拴牢的媳妇领着她三岁的孩子来，给我带了一瓶蜂蜜，说是她家养的蜂，这蜂蜜没掺假，让我每日早晚冲水喝就可以通便。我感激着她，但我讨厌那孩子，那孩子对我的大肚子好奇，竟过来摸了几下，我换个地方坐了，他还是跑过来摸，我就呵斥起来，使拴牢的媳妇很难堪。吃晚饭时黑亮问起这事，说对村人要和气，小孩爱来摸肚子那是好事。我说那算啥好事？黑亮说这是他多说的，新箍了窑，如果小孩进去玩得开心，那是窑里风水好，小孩哭闹，就是窑里有邪气，如果一个人快要死了，小孩子拉都拉不到跟前去哩。正说着话，村长又是披着褂子来了，黑亮多说：你这褂子呼呼啦啦的，就觉得你要上天呀！村长说：你说得好，只要咱镇上的书记能上升去县里当政协副主席，那我真的就可能到镇上当副镇长！黑亮倒没接他的话，只问了一句：吃了没？村长说：我不饿。黑亮多说：不饿就是没吃么，黑亮，给村长盛上饭！黑亮盛了饭，村长也就端上了，对我说：你公公这么热情的，不吃都不好意思么，你要生男娃呀！我说：有饭吃就说中听话？！黑亮说：真要生男孩，肯定是个方嘴，方嘴吃四方么！村长就长了个大嘴，但不是方的，他说：嫌我吃饭啦？黑亮笑着说：能吃是看得起我家么，胡蝶，再给炒一盘韭菜去！我装着没听到，起身往老老爷的窑里去。黑亮就打岔说：你咋能看出要生男孩？村长说：瞧胡蝶的气色么，怀女孩娘漂亮，男孩才让娘丑哩。

村长是连吃了三碗，不停地说黑家总算把脉续上了，以后再不担心大年三十晚上窑门上没人挂灯笼，正月十五祖坟上也有人烧纸点灯了。说得黑亮多高兴，又拿了酒来喝，还喊来了四五个人陪村长。村长就摆排起村里这几年变化大呀，日子富裕了人也显得客气，这不，走到哪儿都有酒喝。在座的几个就说：你是说你当村长这几年？村长说：柱子他多当村长的时候，甭说能让大家富裕，就他自己都穷得干屎打得炕沿子响！你见过他在谁家喝过酒还是喝过茶，凉水都没人给他舀！一个人说：你当村长又把啥富了，顿顿是不吃土豆啦，还是走亲戚不借衣服啦？！村长说：银来你没良心，你在谁手里娶了媳妇？！村里原先多少光棍，这几年就娶了六个媳妇，黑亮也快有孩子了，这不是变化？银来说：哪个媳妇不是掏钱买来的？村长说：是买来的，你没钱你给我买？钱是哪儿来的，你咋来的钱？！你狗日的不知感恩！

葫芦架重新撑起后，因为断了好多藤蔓，新架子就又小又矮，狗钻在下边乘凉。老老爷把窑门墩上的一本书收起来让我坐，我说你还看历头？他说，你以为你老老爷只有本历头？那是本老县志，今日立秋，在查查历史上立秋后发生过什么异事。我说今日是立秋呀，那咋还这么热的？他说，是热，去年是三十年里最热的夏，可立秋那天就凉飕飕的了，今年是有些奇怪。我说那你不看看你的东井啦？！他说咋能是我的东井？我现在就等着天黑严了看呀。却问我：你还没看到你的星？门墩太低，我坐不下去，就扶着葫芦架，架下的狗却在舔我的脚，我说：走开走开，你倒会寻地方。把狗踢走了，我说：我不看了！我是在给老老爷说气话，话刚说完，肚子里突然咚咚咚动了三下，顿时难受得又要吐，咯哇咯哇了一阵儿，什么也没吐出来。差不多十天了，肚子时不时就动那么几下，而且越来越频繁，一次比一次力量大，我明白这是孩子在发脾气，在擂胳膊踢腿地攻击我，我说：老老爷，我这是怀了孩子还是怀了啥妖魔鬼怪，它不让我安生？！老老爷却在说：你肯定没坚持看。

黑亮在喊：胡蝶，胡蝶！我没有回应，一屁股坐在了门墩上，几乎是把身子扔上去似的，天就很快地黑严了。

★　　　　　★

这个晚上，天上的星特别繁，老老爷在观察着东井，我在观察着老老爷，他坐个小板凳上爬在高椅子上，躬着腰仰着头的样子让我好笑，我说：老老爷你像个在水面上呼吸的鱼。老老爷说：昂首向天鱼亦龙么。我说：是龙，老龙。就咯咯笑。老老爷说：你看你的星！我不看我的星，白皮松上空是黑的，我看了还是黑的，我看了也是白看，我就满天里数星星。从老老爷窑崖上空再到我的窑崖上空，一直到东边坡梁西边坡梁又往南边坡梁的上空细细地数起来，七百三十八颗，再数了一遍却成了七百四十二颗，竟然是一遍又一遍数目都不同。老老爷说：那我教你认东井吧。就指着碥畔上空的对等组成个方框的四颗星说那是水府，水府东边那斜着的四个星成为一串的，又在串头上方还有一星的那是五诸侯，看到了吗，五诸侯和水府的下面有八颗星，八颗星分为平行的两条，各是四颗星，那就是井，井星的左上方，靠近五诸侯的那颗星是不是隐隐约约，那是积水，积水下的三颗星组成个三角形的叫天樽，天樽下边也是个三角形的星叫水位。他还在说：胡蝶胡蝶，你再往右边看，井的旁边应该是有颗钺星的，怎么偏到野鸡边上了？看见那一大圈星吧，那就是野鸡，这圈儿不是圆的了，是扁圆形了，你看……我的脖子又酸又疼，早垂下来不向上看了，我说：我不看了，我也看不懂。他拧过了头，眼睛就像两颗星星，说：看不懂，我不是在教你看吗？那一片星就是东井，东井照着咱这儿，你不看了？就摆了摆手，让我回去睡吧，自己又仰头看天，嘴里不停地哦哦着。

我还坐在那里，心里想，我才不关心什么东井不东井的，就又往白皮松上空看了一下，那里依旧没有星，再看了一下，还是没有星。老老爷今夜看东井，东井有了什么变化，变化了又预示着什么，这些我都不愿问，要问他一声我还是看不到属于我的星，是我真的就不属于这个村子里的人吗？他好像再不顾及了我，全神贯注地看着夜空，不声不响，一动不动，我就觉得问他也是无趣，就站起来要回去睡呀。

我往回走，走过白皮松，白皮松的乌鸦往下拉屎，我担心着屎溅在我身上，就拿眼睛往树上看着，可就在我看着的时候，透过两个树股子的中间，突然间我看到了星。白皮松上空可是从没有过星呀偏就有了星，我惊了一下，一股子热乎乎的东西像流水一样从腹部往头顶上冲，立刻汗珠子从额颅上滚下来，手脚都在颤抖了。天呀，是有了星，揉了揉眼，那星隐隐约约，闪忽不定。我闭了眼睛，深深地呼吸了一下，让我能平静下来，心里小声说：是星吗，是星吗，不会是眼花了吧。再举头去看，竟然两颗星在那里，已经不闪烁了，一颗大的，一颗小的，相距很近，小的似乎就在大的后边，如果不仔细分辨，以为是一颗的。

白皮松上的乌鸦在扑哧哧拉屎，屎就溅在了我的脚上，又溅在了我的肩上，我没有动，屎就溅在了我的头上，一大片稀的东西糊住了我的左耳。

我那时心里却很快慌起来，我就是那么微小昏暗的星吗，这么说，我是这个村子的人了，我和肚子里的孩子都是这村子的人了？命里属于这村子的人，以后永远也属于这村子的人？我苦苦地往夜空看了多么长的日子啊，原来就是这种结果吗？！

我压根没有想到在我看到星的时候是如此地沮丧，也不明白我为什么竟长长久久地盼望着要看到我的星，这如同在学校时的考试，平日学习不好，考试过了隐隐地知道我是考不好的，但却是极力盼望着公布考试成绩的那一天，而成绩公布了我是不及格。我在那个夜里真的恨我的糊糊涂涂：我到底要看到星的目的是啥，我到底想要什么？也真的怨恨了老老爷，是他让我看星的，他是在安抚我还是要给我希望？他是在沼泽上铺了绿草和鲜花骗我走进去，他是把我当青蛙一样丢进冷水锅里慢慢加温！我是那样地悲伤和羞愧，没有惊叫，没有叹息，也没有告诉老老爷我看到了星了，只是从门墩上慢慢站起来，默默地走回我的窑里。

村长他们早已经散去，黑亮没有睡，他一直在瞎子的窑里跟他叔学编草鞋等着我，我回到窑里，他也随后进来，关上了窑门。一切星星都没有了，窗纸朦朦胧胧。他说露水没潮上裤腿吧，要不要烧些水烫烫脚？我看不见他脸上的表情，我也没吭声。他摸摸索索在土炕上铺被褥，给我铺了个被筒儿，给他铺了个被筒儿，又取棍要放在中间。

不放棍了。我说。

黑亮一下子把棍扔了，猫一样地从地下跳到土炕上。但坐在我身边了，没有动弹。

我解上衣的扣子，我脱了袜子和裤子。我要么，我说着，两个胳膊吊在他的脖子上。黑夜里我能感觉到他在笑着。但他抱住了我，亲我的嘴，亲我的奶，从头到脚他都亲了一遍，却不动了，说：这不敢的，拴牢他娘特意叮咛我这不敢的，这样对孩子不好。

这我不管！我平躺在炕上。

黑亮气粗起来，他是再也没有压迫自己，像弹簧一样松开了，像海绵吸了水迅速膨胀，他爬上了我的身子，又跳下炕去，举起了我的两条腿。我尽力地把一条腿挺得又直又高，感觉要挂一面旗帜，是船上的桅杆。他在小心地进入，嘴里嘘着气，同时喃喃着，听不清在说些什么。我猛地迎上去，他的身子就挤过来，又立即要外出，我感到了疼痛，却就在疼痛里又迎着他，几乎是追着他，一切就急促不已，如夏天的白雨落在硷畔上，哗里吧呀地乱响开来。后来，我完全迷乱了，在水里在云里，起伏不定，变幻莫测，我感觉我整个脸都变形了，狰狞和凶狠，而他在舔我的腿，舔我的脚指头，我也把自己的大拇指用嘴吸着吞着，紧紧地包裹了，拔不出来。黑亮好像在说：你不吃过你觉得辣哩苦哩，你吃过了就知道了甜啊！我就全然什么都不知道了。

这是我第一回真正知道了什么是做爱，当我坐了起来，坐在黑亮的怀里，他在说：这会不会对孩子不好？我看着我的身子，在窗纸的朦胧里是那样地洁白，像是在发光，这光也映得黑亮有了光亮，我看见了窑壁上的架板，架板上的罐在发光，方桌在发光，麻袋和瓮都在发光，而窑后角的凳子上趴着一只老鼠，老鼠也在发光。

我再一次抱住了黑亮，我还再要。他嘿嘿笑，拿指头戳我脸，羞我。我就是还再要，我把他压倒在了炕上，我要骑上去，但我却怎么也骑不上去，我说你去吃血葱！他似乎在跳动了，我骑上去了，又怎么都骑不稳，左右摇晃，上下颠簸，头就晕眩了，他叫起来：要断呀，要，要断，断，断呀呀！我用手去抓他的胸膛，抓住了，又没抓住，他突然有了那么大的力量，竟把我弹起来，我的头就撞着了壁上的架板，架板上的罐子就哗啦咣啷往下掉，我也从他的身上掉在了炕上，而他竟然掉到了炕上，随之炕就坍了，我窝在了坍了的炕坑里。黑亮赶忙来抱我，他有些立不住，把我抱出炕坑时差点两人都跌倒在地上，而窑顶往下落土渣，黑亮说：你咋啦，你吃血葱啦？！

硷畔上老老爷在大声喊：地动啦！地动啦！

接着黑亮爹在喊：黑亮，黑亮，快往出跑！快跑出来！窑门在啪啪地响，他又在敲瞎子的窑门，就有了瞎子也喊：地动啦！啊地动啦！毛驴和狗同时在叫，乌鸦哇哇地在村子上空飞。

★　　　　★

山真会走吗？

昨晚就走了。

走了？是河对面那条沟里的山吗？

是东岔沟。

走了多少？

走了十里。

走了十里？！

这一晚的地动，村子里倒坍了三孔窑，幸运的是并没有伤到人，三孔窑都是废旧的，一孔是饲养着母猪，压死了母猪和两个猪崽，另两个窑放着杂物，压碎了一些瓮呀罐的和农具。更多人家的窑壁裂缝，门窗扭曲，或厕所和猪圈的土墙倒了，有院墙的，墙头上的砖瓦全部滑脱。到了早饭后，就传来消息走山了。走山是坡梁峁崖大面积崩坍。有好几条沟都走山了，最严重的是东岔沟：连续了十里，两边的梁崖同时崩坍，沟道被堵了三处，幸亏这沟道里虽然也有河，河里不下雨就不流水，因此没有形成堰塞湖。我是没有去过东岔沟，但站在碥畔上能看到东岔沟口，那沟口左边是个峁台，右边也是个峁台，风景不错，我还说这应该叫过风楼么，几时一定去沟里去看看暖泉和血葱生产基地的。但现在沟里竟走山了十里，沟口左边那个峁台不见了，右边的峁台坍了个大豁口。

村里人知道了东沟岔走山，就都叫喊着去救灾，黑亮就是第一拨跑去的。他在天亮后先去查看杂货店，杂货店的檐瓦掉下来了几十片，东墙头裂开了一条大缝，幸好房子没有垮，屋里的货架子七倒八歪，满地狼藉，也就破碎了几瓶酒和七八个瓷碗。正清理着，猴子跑去说东岔沟走山了，他说东岔沟走山啦？猴子说人算不如天算，立春、腊八这下就挨上啦！黑亮立即跑去给村长报告，又跑去立春、腊八家，立春、腊八果然都不在家里，知道凶多吉少，就拿了个铝锅盖敲着吆喝村人，而訾米大声号啕往东沟岔跑去。

訾米的哭声我是听到了，我要跟黑亮一块儿去东岔沟，黑亮不让我去，说我身子那么笨了，行动不方便，何况那里的灾情怎么样还说不清楚。但我执意要去，他说：那你慢慢来吧，自个儿先跑走了，却又回来给狗交代着什么，狗便厮跟了我，左右不离。

东岔沟里是有着一条路，一会儿是靠在左手梁崖下，一会儿是靠在右手梁崖下，路面几乎全壅塞了，梁崖上还不时地往下落土掉石。狗领着我在路上走不成了，就下到沟道，沟道里几处又堵实，再绕到路上。好不容易到了血葱生产基地那里，左边的梁崖足足有三四千米坍塌了，原本是沟道里最大的一个湾，变得比沟口处还要窄。村里人和訾米都在那里，刘全喜、宽余、张耙子、王保宗，还有半语子和猴子，正在推一块儿石头，那石头有磨盘子那么大，怎么推也纹丝不动。訾米满脸的泪水，在说：使劲儿么，猴子你喊号子，一块儿使劲儿么！猴子就喊：一——二！大伙鼓了劲儿一起推，还是推不动。猴子便叫梁水来：把镢头拿来！梁水来和三朵用镢头在另一处刨，只刨出了一个小坑，把镢头拿来了，猴子用镢头把儿支在石头下撬，再喊：一——二！大伙又鼓了劲儿推，石头仍是不动。訾米就跪在那里扒石头下的土，扒得十个指头蛋都出血了，她还在扒。村长说：訾米，不扒了，这怎么扒呢，就是把这块石头推下去，也就是一块儿石头，整个梁崖都下来了，咱就是扒十年八年也不一定能扒得完啊！更多的人就去拉訾米，说回吧，生有时死有地，全当立春、腊八的坟就在这里，多大的坟，皇帝的坟也就这么大呀！訾米大声哭喊：立春——！腊八——！立春——！腊八——！像是疯了一样。

场面凄惨，我惊恐得心揪成一疙瘩，双腿软得立不稳，就坐在了地上。黑亮看见了我，让我朝空中唾唾沫，我说：我这阵儿不反胃，唾啥唾沫？他嫌我声大，低声说：立春、腊八横死的，是雄鬼，唾唾沫鬼魂就不上身了。但我没有唾唾沫，眼泪却流了下来。村长让我去劝说訾米，我走了过去訾米一下子抱住了我，说了一句：妹子，我没他兄弟俩了！又号啕大哭，鼻涕眼泪弄得我满肩满胸都是。

胡蝶，訾米说，分家的时候他们还争争吵吵，这要走，咋两个就一块儿走了？！

姐，姐。我真不知道说什么安慰她，既然这样了，你不要太伤心，姐。

这都怪我。她却说，我守不住男人，他们把我都撇了！

我和訾米还在那里说话，有人就在坍方上走动，黑亮爹和六指指却突然叫开来，他俩在沟道上，也就是在梁崖坍下去的土石最边上发现了一个篮子和一把剪子，再就发现了麻子婶，麻子婶死在了那里。

人们都往那里跑，果真是麻子婶死在那里，半语子跑过去跌了一跤，跑到跟前了，只说他会哭号，没想他说：你狗，狗，日的跑么！你，你给我，我死到这，这儿？！抱起麻子婶一试鼻孔，鼻孔里还有气，赶紧拍脸，掐人中，又按心口。有人说：没有水，有水喷一喷！大伙这才寻暖泉，暖泉的方位也是全埋了，半语子就解裤带，掏出东西便往麻子婶脸上尿，而麻子婶还是双目紧闭，醒不来。半语子背了麻子婶往回跑，黑亮大声喊：要平抬着，平抬着！几个人攒过去要平抬，但半语子跑得谁也攒不上。

麻子婶为什么会昏死在这里，大家都在推测，就说麻子婶可能是来给立春、腊八的瓦房贴纸花花的，她贴了纸花花往回走，刚走到沟道突然走山了，垮坍的梁崖虽没埋掉她，气浪却把她扑倒，随之是碎石土块砸中了她。但走山是后半夜发生的，麻子婶怎么会在那时间来贴纸花花？于是，又认为她是白天里去了寺庙旧址拜老槐树，回来得晚，刚走到梁崖上的毛毛路上就走山了，把她从梁崖上掀了下来，掀的力量大，才落到坍方的最远处。大家说：她命大。

村人要离开沟湾了，訾米不走，我也陪着訾米，黑亮担心走山后常常就会有雨，而且沟道湾里风大，就一定要我回去，訾米也催着我回，却请求黑亮回去后给她捎来一刀麻纸，说她得给立春、腊八烧些阴钱。黑亮送我回来后，他认为立春、腊八生前有矛盾，祭奠也得各一份，就拿了两刀纸，两把香，还有两瓶酒。他去了，竟一夜未归。

这一夜，村里许多人都在黑家喝茶，原本是要等着黑亮回来，就说起走山，我才知道这里已经发生过数次走山：二十年前镇街上走过山，山走了五里，毁了三个村子，死了十五人，至今镇上还能看到一些缺胳膊少腿的人。十三年前西岔沟也走过山，那一次死了四人，但毁坏的农田多，有三个人正套毛驴犁地，毛驴没事，三个人吓瘫了。这一次东岔沟走山，附近的灾情还不清楚，仅村子里损失太大了，死了立春、腊八，麻子婶恐怕也活不了。说起立春、腊八，他们就疑惑兄弟俩在暖泉那儿是盖了房子，可那房子是血葱收获时才在那儿住的，怎么昨天晚上偏就住在那里？有人便说那还不是訾米惹的祸！问怎么是訾米惹的祸，那人说立春、腊八分了家，訾米成了腊八的媳妇，立春当然心里有疙瘩，兄弟俩就多了矛盾，訾米倒无所谓，她自己单独住了一孔窑，晚上窑门不关，兄弟俩谁来都行。听的人说：这不成一圈牛啦？那人说：可不就是一圈牛，公牛和公牛就抵仗么。至于兄弟俩同时都去了暖泉那儿的房子，恐怕是訾米下午去了那房子，兄弟俩一个去了，另一个也去了，结果訾米就反身回来了，让他们谁也不要跟她，兄弟俩就住在那里正好遇着走山了。

这些人七嘴八舌说这些话时，我先还给他们烧水，后来听不下去，就懒得烧了。柱子却说：多亏走山走的是东岔沟，若走的是咱村子这儿，咱现在也睡在土里了，咱捡了一条命，那就该喝酒么。便嚷嚷着黑亮爹拿酒来喝，黑亮爹说家里确实没酒了，等黑亮回来了去杂货店里拿。可黑亮就是不回来，等到半夜了还是没回来。

刘全喜说：黑亮是不是被缠住了？

我说：你说屁话！立春、腊八来缠你！

立春、腊八和黑亮好，鬼不缠他。六指指说，那里只有黑亮和訾米，这么晚了不回来你胡蝶也不去找找？！

操你的心！我生气回了我的窑里。

★   ★

麻子婶被半语子背回了家，村里的那些上了年岁的人都来整治：掐人中，压百会，瓷片子放眉心的血，在脚底熏艾，麻子婶就是不醒，眼睛紧闭在炕上躺着。

这期间，我去看望了她三次。

黑家父子在这之前是不允许麻子婶再来见我，也不允许我去找麻子婶，麻子婶昏迷不醒了，我去看望，黑亮没有反对。黑亮爹还让我提了一袋子土豆，说，能给你半语子叔做一顿饭就做一顿饭，不知道这些天他是咋凑合吃喝的。

麻子婶的家在村西头那斜坡下，斜坡被錾齐了挖着一孔窑，窑已经破旧不堪，地动时又裂了缝，缝子就像一棵小树长在那里，但门上窗上，凡是有空处的都贴了纸花花，红红绿绿，色彩混乱。半语子正在窑旁边挖着个窟窿，开口不大，已挖进去了三四尺。我说叔挖猪圈吗？村里好多人家都是挖出个小窑了养鸡圈猪的。他说我，我给你，婶，婶挖，墓哩。这让我倒生了气，麻子婶还没死，他倒挖墓了，心里骂这凶老汉，再没理他，就进窑去看麻子婶。窑里一股子酸臭味，几乎使我闭住了气，而且黑咕隆咚，待了半天才看清满地都是乱堆的东西，没个下脚处，那灶台上锅碗没洗，也不添水泡着，上边趴了一堆苍蝇。案板上更脏，摆着盐罐，醋瓶，也有旱烟匣子，破帽子，烂袜子，还有几颗蒸熟的土豆和一块儿荞面饼。土炕上就平躺着麻子婶，双目紧闭，脸皱得像个核桃，平日那能看到的麻子似乎都没了，睡在那里只显得是个骨头架子，却盖着一层纸花花。旁边的一个木箱子打开着，这可能是半语子打开的，把存在里边的纸花花全倒在她身上。

苍蝇不停地在麻子婶的脸上爬，眼角还趴着一些小蚊虫，我一边给她扇赶着，一边翻那些纸花花。这是我见到最多的纸花花，我一一对照着认识哪些是窗花哪些是枕顶花、炕围花、挂帘花，就翻出了一组红纸剪出的牵手小人儿。麻子婶当初给我招魂时就在我身上摆过这种纸花花，我也就把这些牵手小人儿放在她的头上，希望她能缓醒过来。但麻子婶给我招魂时口里念念有词，她说一念词魂才会来的，我记不住她念的词，就一遍遍叫：婶！麻子婶！

麻子婶的眼皮子似乎动了一下，我赶忙叫：叔，叔，我婶要醒呀！半语子跑进来了，说：她哪，哪儿醒，醒呀？！就又走出去。我在猜想麻子婶一定是知道我来了，是我在叫她，为了证实我的猜想，我说：你要知道我来看你了，你再动一下眼皮。我盯着她的眼皮，眼皮没有动，而一只绿豆大的蜘蛛不知道从哪儿跑来，竟爬上了她的脸，然后就静静地趴在那里。我立马哭了。蜘蛛蜘蛛，就是知道了的意思，麻子婶是说她知道了，她眼皮子没动，是她实在没有力气再动了。

半语子的镢头声很沉重，震得这边窑里都有动静，他听见了我在叫麻子婶，镢头不挖了，又走了过来，说：那，啊那兄弟，俩的，媳，媳，妇没来？

他问的是訾米，我说訾米没来，今天可能给立春、腊八过二七日。

我的，的人为，他们家办，办事成了这，这样，她都都，不来看，看一眼是，是死是活？！

我一时不知该说什么，摸了摸麻子婶的脸，说：你没给我婶招魂吗？

我不会，会她，那套儿么。他说，她一辈子，辈子给，人招魂，魂哩，到到头来她没，没，魂了。

叔，你还没吃晌午饭吧？

我我，挖个，窑么。

叔，叔。

我的人，人还，指望能活，活吗？我挖，挖下窑了，等她咽，咽了气，她就睡睡，在里边，能离，离，离我近，些。

我看着这凶老汉，突然觉得他可怜了，就说我给你做饭去。揭他家米面盆子，只有半盆荞面，我调水和面，给他搓了麻食，他就一直蹲在那里看着我，然后吃烟，然后靠墙张口，口张得能塞个拳头，啊啊地声唤。这种张口声唤黑亮爹也有过，似乎只有这种声唤，才能把疲乏从骨头节节关关里都带了出来。饭做好后，我给他盛了一碗，他却放在麻子婶的枕头边，说：喂，你吃，吃，吃过了我，我吃。刚放下一会儿他就端着吃了。

★　　　　　★

走山过去了一个半月，东岔沟口左边的崂台又垮坍了一次，这次是走山的次灾害，把瞎子和毛驴伤了。村里人要在暖泉那儿给立春、腊八栽个墓碑，瞎子牵着毛驴把墓碑驮去的，等到墓碑驮去，瞎子牵着毛驴就先回村了。栽墓碑的人还说：瞎子，你不来栽，立春、腊八恨你呀！瞎子说：我驮来的墓碑他们恨我？得回去让毛驴早歇下。瞎子又牵着毛驴刚返回东岔沟口，就碰上崾台再垮坍，瞎子耳朵灵，听到有声音不对往前跑了几步，而滚下来的土块就砸着了他和毛驴，他后脑勺上被砸出个青包，毛驴的一条腿折了。

沟口左崾台再垮坍，黑亮爹站在硷畔上，就觉得垮坍处龇牙咧嘴地像是老虎口，说：这是要吃咱呀？！就吆喝了几个人抬来了一块儿巨石要凿个狮子，让石狮子就在硷畔上面对面地镇压老虎。但他从来没凿过石狮，也没见过真狮子，就去麻子婶家翻那些纸花花，麻子婶的纸花花里有狮子，狮子都是脑袋是身子的三分之一，而眼睛又是脑袋的三分之一，一时觉得这剪的是狮子吗，拿了纸花花来求教老老爷。

老老爷在和村长说话。老老爷是在黑亮爹去找狮子的纸花花时，让我去把村长叫来。我那时只知道村长住在三道巷，具体是哪一家还不清楚，站在三道巷口才要喊，村长和宽余提着一只炸死的狐狸从二道巷走过来，我说了老老爷叫他哩，他说：宽余，把狐狸让我送给老老爷去！宽余说：老老爷才不会要狐狸的，我得靠这个狐狸卖了买双鞋呀。你真想要，下一个炸着了给你。村长说：哼，那你去炸吧，老老爷就是狐狸，胡蝶也是狐狸！我说：你说什么？！村长就笑了，说：老老爷是老狐狸，你是美狐狸，人活得老了，长得漂亮了，那还不是精？我一拧身子，拍拍屁股上的土，先走了。

村长是去见了老老爷，老老爷说他这一个月腿沉得厉害，才让胡蝶把你叫来，要不就上你家门去。村长说你有了事要找我，我四个腿就跑来了！你腿觉得沉？遭这么大的灾，你应该有预感的。腿沉？人老了，世上最沉的就是腿沉么。我把桶提出来，瞎子就过来把桶下到井里去，我说：世上最重的是心，私心！村长说：你说谁的？我说：你问老老爷，他成精了，他知道是谁。瞎子开始绞水，辘轳咯吱咯吱摇着响。村长说：你啥时候不能绞水？我和老老爷说话哩，你影响？！瞎子把水绞了上来，提着去了窑里，我又坐到门墩上了，觉得嘴里有些寡，想吃点什么，又觉得没什么好吃的，就吸了一下气，吃空气。而老老爷和村长却在那里说得不愉快。

你是村长，你能不能组织人收拾一下那戏台子？

原来村里的那些东西在楼下堆着，黑亮办了杂货店，乱七八糟的东西又封存楼上了么，你想住到楼上去？

我住到楼上干啥？你该去请请剧团么。

你想看戏啦？哎呀老老爷，县剧团咱能请来？就是人家应承来，路那么远，几十号人咋来，用黑亮的手扶拖拉机？

镇上不是有皮影戏班子吗？

你咋就想到看戏啦？咱村里是多少年没热闹过了。是这样吧，我和訾米黑亮商量商量，訾米家有了丧事，她是该请一台戏的，黑亮也快得儿子呀，他再请一台戏。

那与他们无关。唱戏不是要热闹，也不是要谢呈帮忙的人，戏是要给神唱的，安顿下神了，神会保佑咱村子的。

给神唱？神在哪儿，哪儿有神？！

你不觉得这几年村子里尽出些怪事吗？

以前死了几个人那生老病死很正常么，走山是自然灾害，我已经上报到县上要救灾款了，訾米也会补助的，东岔沟原本没有多少农田，能有了救灾款，那还是好事哩！

算我瞎操心了。

你不要操心，老老爷，村里的事有我哩，既然镇政府任命我当村长，我会把村子弄好的。

老老爷把头垂下去，再不说话，村长就起身走了，走时还朝我摊了一下手，笑着说：就是演皮影，你们家会腾出杂货店吗，腾不出楼下的地方，楼上的东西往哪儿放？我没有理他，我进窑给老老爷端了一杯水让喝，老老爷喝了一下，却呛口了，水淋了一前胸。

老老爷和村长说的话，黑亮和他爹不知道，在场的只有我和瞎子，但我和瞎子再也没给别人提说过。黑亮爹后来从麻子婶那儿拿回了纸花花狮子，在问老老爷：

他麻子婶见过狮子？

她哪儿见过狮子？！

你见过？

我没见过。

这是不是狮子？

威武了就是狮子。

★　　　　★

　　黑亮爹连续几天都是凿石头，石头上先生出个狮子头来，圆脸，大眼，嘴张得像盆子，接着生出狮子前爪，爪子如钢耙齿，最后生出狮子屁股。给狮子眼睛涂红漆的那天中午，金锁又在他媳妇的坟头上哭，哭声如飘过的一股风，已经没人理会，关心的是訾米右胳膊下夹了一沓烧纸去东岔沟给立春、腊八祭奠去了，一算日子，该是立春、腊八的七七日了。人一死日子就堆在那里了，不知不觉都四十九天啊。

　　我本来是陪着訾米去的，可刚走到村口，肚子就疼起来，訾米问我几时临产呀，这我不知道，她说她没生过娃，也不知道这是临产呀还是吃了不好的东西闹肚子，就大声叫喊黑亮。黑亮从杂货店出来，问了情况，就怨怪訾米不该让我去陪她，我说这不关訾米的事，是我要去的。黑亮仍是数落：胡蝶要去你訾米就能让去，胡蝶是啥身子，东岔沟又是啥地方？！弄得訾米很尴尬，我就生气了，给黑亮发火，黑亮才不言语了，把我搀到杂货店。杂货店里坐着张耙子和刘全喜，每人面前都是一堆烟把儿，似乎他们在一块儿说了半天话了，黑亮要关了店门背我回家去，我说没事儿，过一会儿或许就好了，便侧身卧在店里的那张简易床上，黑亮倒一杯水让我喝了，就又和张耙子刘全喜说起话来。

他们好像讨论着种血葱的事，说立春、腊八死了，东岔沟血葱生产基地毁了，他们可以再搞，是在暖泉附近的地方继续搞呢，还是在后沟搞，三个人争论不休。黑亮的意见是要搞肯定不能去暖泉那儿了，一是那儿已没有了湿地，二是即便能搞，立春、腊八才死，村里人怎么看，訾米怎么看？张耙子和刘全喜闷了一会儿，刘全喜说：这不是趁火打铁，这叫抓住机会么，别人咋说咱不管，訾米有销售点，咱可以和她一块儿搞呀，她现在是寡妇，耙子你要能耐，能把她伴回家就好了。张耙子说：这你得给我撮合嘛。刘全喜说：你要硬下手哩。张耙子说：我怯火她，这得慢慢培养感情。刘全喜说：村里可有几个人眼都绿着谋算哩，等你感情还没培养哩，一碗红烧肉早让别人吃了。张耙子说：黑亮，你要帮哥哩。黑亮说：你不是她的菜。张耙子说：她能看上谁？黑亮说：银来啊，金锁啊。我哪儿比银来、金锁差啦？你肯帮我了，我给你买媒鞋，全皮的！我坐起来，说：尽说屁话，不怕立春、腊八的鬼来寻你们？！三个人立时黑了脸。我起身离开了杂货店回家去，黑亮撵出来说：你好了，肚子不疼了？

村口的河水边，有人在洗衣裳，棒槌在啪啪地捶，王保宗的媳妇从巷口往过爬，谁家的狗被人攥着打，它慌不择路，就一头栽到一个坎下了。我肚子还在疼着，我感觉满世界都在疼。

独自走到村里第三个巷道，一妇女端了碗在那儿吃饭，吃上几口就高声骂一阵儿，话十分肮脏，而巷道上边的巷道就出来一个妇女在问：饭还塞不住你的嘴呀，骂谁哩？这边的说：骂谁谁知道。那边的说：你骂着是 × 让人日了吗，还是 × 闲着没人日？双方就杠上了，骂声像炒了爆豆。一时上巷道下巷道都有了人，不劝也不拉，交头接耳，嘻嘻哈哈。我赶紧走开，回窑里就躺下了。

这村里，人人都是是非精，都是关不严的门窗，都是人后在说人，人前被人说，整日里就没少几场吵骂。黑亮给我说过多次：谁在你面前骂别人，你都不要接话，你不顺着他，他就给你唠叨个不停，你顺着他了，他第二天又和那人好了，会把你的话又说给那人，那人便记了你的仇。我也问黑亮，为什么都这么爱骂呀。黑亮说，骂是在自己面前布荆棘挡人么。我说既然是挡人哩，咋第二天就又好了。黑亮说，都在一个村里，你见不见他，你又能不见？狗皮袜子就没个反正么。我躺在炕上，想着想着就迷迷糊糊了，便觉得肚子还在疼，要看病，就骑了毛驴到谢沟去找医生，听黑亮说谢沟有个小诊所。毛驴受伤的腿是好了，但毛驴已经老了，走起路趔趔趄趄，经过一面坡梁了，下身有东西流下来，我伸手去摸了摸，是红的，颜色是桃花的红那么浅，我就害怕了，叫着：娘，娘。竟然娘就从另一面坡梁上走着，这面坡梁和那面坡梁并不远，却隔着一条沟，太阳从东边升起来，娘是个黑影，但绝对是娘。我大声地喊娘，娘的耳朵背，她听不见。我再是大声地喊，就醒了，才知道又是一个梦，汗已经把头发都湿了，而肚子还隐隐疼，想，怎么就做这样的梦呢？好久都没梦到过娘了，梦里的娘怎么不理我？如果说梦是反的，那是娘在想我吗，她一想我，我就心慌，身子又有了毛病了吗？上个月我心慌就崴了脚，上上个月心慌了而头痛，现在又是肚子疼：娘还是怨恨我不回去，还是娘知道我失踪了，在四处寻找，可这么大的世界里娘到哪儿寻找啊！我是逃不出这个村子，这个村子只有村长家里有部电话我又无法去打，有什么机会我能打这个电话呢？我这么想着，突然出了一身冷汗，一下子从炕上坐了起来。因为我竟然模糊了出租屋大院的那个电话号码，第五个数字是 8 还是 5 我不敢肯定了。电话号码搞错了，那我就永远永远地和外面失联，再也见不到娘了。我反复地在恢复记忆，用拳头在砸我的头，对着镜框里的极花祈祷，我终于肯定了第五个数字是 5 而不是 8。为了不再犯错，我爬起来把号码刻在了窑壁上，又担心黑亮发现了会铲去或涂抹，我把十一位数字的号码分开，在厕所墙上刻下 0，然后在猪圈墙上刻下 2，在崖拐角刻下 9，再然后从东向住的方位排顺序，在厨房墙上，我的窑门上，窑里的桌子后，麻袋，瓮后，罐子后，就刻下了 88225761。刻完了，我对极花说：我不会消失的，我还在这个世上，娘会找到我的。

五

空空树

　　地里开始挖土豆。

　　土豆是这里的主要粮食，村里人便认为，它是土疙瘩在地里变成的豆子，成熟了就得及时去挖。

地里开始挖土豆。

土豆是这里的主要粮食，村里人便认为，它是土疙瘩在地里变成的豆子，成熟了就得及时去挖。如果不及时挖，就像埋下的金子常常会跑掉一样，土豆也会跑掉的。所以挖土豆是一年里最忙碌又最聚人气的日子，在外打工的得回来，出去还侥幸着挖极花的得回来，甚至那些走村串乡赌博的偷鸡摸狗的都得回来，村子如瘪了很久的气球忽地气又吹圆了。黑亮锁了杂货店门，贴上纸条：挖土豆呀，买货了喊我。黑家的地在南沟和后沟有五块，挖出的土豆就堆地头，瞎子用麻袋装了，拉着毛驴往回驮。毛驴来回地跑，受伤的腿又累得有些瘸，瞎子让它驮两麻袋了，自己还掮一麻袋。

第一麻袋驮回来，挑了三颗土豆，都是小碗大的，敬在天地君亲师的牌位前。

他们不让我到地里干活，也不让我做了饭送去。早晨一到地头，黑亮要在地堰上挖一个坑烧土豆，那是在坑里放上一层土豆，再架上一层柴火，又放上一层土豆，再架上一层柴火，把柴火点着了，用土坷垃盖住，仅留一个小口冒细烟，到了晌午，烟不冒了，扒开来土豆就熟了。父子三人吃了土豆继续劳动。我独自在窑里做些面糊糊吃，再把黑亮拿回来的土豆叶蔓用刀剁碎了喂猪，剁着剁着有了想法：黑家人都不在家了我可以逃么，而肚子咚咚地就又剧烈地动了几下，竟使我没坐稳跌在地上，就骂道：你这狗崽子，你爹不看守我了你倒成了警察？！苦笑着不再剁了，把刀扔出门去，刀却落在门外卧着的狗面前，狗忽地坐起来，双耳竖立，虎了眼盯我。

我不再有想法了，想法有什么用呢？黄土塬想着水，它才干旱，月亮想着光，夜才黑暗。

我给狗说：你睡你的吧，我不会逃走的。就在厨房里烧水，烧了水要提到地里去。

水还没烧开，肚子却又疼起来，这次疼和上几次疼得不一样，不是隐隐作痛，也不是针扎地疼，而一抽一抽，像是有什么手撕拽着肠子，或是有刀子在搅动。我在灶火的木墩上坐不住，起来趴在灶台上，腿哗哗地颤，汗就湿了一头，叭叭地滴下珠子来。我先咬着牙忍着，后来忍不住了，觉得要死呀，让狗去叫黑亮，狗跑出去了不一会儿，却在硷畔上汪汪叫，我抬头一看，回来的是瞎子。瞎子从毛驴背上卸麻袋，突然站在那里不动，朝着窑门口，说：干锅啦！我这时也闻见了一种怪味，他已经进来，揭了锅盖，锅底红着，锅盖沿已经烙焦了，他忙添了几勺水。我说：我要烧点水的，哎哟。瞎子说：烧水还能烧干？啊你病了？我哐地从灶台上软下去，扑沓在地上。瞎子就站在我身边，但他不知道了怎么办，忙往窑门跑，头还碰了一下门框，他去叫来了老老爷。老老爷见我倒在地上，忙说咋啦咋啦，要把我扶起来，他扶不动，喊瞎子又把我往炕上抱，瞎子说：我去拿被单。老老爷说：人成这样了讲究啥哩！瞎子就把我抱起来，他一对胳膊伸直，硬得如同铁棍，竟然是平端着，而自己却把脸侧到一边，把我放在了我窑里的炕上。老老爷说：哪儿疼？我说：肚子。老老爷说：咋个疼法？我说：要死呀。老老爷说：这是生人啊。给了我一根筷子，让我咬住。瞎子就说：我去喊黑亮！跑出门，一只鞋掉了。

黑亮是跑回来了，满头的水，把我抱在怀里，不停地问：还疼吗，还疼吗？我的裤裆就湿了，往出渗血，疼得扑过来扭过去，黑亮抱不住，他硬还要抱，我就双手抓着他的胳膊，竟要把那一疙瘩肉拧下来似的。他说：你拧你拧。我又松开了手，把头在炕沿上磕得咚咚响。黑亮吓得跑出窑外，他爹在硷畔上跪了，对天作揖，黑亮说：爹，爹，她疼得能吓死人！他爹说：人生人就是吓死人。黑亮说：她真要生呀？他爹说：快去背满仓他娘来！黑亮就跑，狗跟了他，他边跑边骂狗：让你有事了来叫我，你为啥不来叫？！

满仓娘不是背来的，她小跑着，还拉着她的小孙子。满仓娘一来就进了我的窑，没让孙子进，让黑亮给小孙子找个啥吃的，黑亮给小孙子一个生土豆，对他爹说：她家里就她和孙子，孙子硬要跟着来。他爹给小孙子一个熟土豆，换下了生土豆，说：好兆头。黑亮说：啥好兆头？他爹说：这小孙子一来，该生个男孩呀！

满仓娘个头不高，双膊过膝，来看了，说就是要生呀，却不急了，拿了烟锅子在窑门口吸，她好像几十年没吸过烟似的，头不抬地吸了十几口，然后烟雾就从嘴里没完没了地往外冒。黑亮爹坐下站起来，又坐下站起来，眼睛一直看着满仓娘，满仓娘说：你这让人心慌不？去烧水煮剪子呀。黑亮爹哦哦地去了，满仓娘又说：布拿来。黑亮爹问什么布？她说孩子生下来得包裹呀。黑亮爹说还没有。她就说：没有？怎么不提前准备下？！黑亮就去杂货店取布，满仓娘交代一句：拿些红糖。就又继续吃烟。

等到黑亮把布和红糖拿回来，我已经疼得在炕上大声叫唤，他还来抱了我，劝我忍着，我就骂他，骂他我怎么能忍住，又骂都是他害我，骂得他不敢抱了，我再叫唤起来，他再过来抱我，说：我不劝你了，只要能减轻疼，你就叫唤，你就骂。满仓娘吃够了烟，说：黑亮，你出去，这没你事，让我孙子不要乱跑。黑亮说：她咋这疼呀？满仓娘说：生孩子不疼啥时候疼？！黑亮一走，她脱了我的衣服，用被子垫起我的后背，端来的水和煮好的剪子放在门口了，她拿过来，说：不敢把力气叫唤完了，过一会儿该用劲儿时咋办？黑亮就在窑门外，她说：提半笼灶灰来。黑亮说：灶灰？她说：一会儿血水流了得垫脚地呀。打三个荷包蛋来让她吃，孩子没生下来大人倒虚脱了。黑亮说：她咋还声唤哩？她说：现在知道做女人艰难吧？闭了门，又坐在炕沿上吸烟，说：都这样，女人谁都这样，没啥怕的，我生头胎时还锄地哩，满仓就生在地里，用石头砸的脐带。她再一次查看了，手指头还在里边塞了塞，嘟囔一句：开了。我还想问是什么开了，一阵儿更剧烈的痛，我就什么都不知道了。

我这回是坐在了窗子的第三个格子上，看到了满仓娘。嘴里还叼着烟锅子，把胡蝶的两条腿分开了，在腰下垫上枕头，就有水流了出来，接着半含半吐地有了一块儿肉，立即又不见了。满仓娘在说：啊，横生呀？！那块肉再次露出来，是一只小小的脚丫子。满仓娘就把烟锅子扔了，半跪在炕上，黑亮趴在门上，说：哎，哎，咋不声唤了？满仓娘说：是个螃蟹。黑亮说：生了个螃蟹？！满仓娘说：人道上不好好走，别人都是先出来头，他出来了脚。黑亮说：啊，啊？！满仓娘说：你进来，进来，给我帮个手！黑亮进来，他吓坏了，不敢朝下看，去看胡蝶的脸，胡蝶的脸变了形，他说：人昏过去了。满仓娘忙掐胡蝶人中，拍打胡蝶的脸，说：醒来醒来！黑亮就哭腔下来，大声叫胡蝶。满仓娘说：那是疼昏了，没事，你哭啥么！弯腰在炕下的水盆里抓水，水有些热，甩了甩，又在胡蝶脸上拍了怕，胡蝶就把眼睛睁开了。

我睁开了眼，疼痛比先前更厉害，再声唤起来。

满仓娘开始搬动我的身子，黑亮要帮她搬，她不让黑亮搬，搬了六下，再搬了六下，把我翻侧着，在背上推，然后让我趴下，我趴不下，她就让我双腿屈着趴下，又是在背上推，说：黑亮你眼睛好，背上那条梁是不是直了？黑亮说：我看不来。她说：翻过来翻过来。黑亮把我翻过身来，紧紧地把我上身抱在怀里，我又恢复了先前的姿势，她又在肚子上揉动，她已经满头满脸的汗了，趴下来看了一会儿，说：好了，你这是要生皇帝呀，折腾我！就坐下拿了烟锅子吸，问：煮了荷包蛋没？黑亮说：煮了，给你也煮了一颗，给小孙子也煮了一颗。她说：你下来，给她喂鸡蛋。黑亮把荷包蛋端来，我却血流了一炕，又昏了。

我再次站在窗格上，瞧见黑亮在掐胡蝶的人中，满仓娘似乎在生气，一把把胡蝶的手拉过来，在虎口上掐，说：你是个懒人，该你出力呀你给我昏过去！黑亮爹又跪在碨畔上给天磕头，问旁边的老老爷：没事吧，不会有事吧？老老爷说：太阳这红的，鸡在窝里窝得静静的，能有啥事？没事！满仓娘再次趴在了胡蝶脚前，她的鬂发都散了，一撮子灰白头发扑撒下来，用手去拢，手上的血就沾在了额颅上，随之说：见头发了啦，见头发啦！黑亮脸色煞白，汗水淋漓，靠在窑壁上，不敢看。满仓娘说：去，把荷包蛋热热。黑亮一出窑门，软在地上，说：爹，爹，你把荷包蛋热热，有些凉啦。黑亮爹却往厕所跑去。胡蝶好像是又睁开了眼，满仓娘说：醒了？胡蝶长长出气，满仓娘说：醒了先憋住气，用力努，努！胡蝶在咬着牙用力，满仓娘还在说：你咋不用力哩，再努，用力努！黑亮爹从厕所出来，端了鸡蛋就进了厨房，不一会儿把热了的荷包蛋再端出来，交给黑亮了，他又去跑厕所。黑亮说：你咋啦？他爹说：不知道咋啦，我后跑，去了又拉不出什么。胡蝶在不规则地发着吭哧声，像是毛驴在爬坡，又像在拉漏气的风箱。突然噗的一下，如一盆水泼出来，溅了满仓娘一脸，而孩子就在水泼出来的同时，像是条鱼，冲到了炕席上，又光又滑，竟掉下来，正巧落在炕下的灶灰笼里。满仓娘说：你是个脏东西！忙从灰笼里捡出来，提着后腿就拍屁股，孩子哇地哭了。

不一会儿，黑亮提了胞衣出去，碨畔上站着黑亮爹，老老爷，瞎子，他说：是个男孩！

胞衣就埋在了石狮子下。

★   ★

我有了孩子，名字叫黑一。这是黑亮起的名，他说生下一个，他还想再生下二个三个，七个八个：如果你配合好，咱就重建一个村子。建一个光棍村？我在地上唾了一口痰，蚊子苍蝇才不停地生蛆呢，猪和老鼠才一生一窝哩，越是低下卑微的生命越是能繁殖，他黑亮就是个小人贱命。

黑一生下来时，我原本是不想看的，以前麻子婶说过，当女人生下孩子了只要第一眼看到，那一生就离不得了，所以我并不打算首先看到他。但满仓娘说了句："你是个脏东西！"我知道他是掉进了灶火笼里，也吓了一跳，就坐起来看了一眼。他太瘦小了，像精光的老鼠一样，而那个小脸竟还满是皱纹，是那样丑陋又十分肮脏，身上除了灶灰还有一种黏糊糊的白色液汁。满仓娘说：怀上了就不要同房，同了房孩子就不干净。我躺下没有言语，脸上烧烫了一下。那就是我的孩子吗，我怎么生了个那么难看的孩子？这孩子是罪恶的产物，他是魔鬼，害我难过了那么长日子，又横生着要来索命！好吧，我把你生下来了，你带走了我的屈辱、仇恨、痛苦，从此你就是你了，我就是我，我不会认你是儿子，你也别认我是娘。

但是，就在夜里，窑里黑隆隆的，黑一却哭起来，他哭得响亮，好像是突然点了灯，生出了一团火焰，使整个窑洞里的桌子椅子，瓦罐陶瓷，炕上的被褥枕头，门窗上窑壁上所有的纸花花都醒了灵魂，在黑暗里活着，好过着。我从来没有过这样的感觉，满身心的是一种莫名的愉悦，就对黑亮说：你把他抱过来。黑一睡在了我的怀里，哭声戛然而止，我触摸着亲吻着他的脸蛋，他的屁股，他的小手小脚，是一堆温暖的雪和柔软的玉。我在心里说：这是我儿子，我身上掉下来的肉。黑亮也睡过来，我推开了他，让他睡到地铺上去，他的脚太臭，不能熏着我的孩子，他睡觉爱动，不让他在睡梦中胳膊腿压着了我的孩子。我只和我的儿子睡。

这是天意。黑亮睡在地铺上了，仍是激动着，说，第一次就有了孩子，天赐给了我你和儿子。

是天意。我在默默地说，天是让我的儿子来陪我的。

我突然觉得孩子的名字应该叫兔子，嫦娥在月亮里寂寞的时候，陪伴她的就是兔子。我就抱着儿子亲，叫着：兔子，兔子。

黑亮说：你把黑一叫兔子？

我说：他不是黑一，是兔子！

兔子就兔子吧。黑亮妥协了，这名字也好。他又说：兔子几时会叫爹呢？

只会叫娘。我看着窑顶，其实没有窑顶，只是黑暗。我再一次把兔子的脚丫子含在嘴里，那是一块儿糖，几乎要消融，我又把脚丫子取出来，在心里对兔子说，相信娘，总有一天娘会带着你到城市去，这个荒凉的地方不是咱们待的。

那时候，我觉得满世界都在缩小了，就缩小成我一个人，而在这个村子，在这个土窑里我就是神。

十天里，我一直就坐在炕上，我的身下铺着黄土。这是村里的习惯：从坡梁上挖下纯净的黄土，晒干再炒过，铺在炕上了上边苫一张麻纸，产妇月子里就坐在上边。这黄土还真能吸干身上的脏水，快速地恢复了伤口。十天后，我开始下炕走动。那一个晚上，从吃晚饭起兔子又哭闹了，兔子差不多有五天了，总是白天睡觉，晚上哭闹，老老爷写了张纸条：天皇皇地娘娘，我家有个夜哭郎，过路君子念一遍，一觉睡到大天亮。老老爷让我们把纸条贴到村子里的树上去，我和黑亮贴了往回走，天上繁星一片，我一眼就看到了先前发现的那两颗星，星星的光一个大一个小，发的不是白光而是红光。我指着说：那是我和兔子的。

但黑亮说看不到呀，那儿哪有星？这让我惊奇，他怎么看不到呢？他说真的没有什么星呀，是你看花了眼吧。我没有再和他说话。

★　　　★

兔子要过满月了，黑家备了酒席要招呼村里人。太阳还在崖头上，硷畔上就来了一批，有给孩子拿衣裳的，有给孩子送鞋的，更多的是抱一颗南瓜，提一筐土豆，端一升苞谷糁或扁豆。半语子也来了，他拿了一个小炕虎。小炕虎几乎家家都有，石刻的，拳头那么大，黑亮就说过，家里有孩子了，孩子在两岁前，这炕虎拴一条绳，绳一头系在孩子身上，孩子在炕上玩耍就不会掉下炕去。孩子两岁后媳妇抱着出门或回娘家，也同时抱着炕虎，就能辟邪。黑亮在小时候就系过炕虎，但他长大了却不知道把炕虎丢在了哪里没有寻到。而半语子带来了小炕虎，小炕虎被汗手抚摸得油光起亮，他说他小时候用过。我很喜欢这个小炕虎，高高兴兴接受了，就放在兔子身边。黑亮却进窑拿走了小炕虎，给我说：不能用他家的。原因是麻子婶现在还昏迷不醒，她是生过孩子，但没活成，用他家的不吉祥。他说：我给黑一做个新的。我说：叫兔子。他说：噢兔子，兔子要用新的小炕虎！

太阳正端的时候，訾米来了，她又是穿得花枝招展，人还在碾畔入口处，声就传过来：这是给咱村过事哩么！她拧着腰身往我窑里来，有人就问：你给孩子带了啥礼？訾米说：我给我干儿子带了一棵极花！她拿的一个纸卷儿，打开了真的是一棵极花。但她却说兔子是她的干儿子，这就胡说了。问话的人说：干儿子？你和黑亮认了亲家？！亲家母的沟蛋子，孩他爹的一半子！她却呵呵地笑着进窑了。

訾米把极花放在兔子的旁边，趴过去在兔子脸上亲了一下，留下一个红印，她说为什么她没早来，她有重孝在身，来了对孩子不好，昨日去东岔沟给立春、腊八烧了纸，告诉他们这是最后一次来烧纸了，她再也不会去了，她要重新活人呀，回来就把孝衫脱了，门上的白对联也撕了。你瞧，我这红上衣怎么样，好看吧？她展示着给我看，还悄声说：胸罩内裤都是红的。我说：你去挖极花了？她说：这极花不是我挖的，昨日从东岔沟回来，东沟口遇上有人挖了极花，我看是有虫子有花的完整就买了。你家里有了一个极花才有了你，你让黑亮把它晾干了也装到镜框去，有了孩子就又有极花，这多好的！她又去抱兔子，亲兔子的屁股，兔子就被弄醒了，哇哇地哭。她说：胡蝶，你是扎下根了，我还是浮萍哩，让孩子认我个干娘吧。我说：你不是已经给人说是干娘吗？她说：我怕你不肯么，先下手为强呀！兔子却在她怀里尿了。

开始喝酒吃饭啦，黑亮爹做了三桌菜，当然是凉调土豆丝，热炒土豆片，豆腐炖土豆块，土豆糍粑，土豆粉条，虽然也有红条子肉呀焖鸡汤呀，烧肠子呀，里边也还是有土豆。但大家都喜欢地说：行，行，有三个柱子菜！如果再舍得，有四个柱子菜就好了！黑亮爹说：原来有羊肉的，黑亮去了王村张屠户那儿，不巧屠户老张在镇上住院，人家关了门了么。今儿酒好，二十元钱一瓶的，黑亮，上酒上酒！

这一顿饭风扫残云般地吃过了，而酒还是继续喝。凡是喝完一瓶，瞎子就在旁边捡空瓶子，先对着空瓶子咂一下里边的剩酒，然后放在硷畔沿边，那里已经垒上了十几个空瓶子。半语子首先醉了，须要黑亮爹也来喝，黑亮爹过来连喝了三盅，半语子还要和他划拳，黑亮爹六拳都赢了，半语子说：你们打个通，通关，吧！黑亮爹说：你们喝，我得招呼大家呀。半语子不行，胳膊扳着黑亮爹的脖子。老老爷是坐在上席，他不喝酒，只喝水，就给黑亮说：你去挡挡酒，别让你爹喝醉了，他有高血压哩。黑亮也不好去阻拦，就进窑抱了兔子出去，说：你们还没看我儿子吧，让孩子认认爷爷奶奶伯伯娘娘的。喝酒的人就停下来。兔子是用小被子包裹着，人们都在说孩子长得胖长得好看。半语子上半身趴在桌上，说：我看看，像他，他爹，爹还是像，像，他爷?！忽然有个妇女在硷畔入口上来，她的公公瘫痪几年了，黑亮爹盛了一碗饭还夹了一块儿肉让她送回家去，那妇女把空碗放回桌上，却对半语子说：麻子婶醒过来了？半语子说：她要是醒，醒过来，来了，还能，能不来？那妇女说：我咋看麻子婶在你家门外摘南瓜花哩？半语子说：大白，白天，的，你见鬼，鬼了?！那妇女说：明明是麻子婶，穿了一身长袍子么。半语子说：啊，啊！起身就跑回去了，他脚下拌蒜，后边就有人跟着，怕他栽了跤。

后来，厮跟他的人返回来，还真的是麻子婶，麻子婶又活过来了。

人们都骂这是撂天话，那人说他跟着半语子回去，老远看见半语子家的烟囱里冒烟，进屋一看，麻子婶在厨房里烧火做饭哩，她穿着绣花鞋长袍子，半语子一下子扑过去抱住，说：你咋，咋活活，活了？麻子婶说：饿死我了。

麻子婶在炕上昏迷不醒，半语子觉得她是不得活了，就找了木匠做了棺材，棺材做好就放在窑里，又给麻子婶洗了身子，穿上了寿衣，放在棺材里，也不盖盖，说：你睡吧，几时不出气了，我就埋了你。麻子婶在棺材里躺着躺着，突然睁开了眼，一翻身，棺材里翻不过身，就说：人呢，我咋睡在这里，你不来拉我？窑里没有声音，她艰难地爬出来，见窑门掩着也没有锁，说：死家伙你出门了不锁呀，让贼偷呀?！却觉得肚子饥，饥得特别难受，就到锅里案上寻吃食，锅是做过了饭没有洗，案上乱七八糟一堆，也没个能吃的，揭了瓦罐发现还有些苞谷面，用水和了，要在锅里做面糊糊，还觉得面糊糊里应该煮些菜，但窑里什么菜都没有，便摇摇晃晃到门外地塄上看到种的南瓜蔓上叶子肥绿绿的，摘了几片，又觉得南瓜叶煮锅太苦太涩，就扔了南瓜叶，把那三朵南瓜花摘了。

厮跟着的人跑回来说了麻子婶的情况，黑亮爹让那人赶紧再去半语子家，叮咛着不要给麻子婶做饭了，她这么久汤水未进，突然吃了别的饭胃会出事的：把她背来，我给她熬些稀面汤。

麻子婶是被背了来，吃了一碗稀面汤，她说：人这多的干啥哩？我抱了兔子给她看，她说：生下来了？这么大的事都不给我说！就动手掰开兔子的腿，叫道：长个牛牛！将来又祸害谁家的女子啊！大家就哄哄地笑。她却急火火地说：剪子呢，剪子呢？半语子说：你又寻，寻，剪子呀?！她说：我给孩子剪个钟馗，小鬼就不近身了。

那天，半语子回去了三次，取了剪子，又去取了红纸和绿纸，麻子婶偏要黄纸，再去取了黄纸。众人取笑半语子：咋这积极的？半语子说：我这也，也，娶了个新，新媳妇么。

★　　　　　　★

麻子婶以后来我这里成了常客，黑家再没嫌弃过她。她一来就在我的炕上剪纸花花，到了吃饭时，也就在这里吃。半语子有些过意不去，捎了一袋苞谷和一背篓土豆。有时晚上了麻子婶也不回去，就和我睡在炕上，黑亮当然搭地铺，四个人在一个窑里，黑亮觉得怪，要睡到杂货店去，麻子婶说：你睡你的，我是你婶哩！她比先前更爱说爱笑，甚至有些诡异，经常是三更半夜就醒了，说神教她一种花花了，点了灯就剪起来。她能把花草树木飞禽走兽和人混在一起重新组合成一个形象，人身子或者是树，狗或者有着人脸，又把毛驴叫人毛驴，把老鼠叫人老鼠。甚至常指着窑壁说：你看见那里有个啥？我看着窑壁，上边什么都没有。她说：趴着一只青蛙。便一口气剪出十几个青蛙来。

有一天下午，天上的云全变红了，像燃了火，麻子婶就剪出了一棵树。整个画面是一棵枯树，以树干为中轴线，两边枝干对称伸开，而根部又如人的头部或鼻头，显得朴拙又怪诞。树枝间有产生旋转感的菊花纹，也有飞翔跳跃的小鸟。更奇异的是无数的小黄蜂布满于枝枝干干，并随着树的枯洞如血流一样飞舞，我看着都能听到一种嗡嗡的蜂鸣声。

麻子婶，我说，这是啥树呀？

空空树。她说，眼睛盯着我，那眼光我有些害怕。

空空树？

她竟然唱起来：正月里二月中，我到地里壅血葱，地里有个空空树，空空树，树空空，空空树里一窝蜂，蜂蜇我，我蜇蜂，我和蜂被蜇得虚腾腾。

以前的麻子婶从没在剪纸花花时唱歌的，几乎从那以后，她每次剪出什么就顺嘴唱一段歌子。比如她剪了个男人用毛驴驮着媳妇，唱的是鸰鸰鸰，鸰树皮，金锁拉驴梅香骑，金锁拿着花鞭子，打了梅香脚尖子，哎呀哎呀我疼哩，看把我梅香矫情哩。我说：你剪的金锁？她说：是金锁。我说：金锁以前对他媳妇好？她说：好。比如她剪了棵极花，唱的是：挖药的人巾巾串串，吃药的人呻呻唤唤，贩药的人绸绸缎缎，卖药的人盘盘算算。我说：啥是巾巾串串？她说：你见过谁挖极花回来衣衫浑全过？比如她剪了吃搅团的，唱的是：天黑地黑雾朵儿黑，吆上毛驴种荞麦，揭一回地拐三弯，揭了三回拐九弯，按住犁头稳住鞭，还不见媳妇来送饭？左手提着竹笼笼，右手提的双耳罐，站在地头望老汉。吃的啥饭，吃的搅团。怎么又是搅团？柴又湿来烟又大，锅板两片锅四拃，笊篱没头勺没把，怀里揣的是你娃，不吃搅团再吃啥？我就笑起来，她说：我再剪一个你看是啥？她一边剪一边唱：能把鸡毛撂远，能把犁辕拉展，能把牛皮吹圆，能把驴笼嘴尿满。她剪出了一个人，我说：是村长。她说：这是你说的，我没说。比如她剪了一个窑洞，窑门口坐了个妇女，旁边有树，树上有鸟，面前是狗，狗在撵鸡。她就唱：太阳一出照西墙，东墙底下有阴凉，酒盅没有老碗大，筷子哪有扁担长，一只袜子不成对，两只袜子刚一双，妈的兄弟孩叫舅，哥的丈母嫂叫娘，七月阴雨九月霜，五黄六月分外忙，我说这话你不信，姑娘长大变婆娘。剪完唱完了，她说：我剪的是你。我的眼泪就往下流，她立即说：我剪我哩。

村里人都觉得麻子婶昏迷醒来后不是人了，成什么妖什么精了，而且传说着她的纸花花有灵魂，于是谁家里过红白事或头痛脑热担惊受怕，都去请她的纸花花，倒是老老爷那儿冷清了许多。

我听到三朵在给老老爷说过对这种现象的不满，老老爷的腿差不多离开拐杖就无法行走了，他坐在葫芦架下，问着三朵：这一月下了几场雨了？三朵说：三场。老老爷说：哦，一月里总有下雨的日子。

麻子婶在我的窑里连续住过了七天，连剪带贴地制作了十几幅大的纸花花，都是一个妇女，头戴着花环，花环用不同的色点缀成，披着过去人时兴的结婚服，衣服上是方方勾纹和金爪纹，褶裙是黑底，红花饰边，坐在五颜六色的大莲台上。唱道：剪花娘子没庭院，爬沟溜梁在外边。热吹来了树梢钻，冷吹来了晒暖暖。自从进了窑里来，清清闲闲好舒坦。叫童子，拿剪子，世上的花花剪不完。人家剪的是琴棋书画八宝如意，我剪花娘子剪的是红纸绿圈圈。

麻子婶，我说，你剪的啥？

剪花娘子。

原来是剪花娘子到你家了？

我就是剪花娘子么。

她把一幅剪花娘子挂在了我的炕壁上。黑亮说麻子婶可能脑子有问题啦，但我不觉得她脑子有问题，拜了她，学剪纸，做她的童子。

★　　　　　★

养着娃，剪着纸，我竟然好久都没有在窑壁上刻道了。黑亮爹晚上的呼噜声特别大，他以前从来没有过这么大的呼噜声，现在响起来像远处在滚雷。狗晚上不再卧在窑门外，白天里我出出进进它也不厮跟，整日地不沾家，回来了到毛驴窑里寻吃的，还到猪槽里尝一口，把鸡食盆子弄翻了，瞎子在给老老爷说狗没个狗样子了，老老爷笑着说：它成了筷子么，啥都想尝一尝。黑亮不经意就胖了，肚子鼓起来，都有了双下巴。我说：你快变成猪了！他故意把双手搭在腮后当大耳朵摇，说：猪有福么。端了水去浇何首乌。

以前，黑亮在碥畔沿上栽蒿子梅，蒿子梅的根让猪拱出来后，他又种了窝何首乌。何首乌种下去一直没见长出个苗，就像是种了个石头，后来谁都把这事忘了。突然有一天，我去碥畔沿拉着的绳上晾兔子的尿布，一低头，那里竟有了一点绿。告诉给黑亮，黑亮高兴得不得了，说这是何首乌生长了，就在嫩苗下放块石头，在石头上缠了细绳，又把细绳拉到晾衣绳上，要让嫩苗能攀着长上去。这嫩苗真的就疯了般地长，长出了两枝藤，一两个月的时间里就在晾衣绳上盘绕成荫了。

我只知道何首乌是一味中药，吃了可以生头发，也能把白头发变黑发，但我没想到它生长起来是这么旺的藤蔓。黑亮天天给何首乌浇水，我没事了，就抱着兔子去看那些藤叶，昨天颜色还是浅的，今天就深了一层，昨天还是指甲盖大，今天就铜钱大了。令我惊奇的，是它一直只长两枝，而且白天里它们分开，一枝如果向东，另一枝就向西，若一枝向南了，另一枝必然又向北，但到了夜里，两枝就靠拢了，头挨头，尾接尾，纠缠在一起在风里微微抖动。黑亮告诉我，何首乌白天里吸阳最多，晚上阴气最重，那根在地下又会长得像人形一样的。问我要不要刨开土看看。我怕刨开土对何首乌不好，我没有刨，也没让黑亮刨。

你知道我为啥种何首乌吗？黑亮的神色很得意，他问我。

我不清楚他要说什么，我说：你为啥就叫黑亮？

他说：它像不像一家人，孩子是根茎，蔓藤就是我和你吧。

我一下子愣起来，看着他，他在笑着。

真没敢设想，他说，它就长活了，活得还这么旺盛！

我不知道我那时的脸上是什么表情，扭头看见西边坡梁上有了一片火红的山丹花。这里只有蒿子梅和山丹花，山丹花开了？细看时那不是山丹花，是一小树变红的叶子，再看又一树。我抱着兔子回到了窑去。

★　　　　★

吃过了晚饭，我抱着兔子在硷畔上，瞎子又在毛驴窑里往外扒粪，扒出粪就堆在白皮松下，他给我说：你和兔子进窑去吧，这粪风吹上一夜，明早就不臭了。我笑了一下，说：没觉得臭呀。说过了，自己也吃惊，扒出来的粪肯定是臭的，我怎么就没闻到臭呢，或许是白皮松上乌鸦天天在拉屎，已经习惯了臭味就不觉得驴粪的气味了。我抱着兔子往天上看，白皮松上空就有着那两颗星。夜空是不经意星星就出来了，两颗星已早在看着我娘儿俩。

不知怎么，我再没抬头看第二眼，抱兔子回窑里，匆匆地把他放在被窝，我也匆匆脱衣睡下，我在给兔子说话。说得是那么杂乱，那么没有伦次：兔子兔子，我是你娘。你是从我的肚子里出来的，你是我儿，兔子。我没法说我。我也无法说你。兔子，兔子。我在这村里无法说，你来投奔我，我又怎么说呀。这可能就是命运吗？咱们活该是这里的人吗？为什么就不能来这里呢？娘不是从村里到城市了吗，既然能从村到城，也就能来这里么，是吧兔子。你长得像谁？你没我白。你的爹是黑亮吗，怎么就不能是黑亮这个人呢？娘在小时候，你外婆要去地里干活，就把娘放在院里，院里有猪有狗有鸡的，娘是和猪狗鸡在一块儿玩，抢着吃食。兔子，我问你，娘怎么不能和你爹在一起？兔子，你听见娘的话吗，娘是不是心太大了，才这么多痛苦？娘是个啥人呢，到了城里娘不是也穷吗。谁把娘当人了？娘现在是在圪梁村里，娘只知道这在中国。娘现在是黑家的媳妇。兔子，兔子你给我说话么。我这么说着，我的兔子一直不回答我，连呀呀声都没有，他只是噙着我的奶头。

我的眼泪骨碌骨碌往下滚，滴在了奶上，兔子还在噙着奶。

后来我和兔子就睡着了。是什么时候睡着的，我并不知道，这让我醒悟着人死如睡着一样，死的人或许知道自己病了，在吃了药，在打吊针，但他突然昏迷了，不知道什么时候死去的，也不知道自己是死了。

从那以后，白日里忙忙乱乱没个头绪，天一黑我和兔子就睡了，再没觉得乌鸦在白皮松上哧啦哧啦拉屎，也没觉得狗叫和毛驴打喷嚏。

去杂货店了，把兔子抱到村口那胳膊粗的水边，水流得哗哗的，给兔子说：河，这是河。回到硷畔上了，看河在阳光下，是那么细，亮着光，一动不动，给兔子说：瞧，那里放了个腰带。

149

★　　　　　★

我剪狗，老是剪不像，剪着剪着就把狗剪成猪了，便唤狗到跟前，仔细观察它的眉眼和走势。黑亮去镇上买了几斤猪蹄，炖了汤要给我下奶，我把蹄骨保留了，每叫狗一次，就给狗一块儿骨头。我对着狗剪纸，慢慢，我的剪技大进。麻子婶再来，我拿出剪的狗花花给她看，她却说：剪什么不能剪得太像，要剪得让人一看就知道是那东西，但又不是那东西，又像又不像，仔细一看比那东西还那东西。她这么一说，我倒又不会剪了。她又说：看我咋个剪。三下两下剪出个手扶拖拉机，拖拉机上坐着一个人，尖脑袋，招风耳，一看就是黑亮，黑亮头上落着一只乌鸦，拖拉机下两朵云。她嘴里念叨：黑亮黑，黑亮黑。要和乌鸦比颜色，炕上有个大美人，拖拉机开得像云飞。又剪了一个毛驴，四蹄朝上地躺着，旁边一个人在喝茶，大头圆脸，眼睛只是一条细缝，而身后是窑窗，窗里趴着一个小儿。嘴里念叨：隔窗看见儿抱孙，我儿看着他儿亲，等到他儿长大了，他儿气断我儿的筋。她剪的是黑亮爹，但我们都不明说，她问：是不是？我说：是。黑亮爹正好扫碾畔扫到窑门口，我们俩就不说了，咯咯咯地笑。黑亮爹说：他婶，晌午甭走，我给咱压红薯面饸饹！麻子婶说：你把芥末放重些！哎哎，你听着，要逮住个东西的大势了，剪子就随心走。

麻子婶要给兔子剪五毒贴肚裹兜，而裹兜需要一块儿红布，我到杂货店里去取。出了门，招呼着狗跟我一块儿去，狗不去，我说：我指挥不动你啦？！它跟着我就去了。取了红布回来的路上，奶惊了，憋得难受，奶水把前胸都湿了一片，我就走近一个山墙边，背过身把奶水往外挤些。那是一孔窑前用土坯盖起来的厨房，窗子小小的，还黑着，我只说里边没人，刚挤着，却听到里边有了话：把嘴给我！吓了一跳，忙放下衣服，朝那窗里瞅了一下，没想到村长和菊香在那里，菊香胳膊搂着村长的脖子，双腿交叉在村长的腰上。菊香说：这厨房我要翻修呀，你得便宜把戏台上的木料给我。村长说：给你，给你。把舌头就堵了菊香的嘴，又抱着菊香往案板上放。但菊香是驼背，在案板上放不平。菊香说：我趴下。村长也不言语，重新抱了在地上转，后来就把菊香仰面放在了一个瓮口上，拉开了两条腿。我心里噔噔地跳，拧身就走，转过那个丁字岔口，还是村长的窑，窑门打开着，我唾了一口，狗却往窑里去，我要喊狗的时候，我看见了那窑里的桌子上正有着一部电话，猛地怔了下，也就走了进去，而狗却出来站在了窑门外。

这一切是突然发生的事，看到了电话立即就有了反应，竟一下子扑到桌子上，抓电话机时把电话机抓掉到了地上，我就蹴在地上拨电话。我拨的是出租屋大院房东老伯的电话号码，拨了一次没通，再拨了一次通了没人接。怎么没人接呢，我以为是我拨错了号，又拨了一次，天呀，拨通了，我急促地就说：老伯，老伯，我是胡蝶！电话里的声音却不是老伯，是个女声，我要把电话按下的时候，听到了那女声在叫喊：老伯，找你哩。老伯在问：谁打的？是老伯的声，我忙说：我是胡蝶！但电话里在说：说是胡蝶。老伯的声音：谁，谁，胡蝶？！一阵脚步响，老伯可能从院子里往屋里跑。但狗在叫了，汪汪地叫。我只能放下电话，赶紧出来，是猴子担着一担土出现在巷口。我拍着窑门环喊：村长，村长！猴子过来了，我浑身在出汗，不敢看他，侧了头说：村长咋没在家？猴子说：没在家吧。我说：他不在家也不锁门？匆匆就走，仍觉得在梦里，等狗撵上了我，我说：你咬我，你咬我！狗把我腿咬住，稍有些疼，它就松口了，我扑沓坐在地上，嘴里说：是真的，我打了电话了！

我是打了电话了，但老伯没有接上我的电话，我恨死了猴子！我想，再寻机会吧，总有一天我还会给老伯打个电话的，让他知道我还活着。又想，老伯没有接上电话，毕竟他已经知道了是胡蝶打来了电话，那电话是能显示来电号码的，他虽不能知道我在哪个省哪个县哪个村，如果他是聪明的，他就会和我娘记下来电号码去派出所，派出所能从来电号码查出我现在的地方的。娘不懂这些，老伯会懂的，老伯一定是聪明的。

我和狗走回到碥畔下，訾米却牵了一只羊在那里，朗声说：正要去你家呀！你是不是感觉我要给你送羊呀就来接我？我说：给我送羊？呀呀，你给我送羊？！訾米说：你这啥口气。好像我是个貔貅只入不出？镇上有个姓万

151

的欠了立春、腊八三万元的葱钱，立春、腊八一死他就再也不提还钱的事，他凭啥不还？我就是要账，狗日的实在还不了，但他家有一只羊，我一看是母羊，就给我干儿子牵回来了。我说：你瞧我奶水多得都惊了，还吃什么羊奶！訾米说：我看见黑亮给你买猪蹄了，以后别催奶了。又说：脸色咋不好，催奶催的吧？我没敢把打电话的事说给她，却说了村长和菊香的勾当，訾米就在地上拾了半截砖，说：走，我朝窗子里扔一块儿砖去，把他狗日的吓个阳痿！

我赶紧拦她，把羊缰绳拿过来，说：平日见村长人模人样的，咋是那德行！

他见谁裤裆里都硬哩。訾米说：立春、腊八是他本家的叔，他都敢纠缠我。

我站住了，说：纠缠你？

她说：立春、腊八七七的头一天，我从地里回来脚上还是泥，正在家里换鞋哩，他抱了一只猫，放到我面前，说：给你！我说：为啥？他说：你孤单么。我以为他在关心我，说了谢谢，门外有人经过，他低声撂下一句：晚上留着门。晚上他真的就来了。

我说：猫偷腥的。

她说：我说那我得给立春、腊八说说，要么鬼会怨恨我哩，就把立春、腊八的灵位牌子拿出来放在炕上，他一声不吭就走了。

我和訾米就笑了个没死没活。

我俩一笑，天上就掉下雨点子，先是黄豆大，噼里啪啦响，后来就铜钱大，地面上立即有水潭。是把云惊着了还是天开了缝？雨连着下了三天，麻子婶在我的窑里待了三天，我心惶惶着剪坏了好多纸。

★　　　　★

过后的日子里，我有过各种预判：如果老伯将显示的号码提供给了派出所，派出所查出了电话号码的区域，他们要来解救，那也不是十天半月的事。如果老伯以显示的号码再拨打过来，村长常不在家，没有接到也就罢了，但村长接到了呢，老伯在电话里一询问我的情况，村长立即知道我把消息传出去了，我在他家拨打电话的事就暴露了，他会说给黑家，那后果更不堪设想了。

我在焦虑着，白天里注意村里的一切动向，晚上成半夜地不得入眠，人就一下子又消瘦起来。当没人的时候，不管是坐在窑里还是硷畔上，我就闭上眼睛，立刻眼前就有一个黑团，我明白了闭上眼睛是仍能看见的，就看见了那黑团其实是一个洞，洞在旋转，就像电影里看到的那样，我并没有在洞里走，洞却在不断地深入。这洞要通到哪儿去呢，我突然地感觉，这或许是让我看到事情将来的结果吗？于是，洞就急速地深入，深入着却是拐来拐去，洞壁上的岩石犬牙交错。我看见了黑洞，就在心里说：我一定要到洞的尽头，看个究竟。但每一次总是被别人的说话和走动惊醒了，或者我就瞌睡了。

这期间，訾米还是来。她患了一种病，说是手脚冰凉，可是夜夜盗汗得严重，就坐了黑亮的手扶拖拉机去镇上看医生。回来提了十几服中药，这些中药要以童尿做引子。童尿是男童的尿，不是女童的尿，她就说：我的生日和地藏菩萨的生日是同一天，莫非兔子是琉璃光药师如来佛派来的？我说：地藏菩萨是咋回事，琉璃光药师如来又是咋回事？她说：你不懂这些？地藏菩萨就是发愿"地狱里一日还有鬼，我就一日不成佛"的菩萨。琉璃光药师如来净无瑕秽光明广大，是专给人施药治病的佛呀！我说：这些我真的不懂，你要兔子的尿就让兔子给你尿吧。有趣的是，她不来接尿的时候，兔子就有尿，而她一来接，兔子反倒没尿。她就每一次来，拿个小缸子，先把小缸子给我，她便去和老老爷说话，等我接下了尿了喊她一声。

这一天我刚拿了小缸子接尿，村长就进了硷畔。村长是骂骂咧咧，脸色难看着进的硷畔，我手一抖，尿没接到小缸子里，赶紧抱着兔子就进了窑里。

胡蝶！村长在喊，黑亮呢？

黑亮不在。我紧张得声都颤抖了，有啥事吗？

村长却没有回应我，直脚也去了老老爷那儿，我就站在窑窗口，耳朵夆起来听他要给老老爷说什么。但他并没有说到有关电话的话，我的心放下来：或许老伯没有拨打来电话，或许老伯拨打来了电话村长没有接到。老老爷和訾米坐在葫芦架边上，訾米问着极花的事，村长就问訾米你也要去挖极花呀，你咨询老老爷哩你给老老爷孝敬了什么礼？訾米说孝敬有各种各样的孝敬法，拿吃喝是孝敬，伺候是孝敬，陪说话也是孝敬呀！那你也孝敬啥来了？村长说咱俩咋就想到一块儿啦？！我就走出了窑来，喊訾米：尿只接了少半缸子，你看行不行？

訾米就走过来了，看着小缸子里的尿，说：兔子兔子，你这尿就这么金贵！兔子的尿肯定不够，訾米就拨拉着兔子的小鸡鸡说：还没吃血葱哩就这么大了，将来又要祸害谁家姑娘呀？！我岔了话，让等下一泡尿吧，就拉她进窑看我剪的纸花花。

一堆的纸花花还没看完，村长高喉大嗓子地却在老老爷那儿骂起了刘全喜和张耙子。原来刘全喜、张耙子和黑亮他们一直想着继续办血葱公司，但村长知道后要插一杠子，而且提出他要承头，刘全喜、张耙子和黑亮又不想让他参加，双方谈了几次都谈不拢，村长就来问老老爷：他自己能不能单独干，单独干起来会不会成功，而如果他单独干了，刘全喜他们是否也要干？他说得激动了，就骂开了刘全喜和张耙子，但他没有骂黑亮。

村长在破口大骂，兔子开始尿下了第二泡尿。接满了一小缸，訾米说：村长正躁着，我不愿再见他。端了小缸子就走，我刚送她出了硷畔入口处，狗从外地游游荡荡地回来了，一见了村长，竟然就汪汪地叫。村长踢了狗一下，狗是闪开了，又站在那里还是叫。我赶紧按住了狗，因为狗也知道村长和菊香的事，也知道我在村长家打电话的事。

村长不和老老爷再说话了，却在问狗：你还叫？你是骂我哩还是要给我说事哩？

我在心里说：多亏狗不能说人话。

硷畔下的漫坡路上，訾米脚步细碎，尿还是从小缸子里往外泼洒，手上就沾了尿。黑亮爹捐着锄头从地里回来，看见了訾米端着尿，在说：你给兔子羊，兔子给了你尿，这就扯平了啊！

★　　　　　　★

我觉得訾米也独单，让她没事了也过来一块儿跟麻子婶学剪纸，訾米不来，说高巴县圪梁村有一个麻子婶就够谋乱了，再多几个会剪纸的就人人成神经病了。这是我第一次知道这里是高巴县圪梁村，很奇怪的名字，一面心里惊喜着一面遗憾着，我知道得太晚，否则我给房东老伯的电话第一句就告诉了我在什么地方。我想再问訾米高巴县属于哪个省，而圪梁村又属于哪个镇，但我没有多问，却抱了一下訾米，在她的脸上亲了一口。訾米说：这咋啦这咋啦？我说：你说得对，不跟麻子婶剪纸了，你过来咱俩拉拉话儿。訾米说：我那儿也热闹得很哩。我以为村里的光棍们都去骚扰她了，还取笑了狼多不吃人，她才说那些买来的媳妇没事了都到她那儿去的。我问村里有几个媳妇是买来的，她扳了指头数：三朵的媳妇是买来的，马角的媳妇是买来的，安吉的媳妇是买来的，祥子的媳妇是买来的，还有三楞的儿媳妇，八斤的儿媳妇……我说这么多呀，我只知道祥子的媳妇是买来的，曾到我这儿借过椎枷。訾米说：日子过得好的就祥子家。三朵的媳妇跑过三次，三次都被抓回来，三年里生了两个孩子，才安生下来。马角把他媳妇一买回来就打断了一条腿，现在走路还拄着拐杖哩。

我去訾米家几次，第一次去果然那些被买来的媳妇都在，一块儿赌博。这里男人们赌博是玩麻将，妇女们却揭纸牌，是一拃长二指宽的硬纸片，上面画着各种图案，以图案的多少算点数。她们没有钱赌，就各人提一袋子土豆，谁输了给赢家掏一颗拳头大的土豆，再掏一颗小土豆放在一个笼子里。

这笼子里的土豆就是给訾米的抽成，訾米洗了刮皮给大伙蒸了吃。这些媳妇们嚷嚷着叫我也赌，我说孩子要吃奶哩，我看你们一会儿热闹就得走。

我帮訾米在厨房里蒸土豆，我说：她们都比你年纪大？

訾米说：比你大不了几岁。

我说：咋没一个长得好的。

訾米说：来了七年八年了，还能好看到哪里去？

我的心痛了一下，再没多问。

后来再去訾米家，我是抱了兔子的，原本在她那儿能多待些时间，但她的窑里只有两三个被买来的媳妇，却还有四五个我不认识，正围了一圈喝酒哩。她们拉我让喝，我说给孩子喂奶哩不敢喝，一个我不认识的女的就说：你就是胡蝶吧，你的事我们都知道了。我看着訾米，有些生气，訾米给这些人说过我什么了，我的那些事连我都想忘记，她给陌生人捣什么舌头？！我说：我不认识你。訾米说：噢噢，我介绍一下，这是王云，是从河南来的，那四个，严萍、翠翠、水秀、秦梅，都是甘肃来的。五个人全把手伸过来，我没有握，说：你们以前认识的？我的意思是訾米以前在城市当过妓女，她们也都是干过那行当了。就又说：訾米给你们也来寻家了？訾米说：你说到哪儿去了？！王云是来挖极花的，我从后沟的地里回来，王云在路上躺着，她是月经来了，痛经得厉害，我把她招呼到我这里的。她后来又把挖极花时遇到的她们四个也领了来。都是家在农村的可怜人，就在我这儿先吃住下。王云说：是呀是呀，在我们那儿都说这一带能挖极花赚钱，不想跑了来，极花没挖到几棵，差点把命也搭上了。经她们一说，我倒羞愧起来，说：噢，訾米是热心肠人。为了缓和尴尬，我把兔子让王云抱了，兔子就在她们手里传递开来，都说孩子可爱，用嘴去亲脸，指头逗着胳肢窝让笑。訾米说：不是我热心肠，是前世我欠她们的。

窑门外却有了声音：谁前世欠了我们的？

我一回头，窑门里已经进来了猴子、宽余和银来，每人手里分别拿着一个南瓜，一袋子土豆，一盆绿豆。后边还跟着六指指，那个多长了一个指头的左手包扎着，右手提着一副羊肠子。六指指说：胡蝶也在呀？我说：在哪儿弄的臭肠子，你还没来，苍蝇就来了！六指指就扇着肠子上的苍蝇，说：今日让訾米做羊腥汤麻食。我抱上兔子就走。猴子在说：翠翠，你嫌六指指多长了个指头，他可是为你把那个指头剁了啊！訾米撵出来，说：你真的走呀？我说：你这儿人多么。訾米说：他们要来就来吧。我说：你是让狼来吃肉呀你？訾米说：他谁敢？！但我还是走了，自后再也没有去过她家。

★   ★

黑亮爹，不，我开始认他是爹了，我就叫他爹：爹，吃饭！我把饭端出来叫他，他明显地愣在那里，当他明白我是在叫他，立即满脸通红，紧张地说：嗯，嗯。接碗的手在颤抖。

黑家的日子虽然在圪梁村算是好的，但也只是饭没有断顿，零花钱没有打住过手罢了。我不让黑亮再去买麦面白蒸馍了。每次蒸了土豆，黑亮拿起一颗就给我，黑亮爹就夺了去，他在锅里挑来拣去，拿出一颗特大特圆的给黑亮，说：这个漂亮。黑亮就把那个最漂亮的土豆给了我。这是我乐意接受的，我吃着最漂亮的土豆，问老老爷：漂亮的土豆真的好吃，是不是漂亮的猪肉也好吃，漂亮的花能结好果子？老老爷说：这当然，窑箍得周正了向阳通风也结实，人漂亮了就聪明知大理么。我知道老老爷在夸奖我。做了沫糊饭，那就是苞谷面和成的稀糊糊煮成的稀饭，里边有黄豆，黑亮爹给我盛饭时，总是勺在锅里闪几下，勺里就多有了黄豆，而黑亮故意做出嫉妒的样子，说：你好像是亲生的女儿，我倒成了招上门的女婿。他吃到最后，碗放在我面前，说：我吃好了，我喂毛驴去。他的碗底留下很多黄豆。我知道他这是给我留的。

跟着麻子婶学剪纸，我把剪出的花花在黑亮爹的窑门窑窗上贴了，在瞎子的窑门窑窗上也贴了，而且那炕墙上，瓮上，箱子上，柜子上都贴的是。黑亮爹从此从外边回来，总是要带些纸片，这些纸片要么是去了谁家要的，要么是路上捡的，他一张张用手熨平垫在帽壳儿里，回来给黑亮说：这能不能剪花花？黑亮说：你头油那么重的，以后不要放在帽壳儿里。

黑亮不会抱孩子，笨手笨脚的，不是拿他的胡子去扎孩子，就是把孩子高高抛在空里，然后双手去接。黑亮爹就说：你小心点儿，抱住腰。黑亮说：他这么小，哪儿有腰？把席铺在硷畔上，让兔子往起站，兔子还不会站，已经能爬了，却是往后倒着爬。我在窑门口拣苜蓿，大清早瞎子去山坡里捡回了一篮子地软，真服了他怎么在草丛里就发现了它，又一片一片捡拾了，我把地软里的沙土和草叶挑出去，偏不理黑亮在那儿逗兔子。他给兔子快活了，兔子更给了他快活。但是，当他把窑里的枕头拿出来，把勺子拿出来，把算盘、笔、剪刀，还有一张红颜色的百元人民币都拿出来，放在了席上让兔子抓，我还是低头挑着地软里的沙土和草叶。黑亮说：你快看，你快看！我抬头看了，黑亮竟把我那高跟鞋也拿出来放在了席上，兔子就抱了鞋往嘴里吃。我说：他只知道个吃。把地软篮子提出了窑，心里却像针扎了一下。

村里人都知道了我是麻子婶的童子也剪纸花花，都知道了我生了孩子后人越来越随和客气，但他们不知道我还知道了什么。我知道了小时候在河里游泳时是胳膊腿扒拉着水前行的，现在没有水了，走路胳膊腿在扒拉着空气，空气也就是水。我知道了月亮和星星是属于夜的，梦是属于夜的，有些动物和植物也是属于夜的，我睡在哪儿瞌睡了都在夜里。知道了乌鸦乐意着乌鸦，它们在白皮松上有说不完的话，而何首乌的枝条和何首乌的枝条交接了也开花生香。知道了修房子，房子的人把砖瓦抛上去让房上的人接，接的人越是抗拒，砖瓦越会打伤手，只有迎合着，就能顺势转化冲力，接起来轻而易举。知道了你用石头凿狮子用纸剪老虎，凿成了剪成了你也会恐惧它。知道了心理有多健康身体就有多健康，心境能改变环境也能改变容颜。

那一夜里有了雨。

黎明时分，疯狂的雨落在硷畔上，尤其在磨盘和井台上，听了一个响声就折身离去。狗在窑门口窝成了一团。乌鸦回到了巢里。而何首乌藤蔓下的那几块小石头还在，它自己生不来根系长不来翅膀，浑身沾了泥水，怨谁呢？一只狐狸出现在老老爷的葫芦架下，似哭似笑，似笑而哭，很快从硷畔上跳下去就不见了。

兔子开始在炕上哭，我去哄他，原来是尿布湿了，给他换上了干尿布。喔唧一声，是猪又跳出了猪圈，噘着黄瓜嘴在硷畔入口那儿拱土，猪是肚子饥了。我穿好了布鞋，再在布鞋上套着了一双黑亮的草鞋走出去，这一天就又忙忙碌碌了。

★　　　　★

如今，我学会了侍弄鸡。黑家原来是一只公鸡三只母鸡，黑亮爹为了留住我，留住我就先要留住胃，他杀掉一只母鸡给我吃了。另外两只母鸡和一只公鸡见了我就啄，正面啄不着，常常一转身，便啄我的脚后跟。当又杀了一只母鸡，剩下的那只母鸡和公鸡见我就跑，跑不及了张开翅膀飞，它们是能飞到葫芦架上，鸡毛都散落一地。我知道我是鸡的罪人，对鸡说：不是我杀的，不是我要杀你们。坚决不让黑亮爹再杀了，还新养了六只母鸡两只公鸡，黑家就有了十只鸡。鸡和狗不和，狗老撵鸡，鸡还是在硷畔上随吃随屙，到处是鸡屎，但它们热闹着，我也不寂寞，我和鸡们相处得很好。三只公鸡的冠越来越大，肉呼呼的全垂下来，而且颜色红得像染血了。老老爷说过，人头上都有黄光，黄光大身体好也长寿，如果黄光小了，不是在生病就是快死呀。可老老爷还说半语子头上的光是红的，红光的人火气大，半语子就是火气大。公鸡的冠应该也是红光变的吧，三只公鸡的火气也大，动不动围着狗啄，啄得狗不敢再撵母鸡，然后它们要扯嗓子叫，叫声从杂货店那里都能听到。七只母鸡安静得多，个个都是在头顶上隆起一堆绒毛，像是插着什么花似的。每天早晨吃饭，我的舌头能发出咕咕的声响，母鸡们就跑拢了来，盯着我的筷子，我把碗的饭夹一疙瘩扔在地上，它们就哪哪哪地啄，我会就势抓住一个，指头塞在屁股里，我也能知道里边有没有个软蛋，是马上就下呀还是午饭后才能下。对着狗说：顿顿给你喂那么多，鸡吃的啥，吃虫子吃菜叶吃草也吃沙子，鸡下蛋哩你不下！黑亮在旁边说：鸡不下蛋鸡憋得难受么。我去收拾鸡窝，在那个筐子里铺上了干草，再铺上苞谷胡子，让它下蛋时有个舒适的地方。等着蛋下来了，把热乎乎的蛋放在眼睛上，眼睛在这一天里都是明亮的。我也会再把鸡蛋拿起来对着太阳照，瞧见里边隐隐地有一小块阴影子，知道那是被公鸡踏过所生的蛋，这样的蛋就放在另一个罐子里，将来可以孵出小鸡的。当然，那一只遍身都是黑羽毛的母鸡，我已经试过了它当天没有蛋，它总是早饭后就卧在鸡窝里，到了正晌午还在卧着，我就把它赶出去，说：你给我遭什么怪呀！它占了窝，别的母鸡就把蛋下到别的地方了，我就得抱着兔子去硷畔下的草丛里或厕所后的柴火堆里去寻找。

如今我学会了做搅团。搅团做好了就是搅团，做得不好就成了糨糊。搅团是用苞谷面来做，尤其是秋后的新苞谷磨出的面，做出来清香，又筋道又软滑。但搅团是一年四季都吃的，不可能总是新收的苞谷磨出的面，用旧苞谷磨出的面也可以，必须是旧苞谷磨出七天之内的面，如果过了七天，做出的搅团就不好吃了。做搅团首先是会和面，舀一瓢苞谷面在冷水里先搅成糊状，不能稠，也不能稀，筷子一蘸要吊出线来。当锅里添够水，水在第一滚将面糊糊倒进去，倒进去后就立即用擀面杖搅，不断地搅，一边搅一边再直接抓面粉往锅里撒，撒匀，不能有面粉疙瘩，一旦有了面粉疙瘩，那做成的搅团就不好看也不好吃。搅要一个方向搅，不能左搅一下右搅一下，乱搅做的搅团没筋道。搅是气力活，要搅八百下或一千三百下，锅里的面糊糊先是翻滚，再是起泡，最后是彼此的气泡噗噗响，泡破着溅开。这时的火不能用硬柴，最好是禾秆或荞麦草。一直搅到你把擀面杖插在锅里。它能立起来一秒钟，灶火退去，盖上锅盖，捂那么一个时辰。捂的期间，就在另一个锅里用油炒好葱花，蒜苗，辣面，盛出来，再烧开半锅水，放上盐、醋、酱、花椒、胡椒、大茴小茴，水滚开了，再放进蒜片和姜末，再放进炒好的葱花蒜苗辣面，汤就做好了。搅团如果没有好汤，那就是糨糊。吃搅团时在碗里盛小半碗搅团，浇上汤，这叫水围城，筷子沿碗边来动，刨着吃一口，喝一口汤，不能慢也不能快，慢了吃不进嘴里就从嘴边掉下来，快了便烫嘴，尤其在喉咙烫喉咙，咽下去了烧心。搅团香是香，不耐饥，这里人称它是"哄上坡"，说是吃得再饱，从坡下走到坡上肚子就饥了。所以农忙时不吃搅团，吃搅团是下雨天没事，嘴又馋，才做搅团。

如今我学会了做荞面饸饹。荞面筋性差，难以擀成面条，只能做饸饹吃。做饸饹叫压饸饹，得有饸饹床子。这村里人家的家具都不完备，平日需要时你借我家的，我借你家的，但饸饹床子家家都有。饸饹床子其实很简单，用榆木做成一个铡草的铡子一样的形状，只是没有铡刀，在上的那根木杠要长，安着一个木槌，在下的另一根木杠中刻一个圆坑，坑里透着几十个眼儿，荞面和成面团后，就烧锅水，等水滚开，把饸饹床子架在锅上，然后抓一块儿荞面面团握成坨形，放在那个圆坑里，抬起上面那木杠，木杠上的木槌正好顶住有面团的圆坑，使劲儿往下压，面团就从圆坑的窟窿眼儿吊出饸饹来，煮在锅里。压上边的长杠那得使劲儿，整个身子都要伏在上边，有时就跃身坐上去。饸饹可以凉调了吃，那必须配以辣子蒜泥醋和芥末，芥末最重要。也可以再炒了吃。也可以浇汤吃。家里有亲戚来了，一般都吃凉调饸饹，能当菜吃，更是主食。村里谁家过红白事，客多，那就吃汤饸饹，汤饸饹一碗就盛那么一筷子饸饹，只捞着饸饹吃，不喝汤，把汤再倒回锅里，重新盛饸饹，浇汤，一直吃十几碗二三十碗了，最后才把碗里的汤喝掉。村里人把这种饸饹叫"涎水饸饹"。我觉得不卫生，村里过事时我是不去吃的。而我在家做饸饹了，给黑亮和他爹他叔都用大碗，饸饹和汤一块儿吃喝，每人两大碗就吃喝饱了。

如今我学会了做土豆。土豆可以蒸，可以煮，可以切成片和块了炒或炖，可以切成丝热炒和凉调。切丝时讲究切得又薄又细。开头我切时，黑亮说我切的是板凳腿，后来我能切细了，又为了快，刀就伤了我几次指头。现在我一边和人说话一边切，甚至晚上不点灯摸黑切，切出来真的是一窝丝。如果热炒，切出的土豆片和土豆丝不过水，如果要凉调，切出来的土豆片和土豆丝就一定要过水，否则就粘成一疙瘩，既不好看也吃着不爽口。炒土豆片可以放酱油，凉调土豆丝却只放醋，还要白醋。过水的土豆片和土豆丝，水里就有淀粉，沉淀了，再摊成饼，炒这种饼，那就是粘粘，老人和孩子最爱吃。粘粘和肉片辣椒丝再一起炒，那是饭桌上的一道硬菜。把土豆片用绳子穿起来，一条一条挂在墙上晾干，干土豆片和豆角南瓜一块儿焖炖，又是另一种味道。还有几种吃法：用土豆丝包荞面窝头，用土豆丝煎苞谷面饼，用土豆丝拌面粉炸丸子，用土豆丝包饺子。还有一种叫擦擦，就是把土豆丝用荞面，或豆面拌搅了上笼去蒸，蒸熟了浇上辣子蒜泥水吃。还有一种吃法叫糍粑。糍粑是把蒸熟的土豆放在石臼里用木槌捶打，打成糊状，还打，糊状成了胶状，拿出来浇上油泼的辣子，蒜泥水，醋和酱，滴两点芝麻油更香。糍粑在捶打时十分费劲儿，而且十斤土豆只砸出五斤糍粑，只有重要的客人来了才做这样的饭。最方便的就是蒸土豆和稀饭里煮土豆，不要切，就那么囫囵着。这种吃法几乎村里的人家一天至少有一顿，吃时嘴张得很大，眼睛也睁圆。但村子里有好多人眼睛都不大，使我想不通。

如今我学会了骑毛驴，毛驴背上不垫任何东西，骑上去也不牵缰绳，从硷畔上走下去村里的漫坡，经过那些错综复杂的巷道，甚至塄塄坎坎，我让毛驴往左它就往左，我让毛驴朝右它就朝右。如果双腿一夹，它跑得噔噔噔，我在毛驴背上还抱着兔子。如今我学会了采茵陈，它嫩的时候和臭蒿分不清，只能看叶背，叶背发白，掐下了有一种呛呛的气味。茵陈当然是一味药材，能清肝明目，去毒败火，但茵陈在长到三片四片叶时采回煮熟那是一道好菜。而它一老就不能吃了，只能割来晒干当柴火。如今我学会了认地椒草。这种草的籽在煮肉时放进去，能除腥味。学会了编草鞋，虽然人人都穿布鞋胶鞋了，下雨天村里人还是要穿草鞋。学会了缝制腰带，村里男人年岁上了五十后都喜欢系腰带，黑亮多是大热天光了膀子也系腰带，他说不系腰带，身子好像直不起，是两截。学会了用糜子做糕做酒。学会了用蒿子做笤帚，用黄麦菅根做洗锅的刷子。

如今我学会的东西很多很多了，圪梁村的村人会的东西我都会，没有啥事让他们再能骗我，哄我。黑亮说：你最最重要的是学会了做圪梁村的媳妇了。这话我又不爱听，每每在清晨我拿了笤帚扫硷畔，听到金锁又在东坡梁上哭坟，我就停下来，回窑换上了高跟鞋，然后再扫。

★　　　　　★

黑亮的肚子已经大得站直了眼睛看不见脚尖，裤子也提不上，裆吊着，显得腰长腿短。他一天三顿一口都不少吃，晚上还要再吃些什么，吃完了就鼓腹而歌。我让他减减肥，但老老爷却在说男人要腰粗的，四十岁左右肚子还没起来，那一生就不会发达了。

黑亮要发达，他不满足经营那个杂货店，与村长闹过别扭后，同张耙子、三朵商量了，还是同意和村长一块儿搞血葱生产基地，条件是村长可以当头，但起步钱四人平摊，日后赚了钱也四人平分。新的血葱生产基地经过反复选址，最后是定在村子坡梁后的野猫沟。但野猫沟的地也是一片一片分给了各家各户，要集中出四十亩地种血葱，就得把他们三家别的地拿出来和那十多家的地置换。那十多家听说是村长、张耙子、三朵和黑亮要种血葱，也想入过来，他们不愿意，人家就不置换，或者置换，要以野猫沟的一亩地置换别的地方的二亩地。矛盾一起来，这就靠村长去硬吃硬压，村长也趁机给黑亮和张耙子、三朵提出：将来血葱赚钱了，他分四成，其余人分六成。黑亮和张耙子、三朵咬咬牙，说行，就让村长去解决，而黑亮也给村长说地动时他家的窑裂了缝，想在现在的窑的左边二三百米处再箍几孔窑，要求村长批个条子，他到镇政府申请去。

吃饭的时候，黑亮把这事在饭桌上说了，黑亮爹说：才合作呀，就心怀鬼胎，那以后赚开钱了，村长他就吃独份了。黑亮说：只要真的赚钱了，说不定我们就先把他踢腾出去了，要不，我咋让他批庄基条子哩。黑亮爹说：你有钱箍新窑？黑亮说：先把条子拿到手么，卖血葱了就有钱的。黑亮看了黑亮一眼，低头把碗里饭吃完，起身又去厨房里盛饭，半天再没出来。黑亮就给我说：男人么，好男人一生最起码要干三件事，一是娶媳妇生孩子，二是给老人送终，三就是箍几孔窑。箍窑这念头是在你来了后就产生的，尤其有了兔子，愿望更强烈了。人常说别人的媳妇自家的孩子，咋看咋好，而我是看着兔子好看着你胡蝶好，我就要给你们娘儿俩住上全村最好的窑！他越说越兴奋，饭也不吃了，要拉我去他选中的新窑址。黑亮爹从窑里又出来了，说：你好好吃饭！别狂，人狂没好事，狗狂挨砖头。黑亮说：爹，这咋算狂？黑亮爹说：你是不是以为有了媳妇有了孩子，这世上啥事都能干啦？！黑亮说：胡蝶和兔子就是给了我自信么，我想……他突然不说了，问瞎子：是不是有了摩托车？瞎子说：摩托车开到二道巷口了。果然突突的响声就大起来，黑亮刚站到井台边，一辆三轮摩托车驶到了硷畔入口处。

这是不是村长家？三轮摩托车很脏，跳下来的人浑身都是土。

不是，黑亮说，你找村长？

狗日的，我顺着拖拉机印开上来的，我以为村长才有拖拉机的。那人说：你是谁？

我是黑亮。黑亮说，哦哦，我认得你了，你换了便衣差点没认出来，咱们见过一面，我认得你，你认不得我了。

你给我把村长叫来！

黑亮就往硷畔下走，那人又说了一句：速度！黑亮小跑去了。

这人挺横的，我就端碗进了我的窑。黑亮爹已经盛了饭让人家吃，人家不吃，让坐下了发上纸烟，又递上一杯茶水。茶水没喝完，村长跑来了。那人劈头就问：屹梁村有啥事？村长说：没事呀。那人说：没事？有没有个叫刘孝隆的？村长说：刘孝隆？没这个人。老老爷在葫芦架下咳嗽了一下，说：刘孝隆就是金锁么。村长说：哦哦，金锁的大名是叫刘孝隆，村里人都叫他小名不叫他大名么，是金锁，有这个人。那人说：他最近走村串乡地收烂铜烂铁？村长说：你咋知道的？那人说：镇上发现有人把电话线偷割了五百米，我得去他家看看。村长说：这金锁，在家里老是哭媳妇，才劝说着让他出去寻些活干，他就犯这错误？！就陪着那人去金锁家。那人说：是犯罪！把三轮摩托仍留在硷畔上，给黑亮说：鬼地方蹚土这么大，给我擦擦！

村长和那人一走，黑亮就坐上了三轮摩托车上，扳扳这儿，摸摸那儿，又喊着让我抱兔子也去摩托车上坐坐。我出去，他已经用干布在擦摩托车。

我问：这是谁？

黑亮说：派出所所长。

我说：这儿还有派出所？

黑亮说：共产党的天下哪儿能没派出所？！

我说：哦。

黑亮警觉了，却说：三朵的媳妇是从甘肃来的，她来了后又把她老家的两个女子也弄来了村里，一个跟了园笼，一个跟了刘白毛，刘白毛办酒席时所长来吃过酒。

我明白黑亮话的意思，我没再说什么。

村长陪所长去了金锁家，并没有搜查出什么电话线，但发现两辆自行车，怀疑是偷的，问金锁，金锁说是收来的废车子，拿回来修一修他自己要骑一辆，另一辆准备埋到他媳妇的坟上去。他媳妇生前老想要辆自行车，一直没钱买，他一想起来就心酸想哭。既然丢失的电话线不是金锁偷割的，所长也就未再追究偷自行车的事，警告一通金锁：收烂铜烂铁就老老实实收烂铜烂铁，如果发现有偷盗国家财物的，那挨不了枪子也得去坐大牢。然后，他们就来取三轮摩托车了。村长让黑亮爹多给所长做饭，所长说我不吃饭，村长说：不吃饭总该喝口汤吧。就对黑亮爹说：打几颗荷包蛋来。又喊叫我：胡蝶胡蝶，你来认识一下所长么！我给所长说：所长好！所长说：你也是村里的？村长说：是黑亮的媳妇。所长说：村里还有这么漂亮的人？！你叫什么名字，胡蝶？咋就叫胡蝶？兔子在炕上却突然尖锥锥地哭，黑亮就在窑里喊：孩子屙下了，屙下了！我知道这是黑亮在作怪，他不让我接触所长。我反身回到窑里，兔子并没有屙，屁股上被拧了个红印，我说：你这阵儿就不自信啦？你拧还真拧啊？！

所长是吃了一碗四颗荷包蛋后离开的。何首乌的藤条上有蝉，从晌午就嘶啦嘶啦地叫，所长吃荷包蛋时村长嫌叫得聒耳，拿棍子戳了一下，藤条上的蝉壳留着，蝉脱身而飞了。我一直待在窑里没有出去。

★　　　★

也就是过了一个月吧，那天晌午，天是白的，云却是蓝的，像是青花瓷，我抱了兔子去杂货店。黑亮不在，来了三个顾客买盐买鞋买洗衣粉，送走了顾客，闲得没事，给兔子指着远处的苦楝子树，说：就是那棵树，你还能记得苦楝子籽泡出的水苦么？你不要怨你娘呀。你给娘说，你是哪儿来的，你咋就要跟着我？兔子当然不会说话，似乎也听不懂我给他说的话，就在柜台上尿下了一摊。这时候，我看见麻子婶穿了件长衫子，飘飘忽忽地走到村外的大路上了，却在那里转圈圈，转着转着，又往村里走。我就喊：麻子婶麻子婶！她就走过来。说：你咋还叫我麻子婶？我是剪花娘子！我说：剪花娘子！你这是去哪儿啊？麻子婶说风往哪儿我往哪儿，刚才风往东刮，我寻思顺风见我师傅去，这风向又变了么，我还是回去。但她却进了店，一屁股坐下来，问：你一个人在？我说：黑亮和他爹他叔去地里担粪了。她说：黑家现在心落下了，让你一个人出来。我说：还有兔子和狗哩。兔子在柜台后的床上坐着，拿着枕巾往嘴里吃，狗趴在床沿上，举了前爪拽枕巾。我的话兔子不理会，狗却不拽枕巾了，抬起头看麻子婶，尾巴摇着，神情有些委屈。麻子婶便从柜台上拿了几张白纸，三折两折的，叠小了，塞到怀里说：趁黑亮不在，我得拿些纸了。我干脆取了一沓纸都给了她。她有些不好意思了，说：那我教你个连环套吧，你说剪个啥？我说：你想剪啥就剪啥。她没有用我给她的纸，从怀里取出剪刀，在地上捡了个空纸盒，撕开了，就剪起来。她的手腕能三百六十度地转，剪刀就一直没停断，嘴里念念有词：舌头短，说不清，睡觉放屁咚咚咚，活在世上有啥用，给我牵马来坠镫。她剪出个头像来，我说：你恨我半语子叔么！她说：胡蝶，你说说，我是不是离开他了，他就活不成了？我笑着说：怕是你离开他了，你活不成了！

突然，村里有了骂声。一声骂：日你娘！一声骂：我日你娘！一声又骂：我娘死了，我日你！骂得难听，麻子婶说：是水来和訾米骂哩。我说：訾米也会骂人了？出店来，果然是訾米就在二道巷口那儿和梁水来对骂，訾米骂不过梁水来了，就破嗓子喊：村长，村长，你甭在窑里装聋子，你要不管，我发动人把流氓的×割了！梁水来在说：你割呀，割呀，看我割不了你的头？！似乎要打开架了。梁水来人高马大，真要打开架来，訾米哪里能打得过又挨得起？我就让麻子婶在店里看着兔子，自己跑进村去看动静了。

在村长家的那个巷里，站了一堆人，村长从他家窑里就出来了，在问什么事？訾米便在说他的那几个姊妹住在她那儿，她们几次都说上厕所时有人在厕所墙头上偷看，她起先并没有在意，而今早上她们收拾着再去挖极花呀，王云去了厕所，正蹲坑哩，坑槽下突然伸进来一个柴棍儿捅屁股，王云叫喊着跑出来，厕所外一个人就跑了。她就撵，撵到这巷里，撵上了是水来。就又骂道：水来你看啥哩捅啥哩，你不怕稀屎拉你一脸！水来说：谁看了，谁捅了，是贴金了还是长了花？你有啥证据就是我？！訾米说：我一路撵过来的不是你？水来说：村里这么多人，谁知道你撵的是谁？訾米说：我在厕所外撒了灰，今早的灰上是胶鞋印，你是不是穿的胶鞋？水来的脚上的确穿的是胶鞋。水来说：村里就我一个穿胶鞋吗？訾米说：胶鞋有大有小，咱去对脚印呀！你把鞋脱下来，鞋缝里看有没有白灰末！水来说：你是政府呀，派出所呀，你有啥权力让我给你脱鞋对脚印？你把裤子脱了让我上我就上了？没空！两人吵得不可开交。看热闹的就来了更多，又都往跟前挤，把我挤出了人群。半语子就袖着手也来看热闹了，有人就说：半语子叔也穿的胶鞋呀！半语子说：啥，啥事？我这胶，胶，鞋是买的，不是借，借，借的！围观者哄然大笑。

有村长在，打架是打不起来了，我就转身要走，但我刚走了几步，抬头偏看见村长家的窑门又是大开着，而且能看到窑里桌子上的那部电话，心里就咚地跳了一下。能不能趁乱进去再打个电话呢？如果能打了，这次一定要告知我是被拐卖了，被拐卖到了一个叫高巴县圪梁的村子。我紧忙在心里又把老伯的电话号码默念了一遍，寻找着我溜进去的机会。但村长在大声说：水来，你老实给我一句话，是不是你？水来说：不是我。村长说：不是你就回去，男不跟女斗，你和訾米还吵啥哩？！水来就往巷里走，人群也乱起来，有人就跟着水来走，訾米却又撵过来，说：这就让他走了？你不能走！訾米一撵，她身后的人也撵过来，村长家的窑前就站了人，我就无法再进去了。村长拉住了訾米，说：不就是偷看了一下么。訾米说：他拿柴棍子捅哩！村长说：就算捅吧，他水来长这么大，他没见过。我不让他走，你们在这儿打出人命啊？！訾米说：梁水来，我告诉你，你眼睛须瞎个窟窿不可，你那手须瘫成个鸡爪子不可，你没见过，你一辈子都不会再见！水来已经走开了，却又要扑过来骂訾米，人群就乱了。我不可能打电话了，就去拉訾米，建议她要评理应该找老老爷去，但麻子婶却也来看热闹，我忙过去问：兔子哩？她说：在店里哩，他哭得我哄不下。我撒脚就往杂货店跑。

★　　　　★

那天一吵闹，訾米她们原定的早晨去挖极花就没有去成，到了下午才出发。这一次她们要去熊耳岭的阴坡，因为那里常年还有雪，去的人不多，可能会挖到更多的极花。她们准备在那儿多待几天，便带了帐篷和被褥，也带了铝锅和一袋子荞面和两筐土豆。同去的还有村里的四个妇女，其中就有三朵的媳妇。三朵因办血葱生产基地的事心里烦，在家里闹酒疯，媳妇就数说了他几句，他骂媳妇不如个猪，养个猪还能卖钱哩，你只知道个吃。媳妇就找訾米也去挖极花，她说：我要挣下钱了，我把钱甩到他脸上！但三朵的媳妇腿有些跛，牵了她家的小母驴，说路上可以坐，也能驮带着的东西。訾米很喜欢那头小母驴，摸着小母驴的脸说我能把圆脸变长就好了，把自家的一串小铜铃拴在了它的脖子上。

五天后，她们是回来了，衣衫不整，蓬头垢面，总共挖到了二十棵极花，却把小母驴丢失了。

事情非常离奇，几乎成了圪梁村的一桩笑话。我后来问过訾米到底是咋回事，訾米说她们到了熊耳岭的阴坡，那里果然是岭上还有雪，坡上的气候恶劣，刚才还太阳红红的说变就变了，不是刮风就是下雨，还有冰雹，核桃那么大的。她们搭了帐篷，出去挖极花了就把小母驴拴在帐篷前的石头上。第一天没事，第二天没事，到了第三天，太阳落山时回帐篷，远远却见从岭上下来了五头野驴。以前听说过熊耳岭上有野驴，从来没见过，这天看见了，她们还在说：看呀快看，那就是野驴吧！野驴比三朵家的小母驴能高一头，屁股滚圆，油光发亮，三朵的媳妇就挨着拧大家的屁股，大家的屁股都不瓷实了，稀松巴软的。那五头野驴在长声短声地叫着，围住了小母驴，后来就咬断了小母驴的缰绳，把小母驴往岭上赶。野驴赶小母驴是一头野驴在后边连踢带顶小母驴，小母驴就跑起来，而另外四个野驴两边各两头护着，小母驴就只有往岭上去。她们先以为野驴在和小母驴玩耍哩，王云说：那五个野驴一定是公的。但小母驴已经被赶着到了半岭上，她们才觉得不对了，叫道：这是抢咱的毛驴了？！一起叫喊着撵过来，已经撵不上了，眼看着野驴和小母驴到了岭上，岭上的云雾白茫茫一片，什么也看不到了。她们在这一夜里都是寻小母驴，又天明了寻了一天，到底没有寻到。

三朵和黑亮他们整天忙乱着种血葱的事。没想家里丢失了小母驴，压住媳妇打了一顿。媳妇哭得泪汪汪，不敢还手也不敢还口，一条腿原本跛着，三朵又拿棍在她腿上擂了几下，腿就更跛得走不动了。村里有和三朵矛盾的人，嘲笑着说熊耳岭上有个野驴寨，三朵家的小母驴去做压寨夫人了。和三朵关系好的倒劝三朵：媳妇在就好，没个小母驴算啥呀！但三朵觉得要办血葱公司呀，出了这个事兆头不祥，就去问老老爷：那小母驴会不会又能回来？同去的还有几个人，就说：你买了你媳妇，她跑过几次成功了？！

六

彩花绳

　　那个黎明，突然响了一阵雷，不是炸雷，像空推着磨子的轰隆声，从窑崖顶上碾过。

那个黎明，突然响了一阵雷，不是炸雷，像空推着磨子的轰隆声，从窑崖顶上碾过。黑亮和兔子都没有醒，我一下子就坐起来了。开窑门出来，老老爷已经在葫芦架那里了。葫芦的藤蔓早已枯干了，死了尸体还在撑着，在风里，叶子嘶啦嘶啦地响。我说：天晴着呀，咋就打雷了？老老爷说：今日是二月二，我就看你家谁能起得早，果然就是你！我说：二月二呀！起得早是啥说法？老老爷说：二月二龙抬头么，大地解冻，万物复苏，有灵性的都醒来早。我很得意，黑家大小人还睡着，该是些猪了，就笑了一下，说：醒来早的得扫硷畔么。拿笤帚扫起来。

我真没想到又是二月二。二月二任何虫虫蛾蛾的都从地里出来了，出来就可能伤害人，所以喝雄黄酒，要戴香荷包。这在我的老家是风俗，在城市里也是风俗，天底下的风俗都是一样的吧，圪梁村却还多了一样：炒五豆。黑亮爹起来后就烧火在锅里炒黄豆、黑豆、绿豆、红豆、白豆，炒了就用盆子端出来，给黑亮装了一兜，给瞎子又装了一口兜，也给我和老老爷装了一口兜。黑亮和瞎子把炒豆在嘴里嚼得嘎嘣嘣响，老老爷说他咬不动，把他的又都给我，但我没吃。

炒这五种颜色的豆是啥意思？我问。

五种颜色的豆吗，黑亮说，五豆代表蛇、蝎、蟾蜍、蜘蛛、蜈蚣，五豆就是五毒，炒得吃了，百无禁忌呀！

那吃了五毒不是都在人身子里了吗？

村里世世代代都在今天炒五豆呀。

要么村里人才都有毒哩。你看看么，有抢的有偷的，有睁着眼睛坑骗的，使着阴招挑拨的，贪婪，忌妒，戳是非，耍滑头，用得上了抱在怀里，用不上了掀到崖里，黏上你就把你的皮要揭下来，要吃你了连你的骨头都不剩！

我竟能一下子说了一堆，说完都觉得我有些失控了，黑亮一时反应不过来，睁着眼睛看我，说不出话来。黑亮爹从窑里出来，说：你出去抱些柴火吧。黑亮去厕所后边的豆秆垛上抱了一捆豆秆，放到厨房灶前了，出来对我说：我刚才应该这样说就能戗住你。我看着他，他说：你才有毒哩！瞧他那个憨傻样，我想笑但我没笑，把兔子塞在他的怀里，我去刮土豆皮了。

气氛缓和了下来，吃罢饭黑亮就去了杂货店，而整个上午碥畔上都有人来，有的人家几乎是男男女女全来了，我从来还没见过来这么多人。但来人都去了老老爷的窑里，然后出来就笑笑地走了。我以前在出租屋大院，看见过老伯请来个老和尚，巷子里就有人去朝拜，老和尚便在来人的头上摸一下。老伯说，那是西藏的活佛，摸一下你的头你就吉祥了。我不明白村里人进了老老爷窑里是不是也在摸头，而那个刘白毛拉着他的孩子走到葫芦架下了，对孩子说：去了要磕个头啊。我问刘白毛：老老爷给大家弄啥哩？刘白毛说：你没看他们手腕上都拴了彩花绳？我这才发现出来的人果然手腕上都拴了个彩花绳。碥畔上又来了拴牢和三朵的媳妇，三朵的媳妇架着双拐，我说你咋也来了？她说我今年做啥啥不成，才要来么。和她说了一阵话，我知道了这又是圪梁村的老讲究，每年二月二了，老老爷都会把备好的彩花绳儿拴给村里人，意思要把大家的命都拴上，一年里就人畜兴旺，鸡犬安宁。我说：这灵验吗？她说：万一灵验了呢？三朵的媳妇进去拴了彩花绳儿后，老老爷在高声喊我，我抱着兔子就去了，炕上一个彩花绳疙瘩，老老爷抽出绳头儿在兔子的手腕上拴了一圈，再把绳头用剪子剪断，给我的手腕上也拴了一圈，再用剪子剪断。说：让我歇歇。坐在椅子上喘气。我说：老老爷，你哪儿来的这么多彩花绳儿？老老爷说：我编的。我说：你编的，没见过你编呀？老老爷说：每天在夜里编一点，编了一年了。外边还有多少人？我说：没人了。老老爷说：还剩这么多的，没人啦？

我喜欢这彩花绳儿，回到我窑里把彩花绳从手腕上解下来欣赏，那是七根各种颜色的线编成的，这可以是漂亮的头绳么，就对着镜子扎头发。黑亮爹在窑外说：这筛子呢，咋没见筛子了？我知道这是他要我把窑里放着的筛子拿出去的。黑亮爹从不到我的窑里来，每次要取窑里的东西就这么说。我放下镜子，把筛子提出去，反身上炕，又把彩花绳从头发上摘下来，因为做姑娘的才扎鲜艳的头绳，我是孩子的娘了，扎上就太显眼。但我在拴上手腕时我不拴了，村里人都在手腕上拴，我把彩花绳拴在了脚脖子上，要和他们不一样。

到了吃午饭，黑亮迟迟不回来，黑亮爹说：人咋还不回来？我说我叫他去，出门时，伸出腿左看右看，彩花绳儿拴在脚脖子上就是好看。

杂货店里黑亮和猴子、有成、光头在说话，我一去，就都不说了，表情生硬。我看着猴子、有成和光头，猴子说：嫂子见我就瞪我。黑亮说：她眼睛大，显得像是瞪人哩。他们慌慌张张起来就走。我问黑亮：啥事这么神色紧张？黑亮说：说血葱的事哩。我说：生产血葱是你和耙子、三朵一块儿搞的，和他们有啥干系，你哄我！黑亮说：他们让我帮忙哩。我问：帮啥忙？黑亮嘴里胡吱哇着，不往明里说。我就生气了，说：是不是偷了盗了什么东西要你去销赃啊？！黑亮这才说猴子他们是让他和我这几天能把訾米请到家里来，他们去抢王云、翠翠、水秀呀，抢回来了就关在窑里，关在窑里一年两年不让露面，就成媳妇了。我骂道：黑亮，你干这事呀！拐卖了我，拐卖了那么多媳妇，还要光天白日地去抢呀？！黑亮赶紧关了杂货店门，说：你叫喊那么大声让人听见呀？你听我说么。我说：你把舌头放顺着说！黑亮说：

抢了是做媳妇哩又不是要杀呀剐呀，再说，你和她们都熟了，以后都在村里，你也有个伴儿么。我说：不杀不剐？她们不同意，要反抗，你们就杀呀剐呀么？！你同意啦？黑亮说：我不参与。我说：你引开訾米你没参与？！黑亮说：我不引开訾米了，咱不管了，可他们都帮过我，你说这事咋办？我呼哧呼哧出气，半天心静不下来。黑亮说：你说咋办么？我说：你明日进货去，去了就三天四天不要回来。黑亮说：听你的。

第二天一早，黑亮真的就开了手扶拖拉机去了镇上。他一走，我抱了兔子去訾米家，为了不让黑亮多怀疑，我让狗厮跟上。去了訾米家，王云她们在晾挖来的极花，也就是那几十棵极花，小心翼翼地侍弄着。见了我，都跑过来抱兔子，逗得兔子咯咯咯地笑了个不停。訾米说：这么久你也不来，是怕我们连累你呀，不就是丢了一头小母驴么，我们赔他三朵的，那次挖回来的极花都给他。我说：那又不是你们把小母驴抢了，赔什么赔。就拉她跑到了另一个窑里，把窑门也关了。訾米说：特务呀？我说：我要给你说个事，你别生气。就把猴子、有成、光头他们要抢人的事说了，没想訾米却嘎嘎嘎笑起来。我说：你咋还笑哩？她说：他狗日的敢？！我说：这些人啥事不敢？我不就是被拐了来关禁在窑里多半年不让出来吗？訾米说：前几天村长来让我把王云说给金锁的，王云不愿意，金锁起码人还长得体面点，那猴子、光头、有成一个个歪瓜裂枣的谁看得上？狗日的还来抢呀！王云她们在外面喊：訾姐，訾姐，干啥哩那么神秘？我说：这事先不给她们说，要么吓死了。訾米说：这几天我哪儿都不去，就看着他们怎么来抢！来了，来了！她开了窑门，脸上笑嘻嘻的。过门槛时訾米便看见了我脚脖子上的彩花绳儿，说彩花绳？我说：嗯。她说：嘿，拴在脚脖子上性感，是黑亮给你拴在脚脖子上的？！

★　　　　　★

过了一天，瞎子担了一堆土在硷畔上要和泥巴脱坯，刚把水倒在土里，又加进了一些铡短的茅草，猴子、有成、光头就来找黑亮了。我说黑亮昨天晚上去了镇上，猴子说：他不是说近日不去进货呀？我说：他不进货一家人吃风屙屁啊？！猴子说：你别又瞪我，他回来是到晌午了吧，我们等着。我说：那就坐着看他叔和泥巴脱坯吧。有成说：帮忙，帮忙。他先脱了鞋就跳进泥巴里。在泥巴里加茅草能使做出来的土坯结实，但要加得匀就得用脚在泥巴里来回踩。有成去踩了，光头也去踩了。猴子说：我脚上有鸡眼哩踩不了，我吃锅烟。他把黑亮爹的旱烟锅才叼在嘴上，光头却把一锨稀泥甩在他身上，骂道：就你奸猾！猴子只好就脱了鞋踩。踩了一阵，瞎子开始脱坯，他把坯框子在硷畔上放好，吆喝着三人铲了泥巴往坯框子里倒，他在框子里用手把泥巴塞实了，一抹平，提起坯框子，一个四四方方的土坯就晾在地上。硷畔上有了两排晾着的土坯，猴子就喊叫腰疼，不铲泥巴了，帮着瞎子抹土坯面，说：脱这么多做啥呀？瞎子说：黑亮的炕上次地动时坏了，重修了一次没修好，我那炕也有十年没换了。猴子说：黑亮人家费炕呢，你换的啥炕？！瞎子说：你瞎屄！

忙到太阳端了，一堆泥巴全脱完了，他们身上脸上都脏兮兮的，我从井里打了水让他们洗手，猴子不洗，说让我凉一下，坐到白皮松下的树荫里。白皮松上白天里很少有乌鸦，偏偏这晌午就有一只乌鸦，又偏偏这只乌鸦噗哧屙了一摊落在猴子肩上。猴子气得拿了磨棍就往树上打，老老爷在他的窑门口说了声：嗯？！他不敢打了，问我：黑亮咋还不回来？我说：谁知道啥时候回来？他说：你不知道他啥时回来就让我们干活？我说：谁让你们干活了，他叔说了还是我说了？有成说：那点活算啥，不说了。我说：有成，你们有啥事给我说，我能办了我办，我办不了黑亮回来了我给他说。猴子一甩手，说：算了算了，后晌再来。就气呼呼地走了。

午饭后，我哄着兔子睡觉，我也睡着了，醒过来却见村长和黑亮爹在井台边喝茶，他们好像是说置换地的事，村里已经说妥了六家，现在还有几家不肯，主要的问题是半语子。我把奶羊拉过来挤奶。黑亮爹说：你以村长的身份去给他说也不行？村长说：他狗日的就不知道个尊重干部！黑亮爹说：他比你年长，啥狗日的不狗日的。村长说：他说要置换就要你家东沟口的那块地。黑亮爹说：野猫沟他那地是啥地，要置换我东沟口那块地？那可是我家最好的地，没那地了全家靠啥呀？他麻子婶脑子有毛病，他更是疯了么！村长说可他非要呀，要不就不置换。我挤好了奶，又到厨房里热了，刚给兔子喂，猴子、有成、光头又来了，站在硷畔入口处瞧见村长在，扭头就走。我偏高声说：来坐呀，喝茶呀！村长说：有成，听说你也赌博了？有成说：我拿啥赌呀，你给我钱啦？村长说：派出所所长给我打电话了，你还嘴硬？你过来，你过来说！有成不过来，猴子说：黑亮还没回来？我说：没回来么。猴子骂了句：饱汉子不知饿汉子饥！扭头都走了。黑亮爹说：狗改不了吃屎的性么，迟早要坐大牢的。你说，他舌头短做事也那么短？村长说：我倒有个主意，你家和訾米家先置换，訾米是不再种血葱了，让她把她东沟口的那块地给半语子，你把你西坡那块坡地再给訾米。黑亮爹说：那人家能答应？村长说：她不会种地，好地也种坏了。胡蝶胡蝶，你还没给孩子喂好？你和訾米关系亲么，你给訾米说说。我说：你们的事，我咋去说！

我抱了兔子在硷畔上转，先给他指着白皮松看，又吆来了鸡让他用手去摸，再就站在硷畔入口，看那土塄上落着两只麻雀，一只低着头用嘴啄翅膀下的毛，一只仰了个小脑袋在吱儿吱儿叫。我说：兔子兔子，麻雀给你唱歌哩，噢，飞了！唱歌的麻雀飞了，漫坡道上走来了訾米。

我忙给訾米使眼色，訾米就是不理会，她高声说：兔子，想干娘了没？村长立即说：啊哈，正说你哩你就来了！訾米抱着了孩子，走到硷畔上，说：嚼我牙根子啦？我最烦背后地里说是非！黑亮爹就让坐，取了碗倒茶，訾米也不客气，端了碗就喝。村长说：谁说是非啦，我们说村里大事哩，这事没你还弄不成啦。訾米说：啥事，说！村长就把置换地的事说了一个来龙去脉，訾米说：行么，换我的地行么，我声明了我不会再种血葱，但我有个条件，你得发动村人把暖泉挖开，让我去经营，我家所有的地都不要了。村长说：

你是想把立春、腊八再挖出来？訾米说：不是，那半个崖都坍了，咋挖呀，你就是要挖，我也不让你挖，挖出来人还是能活？暖泉那里坍是坍了，但土方并不多。村长说：你说得美，能把暖泉挖开，我就在那再种血葱了，还用得着置换地？！訾米说：那我就不置换了。胡蝶，咱到你窑里去！

一到窑里，我就把门关了，悄声说：你咋乱跑呀，去抢人了咋办？

訾米说：我已经让她们天不露明就都走了。

我说：这就好，这就好，你一来把我急得使眼色让你走，你偏坐下来和他们说话。

訾米说：我来还要给你说件事的，我咋走？

訾米竟然给我说了件惊天动地的事，我一下子就瘫在椅子上了。

★　　　　★

訾米告诉我，她是昨天晚上把抢人的事说给了王云她们，她们也都害怕了，商量了一夜，还是走了好。天不亮，她就送她们出村，又怕在路上有闪失，她就一直送到王村那儿。往回走的时候，一辆小车撵上来，下来了两男一女，打问她是哪儿人，她说是圪梁村的，又问圪梁村的电话是不是 8 字打头的，她说她没电话，好像村长家的那部座机的号码是 8 字打头的。还问圪梁村离这儿远近，她说不远，前边四五里路就是。当再问到圪梁村有没有一个叫胡蝶的，她警觉了，问他们是哪儿的，什么人？那个女的就哭了起来，说我是胡蝶的娘。

我娘？！我像突然遭电击了一下，就瘫坐在了椅子上。你再说一遍，她是我娘？！

179

訾米说：她说她是你娘。

你胡说哩！我从椅子上又扑起来，双手扭住了訾米，我觉得訾米在戏谑我，揭我的伤疤，她或许不是有意的，但她撞了我的伤疤。我把訾米的头按在了炕沿，她抱着的兔子就滚到了炕上，我说：你什么都可以开玩笑，你不要说到我娘！

訾米从炕沿抬起身，喘着气，说：我没开玩笑，她说她是你娘。

我看着訾米，訾米的眼光是诚恳的，我立在那里了半天，我觉得我是不是做梦？我拧了一下腿，腿有了疼，而兔子还在炕上哭，一只苍蝇从我面前飞过去。

你没哄我？

你娘是不是满头白发？

不是。

是不是高颧骨？

是。

是不是个子比你低，能到你耳朵尖那儿？

不是。

是不是走路有些八字，一颗门牙有个豁，鼻梁有一颗痣？

是。

我眼泪哗地流下来，我说，是我娘，我娘原来是一头黑发呀怎么就白了，她的个子和我一样高呀怎么就缩了，她怎么就来了，她是来寻我的，我娘呢，我娘呢？

訾米说：她说她是你娘，我也估摸你娘是找你来了。我知道以前端午媳妇的娘家人来寻到圪梁村，还在村口打问哩，有人就把消息传给了端午，端午把媳妇藏起来，那娘家人进村要人，结果全村人起了吼声，榔头锨把地拿着把那娘家人打跑了。我就给你娘说，你们不敢直接去寻胡蝶，我和胡蝶好，你们先到我家去，我再把胡蝶叫去见你们。你娘是同意了，但同来的两个男人不同意，低声给你娘说能证实胡蝶是不是在圪梁村，如果证实了，他们还要联系当地派出所，一切准备好了再进村。那两个男人就又盘查我，问我知道的胡蝶是什么样子，家里什么状况，竟然说：你说的有些不符合，你能不能让那个胡蝶天黑后去圪梁村的村口见一下。

我说：那两个男人长什么样，一个年纪大，一个年轻戴眼镜？

如果真的是我娘寻我来了，陪同娘的还能有谁呢，是房东老伯和他的儿子？

訾米说：是有个戴眼镜的，那个盘问我的大个子，是你爹吧？

我说：我没爹，爹早死了。眼泪流下来，竟忍不住嘤嘤地哭起来。

訾米，訾米！黑亮爹在喊了，你出来喝茶么！

黑亮爹听见了我的哭声，他喊訾米出去喝茶，其实在问我怎么啦。我赶紧抓了枕巾咬在嘴里，訾米说：胡蝶腿碰到桌子角了，我给她揉揉。我听到黑亮爹再说：大人了不小心。村长说：半语子和你还是亲戚吧？黑亮说：他娘和我娘是表姐妹，老人都在的时候两家人勤来往。村长说：那他还不认你？黑亮说：他还记以前的恨哩。我娘死得早，前十年他娘也死了，我那时穷，去送献祭，偏巧头一天我丈人过三周年忌日，收了许多献祭，其中有一个大麦面馍，馍皮都干了，我和我兄弟就把那个大麦面馍又拿去做献祭，半语子见是旧馍，说我们看不起他娘，就记了恨，几年都不来往。这两年他麻子姊剪纸花花，黑亮媳妇跟她学，关系拉扯得多了，两家才开始走动。但半语子从心底深处还记着恨么。

我不哭了，却在兔子的屁股上拧了一把，兔子就哭起来。我说：后来呢？訾米说：大个子不是你爹？那个大个子吓唬着不让你娘说话，我也不敢相信他们是不是来找你的。你判断，你去见还是不见？我说：我见呀，我要见的。

咋让孩子不停地哭？！黑亮爹又在喊了。

訾米说：要见你天黑后到村口去，要不要我陪着？我说：我自己去吧。訾米说：眼泪擦了，咱把孩子抱出去。兔子还是哭，我一边哄一边抱着出了窑门，心里慌，过门槛差点跌倒，我说：还哭还哭，给你热奶去。

黑亮爹说：你哄着，我去热奶。

兔子仍在哭，怎么哄也不住声，我坐在捶布石上解怀把奶头塞进他的嘴里。兔子竟然把奶头又吐出来，哭声更大。村长一直在看着我，说：兔子，咋能给孩子叫这么个名，吃奶呀，你娘的奶多香的你不吃？！訾米就站在了我面前，挡住了村长，说：你喝你的茶！

羊奶烧热后，我给兔子喂了，訾米就走了，我站起来送她，高声说：你说你那儿有块红绒布，你回去寻出来，我晚上去取，给兔子做个裹兜。訾米说：噢噢，那是我买来要做枕头的，给我干儿子吧。

★　　　★

是我娘，我娘终于来寻我了。

那个下午，我一直恍恍惚惚。坐在炕上给兔子换尿布，想：一直在盼着我娘能来寻我，我娘不来，只说我娘不会来了，心都快死了，怎么我娘就来了！这太突然，有些不真实，把拌好的食端着去倒到猪槽里，又疑惑訾米会不会说了谎呢，可她说我娘高颧骨，门牙豁着，鼻梁上有一颗痣，而且外八字步，我从来没告诉过任何人关于我娘的事，訾米却全说的是我娘的形象。我去上厕所，蹲在那里了，又想肯定是我娘来寻我了，能问圪梁村的电话号码是不是8字打头，那就是我打出去的电话呀，要不陌生人怎么知道，是房东老伯去报案了，派出所去查证了，我娘才寻到了这里。那电话打出了多长时间呀，怎么我娘现在才寻到这里呢？我在窑里取下了极花镜框，我给极花说：我娘来寻我了！是你也给我娘传递了信息吗？我到毛驴窑去，给毛驴行注目礼，摸着它的长脸，把一个熟土豆喂了它。我在硷畔上看天上云，看地上刮着风，默默地感念着它们。突然一颗眼泪噙不住，掉在了地上，觉得我娘的可怜：我娘是怎么和老伯去报的案，又怎么千辛万苦地寻到了这里？她个头缩了，是她驼了背吗？那白头发是得知我失踪后一夜白的还是这寻我的路上白的？鸡在嘎啦嘎啦地叫了，我想和娘一起来的两个男人，那是谁呢，房东老伯不是大个子呀，而房东老伯的儿子青文是大个子，但他却戴眼镜呀。我把鸡轰了轰，原本要去鸡窝里拾取新下的蛋的，可走到鸡窝边了，瞎子编草鞋的鞋耙子放在那里，我捡起来挂在了墙上，又提了桶去绞水，辘轳摇起来了才想起我应该去拾取新下的鸡蛋呀，可把鸡蛋拾取了，我又把要绞水的事忘了。我拿着鸡蛋在我的眼睛上蹭，鸡蛋已经凉了，对着太阳照着看里边有没有一团阴影，却看到了太阳在窑崖的上空。太阳怎么就不动呀，有什么办法能让太阳快些转到窑崖后，天就会黑了。兔子在炕上哭了，这孩子才睡下没多久怎么就又哭了？我娘并不知道我有了孩子，娘如果看见了兔子，我怎么给娘说呢？我拍着兔子重新睡下，我竟也迷迷糊糊起来了。

但我绝对是没有瞌睡。毛驴在窑外长声叫唤，瞎子在说：不能打它啊，要给它喂些黑豆，走几里路了一定要歇歇。我知道这是满仓来借毛驴去王村的砖瓦窑上拉砖了，还担心毛驴的叫唤会把兔子惊醒。我虽然没有抬起身来，而我知道狗是进了窑，前爪搓在炕沿上朝我和兔子看，看了一会儿又悄悄地离开了。我是闭上了眼的，一闭上眼我就又看见了那个洞，这一次的洞没有旋转，也不是小青蛙的脖子那样不停地闪动，好像我在往洞里进，洞壁便快速地往后去，感觉到这样进去就超越了整个下午，或者是通往晚上的一条捷道。真的就是一条捷道，我走到洞的尽头后，一出洞，村口就出现了。

天是阴着，没有月亮。晌午的太阳还那么灿烂，怎么夜里就阴了呢？我还仰头又看了一下天的左后方，那里该是白皮松的上方，那两颗星竟然还在。也就是那两颗星还在，没有月亮的夜里，不远处的杂货店能看见，杂货店后边的砍头柳和苦楝子树也看得清。河水在流着，声音在沉沉的，不紧不慢，而白天里这种声音是听不到的。一只猫在慢步走过。但没有见到娘。

娘，我轻声地叫，娘，娘。

苦楝子树下好像有三个蘑菇，我看着是蘑菇，突然变成了三个人，一个是娘，另两个是男人，并不是房东老伯和青文。娘果然瘦得形如骷髅，我怔在那里，娘也怔住了，或许她看我也不是以前的胡蝶了，我们就那么怔住了都不动，也不叫喊。那个高个子男人在说：是胡蝶吗，你是胡蝶吗？我一下子扑过去，说：娘，娘！就抱住了娘。娘的头发确实是白了，像雪像霜，像包裹了一块儿白布，她是那样地脆弱，我一抱她，她就像面条一样软下去，倒在地上。高个子男人有些生气，说：她是你女儿吗，是不是？娘说：是我女儿，是胡蝶，胡蝶胡蝶，你咋就到这儿了，你咋不回去见娘呢？！我说：娘，娘呀，你来寻我了，你终于来寻我了。娘却嘿嘿地笑，她笑得停不住，笑着笑着呛口了一下，就又哭了。我给娘扑簌着胸口，擦她的眼泪，她在给我介绍那个高个子男人是城南派出所所长，那个戴眼镜的是报社人。戴眼镜的就说：我姓巩，城市晚报的记者，我们得知派出所来解救你，就陪同着一块儿来的。娘说：胡蝶，给他们磕头，没有他们，娘今辈子见不上你了，你也今辈子见不上娘了。我给所长和记者磕头。娘就给我诉说，说是知道我去挣钱了，三天里我没有回去，她都没在意，还给房东老伯说胡蝶大了，知道疼娘了，给娘去挣钱了。但三天之后我没有回去，五天之后还是没有回去也没有个电话打来，她就慌了，睡觉常是心一悸就醒来，一夜就醒来四五次。她把这事说给了房东老伯，房东老伯也觉得事情严重了，就领着她去派出所报案，就是大个子所长接待的他们。所长说：现在人贩子多，肯定是被拐卖了。她说：这怎么会，胡蝶是上过学的，她不是两岁三岁的孩子。所长说：拐卖妇女都是骗的，然后控制了，拉到异地，卖给某家某户，某家某户又严加监管，再有文化也不顶用了。前年一个女大学生从火车站去学校，就是图便宜搭了个顺车，那是黑车，路上还被人杀了。她一听就哭起来，说：我女儿被人杀了？我女儿被人杀了？！所长说：我举个例子，不一定你女儿就死了。就给她做了笔录。她说：几时我女儿能救回来？所长说：这怎么救？派出所的警力不够，经费又紧张，再说，就是我们能去救，得有人在哪儿的确凿消息了才能救。她说：那你们要查人在哪儿呀！所长说：这得你们提供。从此她就开始了寻找，房东老伯也帮着寻找，青文发动了他的同学一块儿寻找，报上登了启事，电台广播，而且还印了广告到处张贴，但一直没我的踪影。在这期间，接到过不少电话，说是在××县发现了我，她就搭车赶去，去了都是骗子，要先给他们钱，给了钱说好晚上领她去看，却再没了人。这样的事总共有过十次。她到处寻找我，把积攒的钱花完了，她一天三顿吃冷馍夹咸菜，后来买馍的钱也没了，她只能又回去收捡破烂。收捡破烂每每挣到五千元了，就出去寻找，寻不着，钱又完了，再回去收捡破烂。听了娘的话，我就哭，我一哭娘更哭，她用拳头打我，说：你为啥不回来？为啥就不回来啊？！我说我回不去，我出不了人家的门，出不了村子，也没钱，也不知道我在什么地方。娘说那你怎么只打一个电话就不再打了，打了电话能要多少钱，那个电话又啥都没说清？我说我只能打那么一次，也只能拨通了说一句呀。娘说，这多亏了房东老伯记下了那个电话号码，报告给了所长，所长厉害，他能从号码里查出来你在这儿，你给所长磕头，你再磕头。我趴下要磕头，所长拉我起来，说：这次解救是我们所第五次外出解救被拐卖的妇女儿童，前几次都是受害人家属出钱，你家的情况特殊，我们就一切费用自己出。记者也说：这是全市的英雄所长，以前四次解救都是他亲自出马，我们知道了他这次又要解救被拐卖的妇女，报社就派了我来。所长说：此地还不是说话的地方，得赶紧走吧。娘拉着我就走，我说：兔子还在窑里，我得带上。娘说猪呀猫呀兔子能值几个钱？！我说：兔子是我的孩子。娘说：你生孩子啦？你怎么生孩子啦？你才多大呀你就生了孩子？！娘竟然拿手打我脸，我不知道给娘说什么，我的眼泪流下来，娘的手还在打着，把眼泪打得溅到我嘴里。所长说：不能再回去，现在就走。我说我要带兔子，你们等等，我很快就把兔子带了来。而我刚转身，远处就有了声响，我忙就开了杂货店的门，把娘和所长、记者拉进了店。那脚步声由远而近，似乎就是朝这边来的，我就拉开了电灯，假装我还在店里盘点。店门就被咚咚地敲着，我开了门，是猴子、光头和有成，他们说：以为黑亮回来了，黑亮还没回来？我说：没有没有，或许明天回来吧，我盘点了一下货，就要关门啦。猴子说：给我买一包烟。我给他取烟，紧张得忘了收他的钱，就说：你们走吧，我要关门了。娘说：他没给钱哩。猴子就看着娘，说：你是谁？娘说：你没给我女儿钱。猴子、光头、有成疑惑地看着娘和所长、记者，说：你们是什么人，是胡蝶的娘家人？所长立即说：快走！拉着我就走。猴子来拽我，拽住了我的后襟，大声喊：来人啊，胡蝶要逃跑啊！所长说：我是警察！推了猴子一下，猴子一推就倒了，在地上却又抱住了我的腿。光头就和所长打，有成已跑出店往村里跑，边跑边喊，立即村里就十多个黑影冲了来。所长一脚把光头踹开，光头又头抵着像牛一样过来，所长身子一闪，光头抵空了，倒在地上。所长再次拉我出去，我的腿还被猴子抱着，我被所长拖出了店门，猴子也被我拖出了店门。娘便扑过来咬猴子，抱住猴子的脸就咬，猴子松了手。所长拉了我就跑，记者拉了娘跟着我们跑。村里的人已经冲到了我们跟前，我看见了黑亮爹，他手里举着一把锨，他在喊：胡蝶，胡蝶！举了锨扑过来，先一脚把记者踢倒了，记者的眼镜掉了，双手在地上抓。所长在喊：我是警察！我们来解救被拐卖的妇女，谁敢妨碍警务？！但村里人还是往前来，张耙子、梁水来、刘白毛、王满仓就和所长打起来，所长拳打脚踢，他们近不了身，黑亮爹一锨就拍在所长的背上，所长一个趔趄跌在地上。半语子竟扑来压在所长身上，所长一挺身，翻过来，照着半语子鼻脸上蹬了一脚，半语子被蹬开了，他跳了起来。村长在喊：把胡蝶先抢回来！抢胡蝶呀！张耙子、三朵、梁水来，还有猴子和光头就过来抢我，所长掏出来了一个小罐子，噗噗地向他们喷，黑亮爹先捂了脸，张耙子、三朵、梁水来、猴子、光头都哎哟一下蹲下去，在骂：狗日的喷辣椒水了？！所长喊：快往车上去！记者到底没有抓到眼镜，拉了我娘先往村里的路上跑，娘在喊：胡蝶，胡蝶！但我的眼睛也钻进了辣椒水，又烧又痛睁不开，等睁开，见记者和娘跑错了，喊：往村外跑，转向跑！记者拉了娘反身就跑到了河边。来抢我的人又扑上来，三朵在喊：胡蝶，你不能走！一个鱼跃，抓住了我的腿。所长对着三朵的脸又喷了一下，三朵又去捂脸，所长就势把我扛起来，在地上转圈儿，一边转，一边喷辣椒水，扑上来的人群再一次往后退。是猴子在喊：取个长竿子来么，长竿子能戳到他！所长扛了我就往村外跑。他跳下一个塄坎，蹚过河水，又跃上河那边的一个岸台子，几次被石头绊了一下或一脚踩进了什么坑里，要摔倒呀但都没摔倒，说：手抓紧！我的腰在他的肩上，前半身就垂在他的背上，像是被扛着的一袋粮食，我的手就先抓着他的衣服，衣服越抓越长，便抓住了他的裤带。等他跃上了河那边的岸台子，他把我放下来，其实我是从他肩上掉下来的。村人并没有停止追撵，也在跳塄坎，蹚河水，喊着骂着，几十条狗都在咬。这时候我听到了一种尖锥锥的哭声，是兔子的哭声，就看见了瞎子抱着兔子已经跑到了河里。所长说：往车上跑！他推了我一把。大路上停着一辆车。所长却迎着追撵的人群向前走了几步，吼道：谁敢上来，谁上来我就开枪啦！是猴子在喊：他没有枪，他哪会有枪，围住他，围住他！人群再往前涌，一块儿石头就砸过来，砸在了所长的右腿上，他窝在了地上。光头和三朵首先扑了来，要按住所长，所长竟真的掏出了枪。光头和三朵就不敢动了，围上来的人也都不动了。黑亮多跛着腿，他的腿可能在跳塄坎时崴了，还举着铁锨从人群往前走，说：你开枪打吧，你往我老汉头上打，我今日也不想活啦！所长忽地一转身就跑，他见我并没有跑到车上去，把我往前推了一把，我竟被推倒了，他拽住我的胳膊继续跑，我终于被他塞上了车，他就去驾驶室，车嘟嘟嘟地发动了，而围上来的人却把我这边的车门拉开了，他们把我往下拖。我的身子前半部分在车里，后半部分已经在车外，鞋被拖掉了，裤子被拖脱了。所长从驾驶室窗子里探出身，大声吼：我们在执行警务，在解救被拐卖妇女，我警告，再不松手我就开枪啦！猴子在喊：他枪里没子弹，派出所的枪里都没子弹，那是吓唬人的！你解救被拐卖妇女哩，我日你娘，你解救了我们还有没有媳妇？！拖呀，使劲儿拖呀！他跑到车门边，记者正从车里拿了个烟灰缸砸拖我的人的胳膊，猴子便就势拉住了记者的手，扑上去咬了一口，烟灰缸就掉了，三朵又拾起了烟灰缸砸到了所长的头上。所长朝天叭地打了一枪，枪一响，人群散了，娘把我拽进了车，车门关死了。所长又连着打了三枪，车就发动着往前开。我从车后窗往外看，人群还在撵车，人群就越来越远，越来越小，后来就什么也没有了。车还在疯了一样地开，几次几乎都要翻了，我和娘，还有那个记者，就在车里晃荡，一会儿头撞在车窗上，一会儿头又碰在前边的椅背上，娘在吐，记者胳膊上血流不止，他在不停吸着气。我的两条腿全裸了，娘脱了她的上衣来盖我的腿，我发现那条彩花绳还在。

我逃出来了，逃出了黑家，逃出了圪梁村。我曾经设想过无数个逃跑法，到头来我竟是以这样的方式逃跑了。那么，逃跑出来了我将会是怎样呢？我没有瞌睡，我仍是迷迷糊糊的状态，就觉得车在山路上继续往前开，还在夜里，就又进入了那个洞。

我终于回到了城市，回到了我熟悉的巷子里和那个出租屋大院，大院里的小水池还在，荷叶上的水珠滚来滚去，一只青蛙要往上跳，跳了两下，但没有跳上去。房东老伯和青文是那样地高兴，鸣放着鞭炮庆贺着我的归来，当天下午就把一面锦旗送去了派出所，还给所长胸前佩戴了一朵大红花。第二天，城市晚报上刊登了长篇的人民警察成功解救被拐卖妇女的报道，上面有所长的照片，也有我的照片。

几天内，出租屋大院就热闹得厉害，一批一批的人拿着摄影机和照相机，说是电台的，电视台的，城市晨报的，商报的，经济报的，全要采访。我被安排坐在院子里的椅子上，我一遍一遍地说着感谢所长的话，但他们却要问我是怎么被拐卖的，拐卖到的是一个如何贫穷落后野蛮的地方？问我的那个男人是个老光棍吗，残疾人吗，面目丑陋可憎不讲卫生吗？问我生了一个什么样的孩子，为什么叫兔子，是有兔唇吗？我反感着他们的提问，我觉得他们在扒我的衣服，把我扒个精光而让我羞辱，我说我记不得了，我头晕，我真的天旋地转，看他们都是双影，后来几乎就晕倒在了椅子上。

我再不接受任何采访了，凡有记者来，我就躲在出租屋里不出来，他们用照相机从窗格往里拍照，我用被子蒙了窗子。后来采访是没人来采访了，出租屋大院仍是不断地有闲人进来，来了就问：谁是胡蝶？老伯说：找胡蝶啥事？他们说：没事，就只是看看。他们就四处张望。看见了院里晾着的衣服，说：那是不是胡蝶的衣服，怎么没见晾尿布呢，听说她被拐卖到几千里外的荒原上，给一个傻子生了个孩子？老伯就把他们轰出去，此后他每日坐在大门口，凡是生面孔的一律不让进。

我没有可能再找到工作，也不能和娘去收捡破烂，也不能去菜市场买菜。我就在屋里哭。娘说：要么你回老家去待一待，过些日子再来。可暑假里我的弟弟也从老家来了，说老家人都看到了电视和报纸，知道了我的事。弟弟还在说：姐，你怎么就能被拐卖？！我连老家也无法回去了，就给弟弟发脾气：怎么就不能被拐卖？我愿意被拐卖的，我故意被拐卖的！弟弟说：真丢人！你丢人了也让我丢人！我就和弟弟打了一架，打过了我就病了，在床上躺了三天，耳朵就从此有了嗡嗡声，那声全是在哭。

这嗡嗡的哭声，我先还以为娘在骂弟弟，是弟弟在哭，后来才发现不是，是兔子的哭声。我就想我的兔子，兔子哭起来谁哄呢，他是要睡在我的怀里，噙了我的奶头才能瞌睡的，黑亮能让他睡吗？兔子喝羊奶的时候常有倒奶的现象，黑亮爹就是能喂他奶，可哪里知道这些呢？兔子的衣服谁能缝呢？兔子叫着娘了谁答应呢？想着兔子在哭了，我也哭。我吸着鼻子哭，哽咽着哭，放开了嗓子号啕大哭。娘来劝我：胡蝶，不哭了胡蝶，不管怎样，咱这一家又回全了，你有娘了，娘也有你了。我可着嗓子给娘说：我有娘了，可兔子却没了娘，你有孩子了，我孩子却没了！

娘的眼睛发炎了，也只有几天就看不清了东西，她用热手帕捂着一只眼，却每天都去找房东老伯说话，我以为她在向老伯借钱，因为她说过要给我买一身新衣服，要给我买一双高跟鞋，还要给我去烫头染发。但那个中午，房东老伯就到我们的出租屋，娘在擀面，我还在床上躺着，老伯给娘说，他要给我介绍个人，是三楼东头那租户的老家侄子，那侄子一直没结婚，啥都好，就是一条腿小时候被汽车撞伤过，走路有些跛，如果这事能成，让我就去河南。娘是应允了，在说：嫁得远远着好，就没人知道那事了。

我听了他们的话，我从床上坐起来。老伯说：胡蝶你醒了？我说：我就没睡着。娘说：那你听到你老伯的话了吗？你要愿意，咱就让三楼的把他侄儿叫来见个面。我从出租屋出去了。娘说：给你说话哩，你出去？我出了出租屋大院。

巷子里人来来往往，猛地看见了我，都是一愣，给我一个无声的笑，却又停下来回头目送。一个小孩嘎嘎嘎地往前跑，后边一个妇女在追，终于追上了，在说：你给我跑？你跑？！社会这么乱的，像她一样，让坏人拐卖了去！我从那个妇女身边走过去，我没有理她，也没有看她。身后她还在和孩子说话：什么是拐卖？就是被骗着卖了。卖给幼儿园吗？卖给妖魔鬼怪。那孙悟空呢？我在巷子口搭上了出租车，说：去火车站。

又是洞，洞是那么样地黑，但我完全不用担心会碰着洞壁上犬牙相错的石头，我感觉我是在蝙蝠的背上，或者就是一只蝙蝠再往前飞。远远地看见了洞口的一点白光，等到了白光处，我竟就坐在了火车上。

我现在当然知道了圪梁村是什么省什么县什么镇的圪梁村了，那是要坐一天一夜的火车才能到县上，然后再从县上坐公共班车走一天到镇上，再从镇上去圪梁村，步行需五个小时，若能遇着汽车或者拖拉机，顺路搭上了，多半天可以到达。在火车上，我坐的是硬座，对面的硬座上也是坐着一个女的，她的个头矮矮的，上来时却捎了个较大的行李包，在把行李包要放到货架上去，怎么都放不上去，是我帮她放上了，她拿出几个蒸馍要我吃，我不吃，她就在蒸馍上抹上辣酱吃起来。她几乎一直在吃，吃完了三个蒸馍，又掏出一个苹果。我闭上了眼睛。火车经过每一个站，都要停下来，车上的人下去的少，上来的多，连过道都站满了，然后重新启动，汽笛长鸣，再然后就是无休无止的铁与铁撞击的响动和摇晃。差不多的人都开始目光呆滞，要昏昏欲睡了，斜对面那四个男人一直吃烧鸡喝啤酒，大声说话。没人制止，恐怕也愿意听他们闹着而排遣寂寞和无聊吧。其中一个就越发得意，竟在模拟着火车的声音在讲笑话：火车从甘肃出发了，穷——！要啥，没啥，要啥，没啥，要啥没啥，要啥没啥，要啥没啥！火车经过山西了，不停，九毛九九，九毛九九，九毛九九。火车到河南得进站加水，再开动出站，坑谁？坑谁？见谁坑谁，见谁坑谁，见谁坑谁！最后是到目的地陕西了，生冷硬倔，生冷硬倔，生冷硬倔，瓜——屁！车厢里有了笑声，对面的那个女的也笑了，却问我：你不笑？我说：那有啥笑的？她说：甘肃人真的穷吗，山西人真的啬皮吗，河南人真的有骗子吗，陕西人就那么瓜？我说：在中国哪儿都一样。我脱了鞋，把双脚盘在了座位上，她突然看见了我脚脖子上拴着的彩花绳，眼睛放光，说：这是脚链吗？我说：不，是彩花绳。她说：在哪儿买的？我说：自家编的，她说：好性感噢！我没有再回答她。火车哐当哐当地响，我的耳朵又开始嗡嗡了，又是兔子的哭声了，我大声地叫着兔子，但叫不出声，憋得我双手抓脖子，扯胸膛。

这一憋，把我憋得爬了起来，在睁开眼的瞬间里，还觉得火车在呼地散去，又在那个洞里，洞也像风中的云在扯开了就也没了。我一时糊涂，不知在哪里，等一会儿完全清醒，我是在窑里的炕上，刚才好像是做梦，又好像不是做梦，便一下子紧紧抱住了兔子。

★　　　　　　★

从窑里出来，天已经黑了。黑亮爹做好饭，又是小米稀粥和蒸土豆，我端了一碗稀粥，却拿了七八个蒸土豆，在窑里把稀粥喝了，把蒸土豆全揣在了怀里，我想，去见我娘了，娘肯定没吃饭，这些土豆就可以给娘充饥。乌鸦纷纷飞回到了硷畔上空，然后落在白皮松上，又扑哧扑哧拉屎，而东坡梁又传来哭坟声。

我得去村口见娘了，决定带着兔子，我给兔子换上了新衣服，也换上了干尿布。从窑里出来，老老爷竟坐在磨盘上看星，他是好久没再看星了，今夜怎么又看星，还是坐在了磨盘上？夜里的天阴着，这天阴了好些日子，就没有星呀？！

胡蝶，老老爷在说，你能看到东井吗？

天阴着呀！我说。

我还是朝天上看了一下，是没有星，没有星就不会有东井。但我目光移到白皮松上空，那里也是没有星，但好像又有了，再看，到底是没有。

黑亮爹说：你去訾米那儿呀？我说：去取红绒布。黑亮爹说：不让兔子去了，孩子太小，夜里会不干净的。我说：没事吧。黑亮爹说：怎么没事？我哄着，你快去快回。我只好把兔子交给他。兔子哭起来。黑亮爹一边哄着一边说：今日咋了，兔子老是哭。我赶紧走了，狗却跟着我。

走到巷口，我对狗说：我去訾米家取东西呀，别跟着我！把狗一赶走，我匆匆到了村口，但村口并没有人。站了一会儿，村长又要去喝酒，从村巷出来，大声喊：三朵，到耙子家啊，你也带上两瓶酒。但村长看见了我，说：你咋在这儿？

我说：我到杂货店取些糖。

村长说：黑亮呢，让黑亮去耙子家喝酒呀，还得商量置换地的事哩。

我说：黑亮去镇上了。

村长说：他还没回来？！

就扑沓扑沓地走了。

我站在黑暗里，还是没看见我娘。是不是他们发现村口有人走动，藏在什么地方？我咳嗽了一下，娘应该知道我的声。但还是没有人。等着，再等着。夜深了，夜黑得是个瞎子，我也是瞎子，还是没有看到我娘。我怀疑訾米在哄我了，可訾米她不是哄人的人呀，她怎么会哄我呢，她说的就是我娘的样子呀！会不会那是长得像我娘的人，他们要找的胡蝶不是我，世上和我同名同姓的人肯定是有，他们在找他们的胡蝶吧。我腿站得实在是困疼了，蹾下来了一会儿，再坐在地上，地上的露水就潮湿了裤子。我听见了兔子在哭，在夜里的兔子哭从高高的硷畔上尖锥锥传了来，而黑亮爹也在喊：兔子哎——兔子！他恐怕怎么也哄不乖兔子，就在喊我。

我终于不能再等了。我娘没来，訾米是搞错了，误解了，我娘怎能寻到这里来呢？我转了身往黑家走，先还是一步一回头，一步一回头，走到巷子里了，再回头村口已看不见，去村口的路也看不见了。我靠在了一个石女人像上，唤了一声，眼泪就流下来。我感觉流的不是眼泪，是身上的所有水分，我在瘦，没了水分地瘦，肉也在往下一块儿块掉下去地瘦。我靠在那里许久，就这么等着瘦，瘦得身上的衣服大了，松了。后来沿着漫坡道往硷畔上走，我没有了重量，没有了身子，越走越成了纸，风把我吹着呼地贴在这边的窑的墙上了，又呼地吹着贴在了那边的窑的墙上。

二〇一五年五月二十九日晚写毕
二〇一五年七月二十七日下午改毕

后　记

　　十年前一夏无雨，认为凶岁，在西安城南的一个出租屋里，我的老乡给我诉苦。他是个结巴，说话时断时续，他老婆在帘子后的床上一直嘤嘤泣哭。那时的蚊子很多，得不停地用巴掌去打，其实每一巴掌都打的是我们的胳膊和脸。

　　人走了，他说，又回，回那里去了。

　　那一幕我至今还清清晰晰，他抬起脑袋看我，目光空洞茫然，我惊得半天没说出一句话来。他说的人，就是他的女儿，初中辍学后从老家来西安和收捡破烂的父母仅生活了一年，便被人拐卖了。他们整整三年都在寻找，好不容易经公安人员解救回来，半年后女儿却又去了被拐卖的那个地方。事情竟然会发展到这样的结局，是鬼，鬼都慌乱啊！他老婆还是在哭，我的老乡就突然勃然大怒，骂道：哭，哭，你倒是哭你妈的×哩，哭？！抓起桌子上的碗向帘子砸去。我没有拦他，也没一句劝说。桌子上还有一个碗，盛着咸菜，旁边是一筛子蒸馍和一只用黑塑料桶做成的花盆，长着一棵海棠。这海棠是他女儿回来的第三天栽的，那天，我的老乡叫我去喝酒，我看到他女儿才正往塑料桶里装土。我赶紧把咸菜碗、蒸馍筛子和海棠盆挪开，免得他再要抓起来砸老婆。我终于弄明白了事情的缘由，是女儿回来后，因为报纸上电视上连续地报道着这次解救中公安人员的英勇事迹，社会上也都知道了他女儿是那个被拐卖者，被人围观，指指点点，说那个男的家穷，人傻，×多，说她生下了一个孩子。从此女儿不再出门，不再说话，整日呆坐着一动不动。我的老乡担心着女儿这样下去不是要疯了就是会得大病，便托人说媒，希望能嫁到远些的地方去，有个谁也不知道女儿情况的婆家。但就在他和媒人商量的时候，女儿不见了，留下个字条，说她还是回那个村子去了。

这是个真实的故事，我一直没给任何人说过。

但这件事像刀子一样刻在我的心里，每每一想起来，就觉得那刀子还在往深处刻。我始终不知道我那个老乡的女儿回去的村子是个什么地方，十年了，她又是怎么个活着？我和我的老乡还在往来，他依然是麦秋时节了回老家收庄稼，庄稼收完了再到西安来收捡破烂，但一年比一年老得严重，头发稀落，身子都佝偻了。前些年一见面，总还要给我唠叨，说解救女儿时他去过那村子，在高原上，风头子硬，人都住在窑洞里，没有麦面蒸馍吃。这几年再见到他了，却再也没提说过他女儿。我问了句：你没去看看她？他挥了一下手，说：有啥，看，看的？！他不愿意提说，我也就不敢再问。以后，我采风去过甘肃的定西，去过榆林的横山和绥德，也去过咸阳北部的彬县、淳化、旬邑，那里都是高原，每当我在坡梁的小路上看到挖土豆回家的妇女，脸色黑红，背着那么沉重的篓子，两条弯曲成O形的腿，趔趔趄趄，我就想到了她。在某一个村庄，路过谁家的碥畔，那里堆放着各式各样的农具，有驴有猪，鸡狗齐全，窑门口晒了桔梗和当归，有矮个子男子蹴在那里吃饭，而女的一边给身边的小儿擦鼻涕，一边扭着头朝隔壁家骂，骂得起劲儿了，啪啪地拍打自己的屁股。我就想到了她。在逛完了集市往另一个村庄去的路口，一个孩子在草窝里捉蚂蚱，远处的奶奶怎么喊他，他都不听。奶奶就把胳膊上的篮子放在地上，说：谁吃饼干呀，谁吃饼干呀！孙子没有来，麻雀、乌鸦和鹰却来了，等孙子捉着蚂蚱往过跑，篮子里的那包饼干已没有了，只剩下一个骨头，那是奶奶在集市上掉下来的一颗牙，她要带回扔到自家的房顶去。不知怎么,我也就想到了她。

年轻的时候,对于死亡,只是一个词语,一个概念,一个哲学上的问题,谈起来轻松而热烈,当过了五十岁,家族里朋友圈接二连三地有人死去,以至父母也死了,死亡从此让我恐惧,那是无语的恐惧。曾几何时报纸上电视上报道过拐卖妇女儿童的案件,我也觉得那非常遥远,就如我阅读外国小说里贩卖黑奴一样。可我那个老乡女儿的遭遇,使我在街上行走,常常就盯着人群,怀疑起了某个人,每有亲戚带了小儿或孙子来看我,我送他们走时,一定是反复叮嘱把孩子管好。

我出身于农村,十九岁才到西安,我自以为农村的事我没有不知道的,可八十年代初和一个妇联干部交谈,她告诉我:经调查,农村的妇女百分之六十性生活没有快感。我记得我当时目瞪口呆。十年前我那个老乡的女儿被拐卖后,我去过一次公安局,了解到这个城市每年被拐卖的妇女儿童无法得知,因为是不是被拐卖难以确认,但确凿的,备案的失踪人口有数千人。我也是目瞪口呆。

留神了起来,在城市的大街小巷,总能看到贴在路灯杆上的、道路指示牌上的、公用电话亭上的寻人广告,寻的又大多是妇女和儿童。这些失踪的妇女儿童,让人想得最多的,他们是被拐卖了。这些广告在农村是少见的,为什么都集中发生在城市呢?偷抢金钱可以理解,偷抢财物可以理解,偷抢了家畜和宠物拿去贩卖也可以理解,怎么就有拐卖妇女儿童的?社会在进步文明着,怎么还有这样的荒唐和野蛮,为什么呢?

中国大转型年代,发生了有史以来人口最大的迁徙,进城去,几乎所有人都往城市涌聚。就拿西安来讲,这是个古老的城市,满到处却都是年轻的面孔,他们衣着整洁,发型新潮,拿着手机自拍的时候有着很萌的表情,但他们说着各种各样的方言,就知道了百分之八九十都来自农村。在我居住的那座楼上,大多数的房间都出租给了这些年轻人。其中有的确实在西安扎下了根,过上了好日子,而更多的却漂着,他们寻不到工作,寻到了又总是因

197

工资少待遇低或者嫌太辛苦又辞掉了，但他们不回老家去，宁愿一天三顿吃泡面也不愿再回去，从离开老家的那天起就决定永远不回去了。其实，在西安待过一年两年也回不去了，尤其是那些女的。中央政府每年之初都在发一号文件，不断在说要建设社会主义新农村，可农村没有了年轻人，靠那些空巢的老人留守的儿童去建设吗？我们是在一些农村看到了集中盖起来的漂亮的屋舍，挂着有村委会的牌子，党员活动室的牌子，也有医疗所和农科研究站，但那全是离城镇近的，自然生态好的，在高速路边的地方。而偏远的各方面条件都落后的区域，那些没能力的，也没技术和资金的男人仍剩在村子里，他们依赖着土地能解决着温饱，却再也无法娶妻生子。我是到过一些这样的村子，村子里几乎都是光棍，有一个跛子，他是给村里架电线时从崖上掉下来跌断了腿，他说：我家在我手里要绝种了，我们村在我们这一辈就消亡了。我无言以对。

大熊猫的珍贵在于有那么多的力量帮助它们生育，而窝在农村的那些男人，如果说他们是卑微的生命，可往往越是卑微生命的，如兔子、老鼠、苍蝇、蚊子，越是大量地繁殖啊！任何事情一旦从实用走向了不实用那就是艺术，城市里多少多少的性都成了艺术，农村的男人却只是光棍。记得当年时兴的知青文学，有那么多的文字在控诉着把知青投进了农村，让他们受苦受难。我是回乡知青，我想，去到了农村就那么不应该，那农村人，包括我自己，受苦受难便是天经地义？拐卖是残暴的，必须打击，但在打击拐卖的一次一次行动中，重判着那些罪恶的人贩，表彰着那些英雄的公安，可还有谁理会城市夺去了农村的财富，夺去了农村的劳力，也夺去了农村的女人。谁理会窝在农村的那些男人在残山剩水中的瓜蔓上，成了一层开着的不结瓜的谎花。或许，他们就是中国最后的农村，或许，他们就是最后的光棍。

这何尝不也是这个年代的故事呢？

但是，这个故事，我十年里一个字都没有写。怎么写呢？写我那个老乡的女儿如何被骗上了车，当她发觉不对时竭力反抗，又如何被殴打，被强暴，被威胁着要毁容，要割去肾脏，以及人贩子当着她的面和买主讨价还价？写她的母亲在三年里如何哭瞎了眼睛，父亲听说到山西的一个小镇是人贩子的中转站，为了去打探女儿消息，就在那里的砖瓦窑上干了一年苦力，终于有了线索，连夜跑一百里山路，潜藏在那个村口两天三夜？写他终于与女儿相见，为了缓解矛盾，假装认亲，然后再返回西安，给派出所提供了准确地点，派出所又以经费不足的原因让他筹钱，他又如何在收捡破烂时偷卖了三个下水盖被抓去坐了六个月的牢？写解救时全村人如何把他们围住，双方打斗，派出所的人伤了腿，他头破血流，最后还是被夺去了孩子？写他女儿回到了城市，如何受不了舆论压力，如何思念孩子，又去被拐卖的那个地方？我实在是不想把它写成一个纯粹的拐卖妇女儿童的故事。这个年代中国发生的案件太多太多，别的案件可能比拐卖更离奇和凶残，比如上访，比如家暴，比如恐怖袭击，黑恶势力。我关注的是城市在怎样地肥大了而农村在怎样地凋蔽着，我老乡的女儿被拐卖到的小地方到底怎样，那里坍塌了什么，流失了什么，还活着的一群人是懦弱还是强狠，是可怜还是可恨，是如富士山一样常年驻雪的冰冷，还是它仍是一座活的火山。

　　这件事如此丰富的情节和如此离奇的结局，我曾经是那样激愤，又曾经是那样悲哀，但我写下了十页、百页、数百页的文字后，我写不下去，觉得不自在。我还是不了解我的角色和处境呀，我怎么能写得得心应手？拿碗在瀑布下接水，能接到吗?！我知道我的秉性是双筷子，什么都想尝尝，我也知道我敏感，我的屋子里一旦有人来过，我就能闻出来，就像蚂蚁能闻见糖的所在。于是我得重新再写，这个故事就是稻草呀，捆了螃蟹就是螃蟹的价，我怎么能拿了去捆韭菜？

　　现在小说，有太多的写法，似乎正时兴一种用笔很狠的、很极端的叙述。这可能更合宜于这个年代的阅读吧，但我却就是不行。我一直以为我的写作与水墨画有关，以水墨而文学，文学是水墨的。坦白地讲，我自幼就写字呀画画，喜欢着水墨，在二十世纪八十年代，我的文学的最初营养，一方面来自中国戏曲和水墨画的审美，一方面来自西方现代美术的意识，以后的几十年里，也都是在这两方面纠结着拿捏着，做我文学上的活儿。如今，上几辈人写过的乡土，我几十年写过的乡土，发生巨大改变，习惯了精神栖息的田园已面目全非。虽然我们还企图寻找，但无法找到，我们的一切努力也将是中国人最后的梦呓。在陕西，有人写了这样一个文章，写他常常怀念母亲，他母亲是世上擀面最好的人。文章发表后，许多人给他来信，都在说：世上擀面最好的人是我妈！我也是这样，但凡一病，躺在床上了，就极想吃我母亲做的饭，可母亲去世多年了，再没有人能做出那种味道了。就在我常常疑惑我的小说写什么怎么写的时候，我总是抽身去一些美术馆逛逛，参加一些美术的学术会议，竟然受益颇多，于是回来都做笔记，有些是我的感悟，有些是高人的言论。就在我重新写这个故事前，一次在论坛上，我记下了这样一段话。

　　当今的水墨画要呈现今天的文化、社会和审美精神的动向，不能漠然于现实，不能躲开它。和其他艺术一样，也不能否认人和自然，个体和社会，自我和群体之间关系的基本变化。假如你今天还是画花鸟山水人物，似乎这两百年的剧烈的，根本的，彻底的变化没有发生，那么你的作品是脱离时代的装饰品。不过水墨画不是一个直接反映这些变化的艺术方式，不是一种社会现象，不能为任何主义或概念服务。中国二十世纪的水墨的弱点在于它是一个社会现象，不是一个艺术现象，或更多是社会现象少是艺术现象。水墨对现代是什么意思？跟其他当代艺术方式比的话，水墨画有什么独特性？水墨的本质是写意，什么是写意，通过艺术的笔触，展现艺术家长期的艺术训练和自我修养凝结而成的个人才气，这是水墨画的本质精髓。写意既不是理性的，又不是非理性的，但它是真实的，不是概念。艺术家对自己、感情、社会、政治、宗教的体验与内心的修养互相纠缠，形成不可分割的整体，成为内在灵魂的载体。西方"自我"是原子化个体的自我，中国文化中是人格，人格理想，这个东西带有群体性和积累性。在西方现当代艺术发展过程中，纯粹个体的心理发泄是主要的创作动力，这是现代主义绘画包括后现代主义的观念艺术和装置艺术的主要源泉。而在中国，动力是另一个，就是对人格理想的建构，而且是对积累性的、群体性的人格理想的建构。但它不是只完善自我，是在这个群体性、积累性的理想过程中建构个体的自我。

他们的话使我想到佛经上的开篇语：如是我闻。咳，真是如我所闻，它让我思索了诸多问题，人格理想是什么，何为积累性、群体性的理想过程，又怎样建构文学中的我的个体？记得那一夜我又在读苏轼，忽然想，苏轼应该最能体现中国人格理想吧，他的诗词文赋书法绘画又应该最能体现他的人格理想吧。于是就又想到了戏曲里的"小生"的角色。中国人的哲学和美学在戏曲里是表现得最充分的，为什么设这样的角色：净面无须，内敛吞声，硬朗俊秀，玉树临风？而《红楼梦》里贾宝玉又恰是这样，《三国演义》中的诸葛亮，《水浒传》中的宋江，《西游记》中的唐僧也大致是这样，这类雌雄同体的人物的塑造反映了中国人的一种什么样的审美，暴露了这个民族文化基因的什么样的秘密？还是那个苏轼吧，他的诗词文赋书法绘画无一不能，能无不精，世人都爱他，但又有多少人能理解他？他的一生经历了那么多艰难不幸，而他的所有文字里竟没有一句激愤和尖刻。他是超越了苦难、逃避、辩护，领悟到了自然和生命的真谛而大自在着，但他那些超越后的文字直到今日还被认为是虚无的消极的，最多说到是坦然和乐观。真是圣贤多寂寞啊！我们弄文学的，尤其在这个时候弄文学，社会上总有非议我们的作品里阴暗的东西太多，批判的主题太过。大转型期的社会有太多的矛盾、冲突、荒唐、焦虑，文学里当然就有太多的揭露、批判、怀疑、追问，生在这个年代就生成了作家的这样的品种，这样品种的作家必然就有了这样品种的作品。却又想，我们的作品里，尤其小说里，写恶的东西都能写到极端，而写善却从未写到极致？很久很久以来了，作品的一号人物总是苍白，这是什么原因呢？由此，我在读一些史书时又搞不懂了，为什么秦人尚黑色，战国时期的秦军如虎狼，穿黑甲，举黑旗，狂风暴雨般地，呼啸而来灭了六国，又呼啸而去，二世为终。看电视里报道的画面，中东的伊斯兰国家也是黑布蒙面黑袍裹身，黑旗摇荡，狂风暴雨般地掠城夺地。而二十世纪的中国，中华民国的旗是红色的，上有白日，中华人民共和国更是红色，上有五星，这就又尚红。那么，黑色红色与一个民族的性格是什么关系呢，文化基因里是什么样的象征呢？

二〇一四年的漫长冬季，我一直在做着写《极花》的准备，脑子里却总是混乱不清。直到二〇一五年春天过去了，夏天来了，我才开始动笔。我喜欢在夏天里写作，我不怕热，似乎我是一个热气球，越热越容易飞起来。我在冬天里乱七八糟的想法，无法完成于我的新作里，或许还不是这一个《极花》里，但我闻到了一种气息，也会把这种气息带进来，这如同妇女们在怀孕时要听音乐，好让将来的孩子喜欢唱歌，要在卧室里贴上美人图，好让将来的孩子能长得漂亮。又如同一般人在脖子上挂块玉牌，能与神灵接通，拳击手在身上文了兽头，能更强悍凶猛。这个《极花》中的极花，也是冬虫夏草，它在冬天里是小虫子，而且小虫子眠而死去，在夏天里长草开花，要想草长得旺花开得艳，夏天正是好日子。

我开始写了，其实不是我在写，是我让那个可怜的叫着胡蝶的被拐卖来的女子在唠叨。她是个中学毕业生，似乎有文化，还有点小资意味，爱用一些成语，好像什么都知道，又什么都不知道，就那么在唠叨。

她是给谁唠叨？让我听着？让社会听着？这个小说，真是个小小的说话，不是我在小说，而是她在小说。我原以为这是要有四十万字的篇幅才能完的，却十五万字就结束了。兴许是这个故事并不复杂，兴许是我的年纪大

了，不愿她说个不休，该用减法而不用加法。十五万字着好呀，试图着把一切过程都隐去，试图着逃出以往的叙述习惯，它成了我最短的一个长篇，竟也让我喜悦了另一种的经验和丰收。

面对着不足三百页的手稿，我给自己说：真是的，生在哪儿就决定了你。如瓷，景德镇的是青花，尧头（在陕西澄县）出黑釉。我写了几十年，是那么多的题材和体裁，写来写去，写到这一个，也只是写了我而已。

但是，小说是个什么东西呀，它的生成既在我的掌控中，又常常不受我的掌控，原定的《极花》是胡蝶只是要控诉，却怎么写着写着，肚子里的孩子一天复一天，日子垒起来，成了兔子，胡蝶一天复一天地受苦，也就成了又一个麻子婶，成了又一个訾米姐。小说的生长如同匠人在庙里用泥巴捏神像，捏成了匠人就得跪下拜，那泥巴成了神。

二〇一五年七月十五日的上午，我记着这一日，十五万字画上了句号，天瓣里啪啦下雨，一直下到傍晚。这是整个夏天最厚的一场雨，我在等着外出的家人，思绪如尘一样乱钻，突然就想两句古人的诗。

一句是：沧海何尝断地脉，朱崖从此破天荒。

一句是：乐意相关禽对语，生香不断树交花。

贾平凹

二〇一五年八月四日夜，再改于八月二十一日夜